한유시선

고래와 붕새를 타고
돌아오리라

한유시선

고래와 붕새를 타고 돌아오리라

한유 저 / 임도현 역해

學古房

　한유(韓愈, 768~824)는 당나라의 문인, 사상가, 정치가이다. 사상적으로는 문무주공이래 공자, 맹자로 이어지는 유가의 도통을 확립하였으며, 도가와 불가의 폐해를 지적하여 유가가 지도적 사상으로 정착할 수 있도록 노력하였다. 정치적으로는 안사의 난 이후 피폐한 민생을 수습하고 안정된 정치를 부흥하려고 하는 사회적 분위기 속에서 적극 노력하였지만, 여러 당파로 갈려 온갖 참언과 비방으로 어지러운 정치현실 속에서 많은 좌절을 겪었다. 불골을 장안에 봉헌하는 문제에 대해 간언을 하다가 죽을 뻔하기도 하였는데, 이는 그의 정치적 강직함을 잘 보여주는 사례이다. 문학적으로는 육조 이래로 수식과 형식을 추구하는 문학 작풍을 타파하고 고문의 질박하고 진정한 작풍을 되살리려는 노력을 하였다. 한유는 한문寒門 출신으로서 오로지 학문적 문학적 실력으로 정관계에 진출해야 했기 때문에, 문학혁신을 매개로 하여 자신과 뜻을 같이 하는 이를 규합하고, 아울러 학문적 탁월함을 바탕으로 자신의 세력을 형성하고자 하였다. 이로 인해 막부 생활을 할 때부터 한유를 중심으로 많은 문인들이 모였으며, 문학적 교유를 통해 하나의 문학적 조류를 형성하였다.

　시에 있어서 한유는 누구보다도 두보와 이백을 존중하였다. 예컨대 〈노운부 사문 원장이 가을을 바라보며 지은 시에 답하다酬司門盧四兄雲夫院長望秋作〉에서 "여러 공에게 높이 읍하고는 명예를 사양하며 멀리 두보와 이백을 좇으며 그 지극한 정성을 느끼리라.(高揖群公謝名譽, 遠追甫白感至誠.)"라고 하여 세속의 욕망을 버리고 두보와 이백의 시 세계를 추구하고자 하는 마음을 표현하였으며, 〈장적을 조롱하다調張籍〉에서는 "그들이 손을 놀리던 때를 상상해보면 큰 칼날이 하늘을 스치며 휘날리자, 벼랑이 갈라져 무너지고 뚫렸고 하늘과 땅은 무너지는 소리에 뒤흔들렸겠지.(想當施手時, 巨刃磨天揚. 垠崖劃崩豁, 乾坤擺雷硠.)"라고 하여 두보와 이백의 웅장한 시풍을 우 임금이 산을 갈라 물길을 트던 것에 비유하여 표현하기도 하였다. 하지만 당시 이백과 두보에 대한 평가는 사람들마다 달랐는데, 한유는 같은 시에서 "이백과 두보의 문장이 있어서 그 불빛이 만 장만큼 길구나. 여러 아이들이 우매하여 무슨 소용으로 일부러 비방하는지를 모르겠다. 왕개미가 큰 나무를 뒤흔드는 짓이니 스스로를 헤아리지 못하는 것이 가소롭다.(李杜文章在, 光焰萬丈長. 不知群兒愚, 那用故謗傷. 蚍蜉撼大樹, 可笑不自量.)"라고 하며 이들을 비판하기도 하였다. 당시 한유는 시 창작에 있어서만큼은 이백과 두보를 모범으로 삼고 이들에 필적하는 성과를 내고자 하였는데, 이들의 시풍을 답습하여 모방하기보다는 자신만의 독특한 시풍을 형성하고자 하였으니 대체로 웅혼기험雄渾奇險, 포서평담鋪敍平淡으로 요약할 수 있다.

우선 한유 시는 기세가 매우 힘차고 거대 경물의 시어를 잘 구사하였다.

〈장적을 조롱하다調張籍〉

我願生兩翅,	나는 두 날개가 생겨나서
捕逐出八荒.	뒤좇아 가 팔황을 나가기를 바라니,
精神忽交通,	정신이 갑자기 소통하고
百怪入我腸.	온갖 기괴함이 내 뱃속으로 들어올 것이며,
刺手拔鯨牙,	손을 뒤집어 고래 이빨을 뽑고
擧瓢酌天漿.	표주박을 들어 하늘의 옥장을 따르며,
騰身跨汗漫,	몸을 솟구쳐 한만을 넘을 것이니
不著織女襄.	직녀가 짠 옷은 입지 않으리라.

'팔황', '한만'과 같은 시어를 사용하여 시에서 구현하는 세계를 우주 넓은 곳까지 확장시켰으며, '고래 이빨'과 '하늘의 옥장' 등과 같은 큰 규모의 소재를 자유자재로 다루었다. 이를 통해 한유가 드러내고자 하는 기상은 드높고 드넓게 표현되었다.

이러한 기상을 표현함에 있어서 한유는 남다른 상상력을 발휘하여 다양한 비유를 통해 사물을 묘사하였다. 때로는 범인이 생각할 수 없는 기이한 상황을 표현하는 것으로 나타나기도 하였는데, 이를 위해 잘 사용되지 않는 어려운 글자를 사용하기도 하였다.

〈육혼의 산불 - 황보식에 화답하며 그 운을 사용하다渾山火和皇甫湜用其韻〉

芙蓉披猖塞鮮繁.	부용이 온통 피어 아름다움과 무성함으로 가득 메웠네.
千鐘萬鼓咽耳喧,	천 개의 종과 만 개의 북으로 귀가 막히게 시끄럽고,
攢雜啾嚄沸篪塤.	크고 작은 소리 잡다하게 모았으며 지와 훈이 들끓네.
彤幢絳旆紫纛旛,	붉은 깃발, 진홍빛 깃발, 소꼬리 달린 자줏빛 깃발이 날리고,

炎官熱屬朱冠褌,	불의 관원과 열의 관속은 붉은 관과 잠방이 차림이며,
榱其肉皮通髀臀,	그 살과 피부엔 붉은 옻칠로 넓적다리와 볼기에 이어졌으며,
頯胸埻腹車掀轅,	오므린 가슴과 불룩한 배는 수레의 끌채가 들린 듯하고,
緹顔褙股豹兩韗.	붉은 비단의 얼굴, 붉은 가죽의 다리, 표범가죽 두 화살통.
霞車虹鞟日轂輴,	노을 수레에는 무지개 가죽끌개, 태양 바퀴와 흙받기,
丹蕤緶蓋緋繙帉,	붉은 술, 분홍빛 덮개, 휘날리는 붉은 깃발.
紅帷赤幕羅脤膰,	붉은 휘장과 빨간 장막에 날고기와 익힌 고기를 늘어놓으니,
盁池波風肉陵屯.	피의 연못에는 물결이 일렁이고 고기 언덕은 높네.

이 시는 육혼산의 산불에 관해 지은 것인데, 남방의 신 축융이 불을 내며 위세를 떨치자 물의 신이 난리를 피해 도망갔으며 이를 상제에게 알리니 둘 사이를 원만하게 중재했다는 내용이다. 산불에서 신들의 싸움을 연상해 낸 것은 한유의 독특한 상상력이 발휘된 것이다. 위에 인용한 부분은 남방의 신 축융이 축제를 벌이고 있는 장면인데, 이를 통해 산불이 활활 타오르는 모양을 비유적으로 표현하였다. 이에 다양한 군상의 모습과 붉은 경물을 사용하여 환상적인 분위기를 연출하고 있다.

이렇듯 한유는 어떠한 장면의 묘사에 대해, 다양한 관점에서 착안한 여러 상황을 비유적으로 표현하는 것에 능하였다. 일종의 영물시로 분류할 수 있는 시가 상대적으로 많은데 특히 눈이 내리는 모양을 형용한 것이 십 여수가 있으며, 이러한 시에서도 특유의 상상력을 발휘한 것을 확인할 수 있다. 간혹 다양한 비유적인 묘사 중에는 시적인 아름다움이라고 할 수 없는 잔인하거나 지저분한 모양이 노골적으로 나타나기도 한다. 예컨대 위에 인용한 시에서 "피는 연못으로 물결이 일렁인다"는 것을 들 수 있다. 이러한 기이함은 시 제재의 영역을 확장시켜, 기존의 시인들이 잘 언급하지 않았던 내용을 채택하기도 하였다. 예컨대 학질, 올빼미, 코골이 등 미학적 아름다움과는 거리가 있어 보이는 내용을 읊기도 하였다. 당시 혼탁한 정치적 상황을 토로하기 위해 이러한 제재들이 사용되기도 하였지만, 한유 시 전반에 걸쳐 일상생활에서 흔히 보이는 사물이나 상황을 시의 제재로 활용하였음을 아울러 짐작할 수 있다. 이러한 것은 일상성을 특징으로 하는 송대 시풍을 이끄는 데 선구적인 역할을 하였다.

이문위시以文爲詩 즉 문장으로 시를 짓는다는 것은 한유 시에 대한 오랜 평가이다. 시적인 감흥을 위주로 하기 보다는 문장을 쓰듯이 평담하게 써내려가는 현상을 지적한 것이다.

시어의 사용에서도 문장에서 많이 보이는 어기조사를 사용하기도 하였으니, 한유의 시에 대해 '압운한 문장'이라고 말하며 시로 인정하지 않는 평가도 있었다. 하지만 이 역시 한유가 자신의 독자적인 시풍을 형성하기 위한 하나의 노력으로 보인다. 한유의 시에는 장편이 많다. 긴 내용의 시를 창작하기 위해 한유가 가장 많이 사용한 기법은 포서鋪敍이다. 포서는 다양한 사실을 평면적으로 나열하는 것으로, 하나의 사물에 대해 다양한 상상력을 발휘하여 여러 가지 비유를 사용하여 표현할 때의 수법이다. 예컨대 〈남산시南山詩〉에서 50회에 달하는 '혹或'자 구를 나열한 것은 한유의 독특한 비유와 상상의 전형이라고 할 수 있다. 이렇게 자신의 상상과 생각을 극한까지 밀어붙이는 방식으로 한유는 자신의 장편시를 만들었다. 이러한 장편시의 특징 중의 하나는 일운도저一韻到底이다. 한시는 대체로 두 구마다 압운을 하도록 되어 있으며 하나의 운목韻目으로 압운을 할 수도 있고 중간에 운목을 바꾸는 환운을 하기도 한다. 일운도저는 하나의 운목으로 시 전체를 압운하는 것인데, 한유는 장편시를 지을 때도 일운도저를 하였다. 맹교와 같이 지은 〈성남 연구城南聯句〉는 300구가 넘어서 150개 이상의 운자를 사용하였으니 해당 운목의 글자를 거의 다 사용한 셈이다. 운목에 따라서 글자 수가 적은 경우도 있는데, 이러한 험운險韻을 즐겨 사용하면서 역시 해당 글자를 거의 다 사용하기도 하였다. 포서의 기법에 일운도저를 실행함으로써 장편시의 창작 능력을 극한까지 발휘하였다. 이러한 것은 유희적 성격을 가지고 있어서 자칫 시적 정취가 떨어지는 경향이 있기도 하지만, 한유는 특유의 상상력과 필력을 통해 곡절이 있으며 완성도가 높은 장편시를 창작하였다.

한유는 이백과 두보를 본받아 시 창작의 영역에서 이들과 동등한 수준의 업적을 이루고자 하였고, 자신만의 개성이 두드러지고 자신의 역량을 최대한 드러낼 수 있는 방식으로 시 창작의 한 영역을 개척하였다. 한유는 두보와 이백 이후 침체기에 빠졌던 중국 시단을 혁신하였고 자신만의 시 세계를 구축하였다. 예컨대 청나라의 문학 비평가인 섭섭葉燮은 ≪원시原詩≫ 권1에서 "당나라 시는 이전의 팔대 이래로 크게 한번 변하게 되었는데, 한유가 당시를 크게 한번 변하게 하였다. 그 힘이 크고 그 생각이 씩씩하여 우뚝 선 것이 특히 비조로 삼을 만하다. 송나라의 소순흠, 매요신, 구양수, 소식, 왕안석, 황정견 등이 모두 한유를 발단으로 삼았으니 극히 성대하다고 말할만하다.(唐詩爲八代以來一大變, 韓愈爲唐詩之一大變. 其力大, 其思雄, 崛起特爲鼻祖. 宋之蘇梅歐蘇王黃皆愈爲之發端, 可謂極盛.)"라고 하여 한유 시가 중국 고전 시가사에서 차지하는 위상에 대해 말하였다. 또한 전종서錢鍾書 역시 ≪담예록談藝錄≫ 권16의 〈송나라 사람들이 한유를 논하다宋人論韓昌黎〉라는 조목에서 "북송에 있어 한유는 천년 만년토록 이름이 적막해지지 않을 자라고 말할만하다.(韓昌黎之在北宋, 可謂千秋萬歲, 名不寂寞者矣.)"라고 하여 특히 북송 시기 시가에 대한 그의 영향력을 피력하였다.

한유는 비단 중문학에서만 그 위상이 높은 것이 아니었다. 한국의 여러 문인들 역시 그의 시를 모범으로 여기며 본받고자 하였다. 예컨대 고려 후기 최자崔滋가 지은 ≪보한집補閑集≫의 서문에 따르면 "시를 배우는 자는 율시에 대해서는 두보로 체격을 삼아야 하고, 악부시에 대해서는 이백으로 체격을 삼아야 하며, 고시에 대해서는 한유와 소식으로 체격을 삼아야 한다. 문장에 있어서는 모든 문체가 한유의 문장에 갖추어져 있다. 숙독하고 깊이 생각하면 그 체격을 얻을 수 있을 것이다.(學詩者, 對律句體子美, 樂章體太白, 古詩體韓蘇, 若文辭, 則各體皆備於韓文, 熟讀深思, 可得其體.)"라고 하여 두보, 이백과 더불어 반드시 배우고 익혀야 할 시인으로 한유를 언급하였다.

필자는 뒤늦게 중문학을 공부하면서 영남대학교에서 반농半農 이장우李章佑 선생님께 중국 한시를 배우게 되었는데, 내 인생의 큰 전환점이 되었다. 이장우 선생님은 일찍부터 한유의 시에 대해 연구하여 저서와 번역 논문을 내는 등 선구적인 활동을 하셨다. 하지만 사정이 있어서 이후 지속적인 연구를 하지 못하셨다. 내가 중국 한시를 즐겁게 공부할 수 있도록 계도해주신 은공이 있었기에 언젠가는 한유 시를 번역해서 조금이라도 보답할 수 있기를 바랐는데, 이제야 일부라도 할 수 있게 되었다. 그리고 거친 초고를 꼼꼼히 읽으시고 가르침을 아끼지 않으신 서울대 중문과 이영주 선생님께도 감사의 말씀을 드린다.

≪韓昌黎詩繫年集釋≫(錢仲聯, 世界書局, 1961년)을 저본으로 하였고, ≪韓愈全集校注≫(屈守元·常思春, 四川大學出版社, 1996년) 등 여러 주석서를 참고하였으며, 한유의 시 세계의 다양한 면모를 파악할 수 있도록 전체 424수 중에서 63제 64수를 선정하였다. 어려운 여건에도 불구하고 많은 흠결이 있는 원고를 선뜻 출판하기로 결정해주신 학고방 출판사의 사장님과 책을 보기 좋게 만들어주신 여러 직원들에게도 감사의 말을 드린다. 어렵다고 알려진 한유 시를 멋도 모르고 덤벼서 많은 오류가 있을 터인데 이는 전적으로 역해자의 잘못이다. 강호 제현의 가르침을 기다린다.

2018년 6월 10일
역해자 임도현

목차

10

12

01

醉留東野[1]

취해서 맹동야를 만류하다

昔年因讀李白杜甫詩, 지난 날 이백과 두보의 시를 읽으면서

長恨二人不相從.[2] 그 두 사람이 서로 따르지 못한 것을 늘 한탄하였는데,

吾與東野生竝世,[3] 나와 동야는 같은 때에 살면서

如何復躡二子蹤.[4] 어찌하여 그 두 사람의 자취를 또 밟고 있는가?

東野不得官, 동야는 관직을 얻지 못해

白首誇龍鍾.[5] 흰 머리로 노쇠함을 과시하지만,

韓子稍姦黠,[6] 나는 조금 교활하여

自慚靑蒿倚長松.[7] 푸른 쑥이 큰 소나무에 기대었음을 스스로 부끄러워하네.

低頭拜東野, 머리 숙여 동야에게 절하며

願得終始如騙蛩.[8] 시종 거공과 같을 수 있기를 바라지만,

東野不迴頭, 동야는 고개를 돌려 봐주지 않으니

有如寸莛撞巨鍾.[9] 마치 한 치 대나무로 큰 종을 치는 것과 같네.

我願身爲雲, 나는 원하노니, 이 몸은 구름이 되고

東野變爲龍.[10] 동야는 용으로 변하기를.

四方上下逐東野,　　　사방 위아래로 동야를 쫓아다니면
雖有離別無由逢.　　　비록 이별이란 게 있어도 그것을 만날 수 없으리라.

·주석·

1) 東野(동야) : 맹교孟郊의 자이다. 호주湖州 무강武康 사람으로 정원 12년(796)에 진사에 급제했지만 관직에 오르지 못했으며 정원 14년(798) 변주에서 한유, 장적 등과 노닐었다. 한유와 시풍이 비슷해 '한맹'으로 병칭되었고, 한유는 그가 죽은 뒤 〈정요선생묘지명貞曜先生墓誌銘〉을 썼다.

2) 二人(이인) : 이백과 두보를 가리킨다. 이들은 현종玄宗 때인 천보天寶 연간에 잠깐 만났으며 이후 만나지 못했는데, 상대방을 그리워하며 지은 시가 많이 남아있다.

3) 竝世(병세) : 같은 때.

4) 躡(섭) : 밟다. 二子(이자) : 두 사람. 이백과 두보를 가리킨다.

5) 龍鍾(용종) : 노쇠한 모양. 당시 맹교의 나이가 많았기에 노태를 뽐냈다고 한 것이다.

6) 韓子(한자) : 한유. 姦黠(간힐) : 간사하고 교활하다. 맹교와 달리 한유가 관직에 있음을 염두에 둔 표현이다.

7) 靑蒿(청호) : 푸른 쑥. 한유 자신을 비유한다. 長松(장송) : 큰 소나무. 맹교를 비유한다.

8) 駏蛩(거공) : 전설 속의 동물인 공공거허蛩蛩駏驉. 공공거허와 궐鷢은 짝을 이루어 살았는데, 궐이 맛 좋은 풀을 찾으면 공공거허에게 씹어서 먹여주었고, 궐에게 어려운 일이 생기면 공공거허가 궐을 업고 도망갔다고 한다. 대체로 서로 의지하는 단짝을 비유한다.

9) 寸莛(촌정) : 짧은 대나무. 撞(당) : 치다. 이 구는 짧은 대나무로 큰 종을 쳐도 아무런 소리가 나지 않는다는 뜻으로, 한유가 맹교와 함께 있고자 청해도 맹교는 아무런 반응을 보이지 않는다는 말이다.

10) 我願(아원) 두 구 : ≪주역·건괘乾卦≫에서 "구름은 용을 따르고 바람은 호랑이를 따른다.(雲從龍, 風從虎.)"라고 하였다. 여기서는 서로 뜻이 맞는 사람끼리 함께 지내는 것을 말한다.

　이 시는 떠나가는 맹교를 만류하며 지은 것이다. 시제에서 '취했다'라고 하였는데, 이를 통해 자신의 말이 진심에서 우러난 것임을 우회적으로 표현하였다. 하지만 맨 정신으로는 말할 수 없다는 의미도 담고 있으니, 당시 맹교를 떠나보낼 수밖에 없는 사정이 있었던 것으로 보인다.

　첫 4구에서는 두 사람의 지향이 이백과 두보와 같이 훌륭한 시를 지으며 서로 존경하며 교유하는 것이라고 하였다. 제5~8구에서는 맹교는 관직도 없지만 한유 자신은 미관말직이나마 하고 있다고 하여 서로 처지가 달라졌음을 말하였다. 이를 통해 두 사람이 같이 지낼 수 없는 상황임을 은연중에 드러내었다. 제9~12구에서는 한유는 두 사람이 같이 지내고자 하지만 맹교는 자신을 떠나려고 하는 상황을 표현하였다. 비록 맹교가 자신을 거들떠보지 않는다고 표현하였지만 실상 맹교가 떠나는 것은 한유가 싫어서가 아니라 관직을 구하려는 것이었다. 마지막 4구에서는 두 사람이 용과 구름이 되어 영원히 같이 지내고자 하는 마음을 표현하였다. 세상에 이별이라는 것이 있더라도 우리 두 사람에게는 이별이 없을 것이라는 믿음으로 마무리하였다. 두 사람의 우정이 끈끈하기는 하지만 그래도 좀 과장된 듯하고 손발이 오그라드는 느낌도 있다. 취해서였을까? 그래도 취중진담일 것이다.

　서두에서 이백과 두보에 한유와 맹교를 비유하여 자신들의 문학적 역량에 대한 자부심을 표현하였는데, 한유는 평소 이백과 두보를 고르게 존경하였고 이들과 같은 시인이 되고자 힘썼다.

　정원 14년(798) 변주汴州에 있는 동진董晉의 막부에서 관찰추관觀察推官으로 있을 때 지은 것이다.

病中贈張十八¹

병중에 장적에게 주다

中虛得暴下,²	속이 허하여 설사를 하고는
避冷臥北窗.	냉기를 피해 북창에 누운 채,
不蹋曉鼓朝,³	새벽 북소리에 맞춰 조회하러 가지도 않고
安眠聽逢逢.⁴	편히 자면서 둥둥 북소리를 듣고 있네.
籍也處閭里,⁵	장적은 여염집에 살면서
抱能未施邦.	재능을 가지고도 나라에 펼치지 못했지만,
文章自娛戲,	문장이 스스로를 즐겁게 하는데
金石日擊撞.⁶	아름다운 음악 소리는 날마다 울리고,
龍文百斛鼎,⁷	용이 그려진 백 곡의 솥을
筆力可獨扛.⁸	필력으로 혼자서 들어 올릴 수 있지.
談舌久不掉,	말하는 혀를 오랫동안 놀리지 못했는데
非君亮誰雙.	그대가 아니면 진정 누가 짝을 할까?
扶几導之言,	궤안에 기대어 그가 말하도록 이끄니
曲節初攲攲.⁹	조리가 처음에는 짱짱하였지만,

半塗喜開鑿,¹⁰	중간에는 물길 트기를 좋아하여
派別失大江.¹¹	지류가 큰 강을 벗어났네.
吾欲盈其氣,	내가 그 기세를 한껏 채우려고
不令見麾幢.¹²	깃발을 보이지 않게 하고는,
牛羊滿田野,	소와 양을 들에 가득 풀어놓고
解旆束空杠.¹³	깃발을 풀어 빈 깃대를 묶었네.
傾罇與斟酌,¹⁴	술그릇을 기울여 함께 수작하니
四壁堆甖缸.¹⁵	사방 벽에 술 항아리가 쌓였고,
玄帷隔雪風,	검은 장막 바깥에는 눈바람이 부는데
照鑪釘明釭.¹⁶	술 화로를 비추려고 밝은 등을 늘어놓았네.
夜闌縱捭闔,¹⁷	밤이 무르익도록 맘껏 이야기를 하다 보니
哆口疏眉厖.¹⁸	입은 크게 벌어지고 진한 눈썹의 이마가 확 펴졌는데,
勢侔高陽翁,¹⁹	그 기세는 마치 고양의 늙은이가
坐約齊橫降.²⁰	앉아서 제나라 전횡을 잡아 항복시킨 것과 같았네.
連日挾所有,²¹	연일 가진 학식을 믿고 뽐내더니
形軀頓脿肛.²²	몸이 갑자기 비대해진 듯했네.
將歸乃徐謂,	그가 돌아가려기에 내가 천천히 말하기를
子言得無哤.²³	"그대 말이 난잡하지 않은가?"라고 하고,
迴軍與角逐,²⁴	군사를 돌려 함께 싸우다
斫樹收窮龐.²⁵	나무를 잘라 궁지에 빠진 방연을 잡아들이니,
雌聲吐款要,²⁶	그대는 아녀자 같은 소리로 진심을 토해내고는
酒壺綴羊腔.²⁷	술병에 양의 갈빗살을 곁들여 내놓았지.
君乃崑崙渠,²⁸	"그대는 곤륜산의 물줄기이고
籍乃嶺頭瀧.²⁹	저 장적은 고개 마루의 여울입니다.
譬如蟻垤微,³⁰	비유컨대 나는 하찮은 개밋둑과 같으니
詎可陵崆峨.³¹	어찌 높은 산을 이길 수 있겠습니까?

幸願終賜之,	원하건대 끝내 가르침을 주서서
斬拔枿與椿.32	움과 그루터기를 베고 뽑고 싶습니다."
從此識歸處,	이로부터 돌아갈 곳을 알아
東流水淙淙.33	동쪽으로 물이 콸콸 흘러가리라.

주석

1) 張十八(장십팔) : 장적張籍이며, '십팔'은 친척 형제 간의 순서이다. 그는 정원 14년(798) 변주에서 한유와 처음 만났다. 장적은 한유의 추천을 받아서 경사로 갔으며 이듬해 과거에 급제하였다. 이후 태상시太常寺 태축太祝, 국자조교國子助敎, 비서랑秘書郎, 국자박사國子博士, 수부원외랑水部員外郎, 국자사업國子司業을 역임했다.

2) 暴下(포하) : 설사를 하다.

3) 踏(답) : '답踏'과 같다. 여기서는 북소리를 듣고 길을 가는 것을 뜻한다. 曉鼓(효고) : 새벽 북소리. 시간을 알려주는 것이다. 朝(조) : 조회에 참석하다. 여기서는 동진이 주관하는 조회에 참석하는 것이다.

4) 逢逢(방방) : 북치는 소리.

5) 閭里(여리) : 평민이 사는 곳. 장적이 아직 관원이 되지 않았음을 말한다.

6) 金石(금석) : 편종과 편경 같은 악기. 여기서는 아름다운 문장을 비유한다. 擊撞(격당) : 치다.

7) 百斛鼎(백곡정) : 백 곡을 담을 수 있는 큰 솥. '곡'은 열 말 또는 다섯 말이다.

8) 扛(강) : 들다.

9) 曲節(곡절) : 곡의 박자. 여기서는 말의 조리를 뜻한다. 摐摐(창창) : 두드려 나는 소리. 장적이 신나게 말하는 모습을 묘사한 것이다.

10) 開鑿(개착) : 물길을 뚫어서 열다. 새로운 화제를 트는 것이다.

11) 派別(파별) : 지류. 또는 물줄기를 달리하다. 失大江(실대강) : 큰 강을 떠나다. 말이 주제를 벗어난 것을 가리킨다.

12) 麾幢(휘당) : 기와 깃대. 장군의 지휘기.

13) 解旆(해패) : 깃발을 풀다. 束空杠(속공강) : 깃발을 푼 빈 깃대를 묶다.
이상 네 구는 한유가 자신의 논점을 감춘 채 장적이 마음껏 말을 할 수 있도록 내버려두
었다는 뜻이다. 소와 양을 들에 풀어놓았다는 것은 전쟁에 대해 무방비 상태임을 말하
는 것이다.

14) 斟酌(짐작) : 술을 따라 마시다.

15) 罌缸(앵항) : 술 항아리.

16) 鑪(로) : 술집에서 술을 놓기 위해 흙을 쌓아 화덕 모양으로 만든 것이다. 또는 술을
데우는 화로를 가리킨다. 釘明釭(정명강) : 밝은 등을 늘어놓다.

17) 捭闔(벽합) : 열고 닫다. 이야기를 열고 맺는다는 뜻이다.

18) 哆口(치구) : 입이 크게 벌어지다. 疏眉厖(소미방) : 진한 눈썹이 있는 이마가 훤해지다.
'방'은 눈썹이 많은 모양 또는 검은 눈썹과 흰 눈썹이 섞인 모양이다.

19) 侔(모) : 같다. 高陽翁(고양옹) : 고양의 늙은이. 고양 사람인 역이기酈食其를 말한다.
그는 한나라 유방의 명령을 받아 제나라의 재상인 전횡田橫에게 가서 항복을 권유하였
고 전횡은 이를 받아들였다.

20) 約(약) : 제지하다.

21) 挾所有(협소유) : 가지고 있던 바를 끼고 있다. 장적이 자신의 학식을 자부했다는 뜻이
다.

22) 形軀(형구) : 몸. 脝肛(방항) : 몸이 비대하다. 의기양양한 모습을 표현한 것이다.

23) 子言(자언) : 장적의 말을 가리킨다. 得無哤(득무방) : 난잡하지 않을 수 있겠는가?
난잡하다는 뜻이다.

24) 迴軍(회군) : 한유가 장적에게 반격하는 것을 말한다.

25) 斫樹(작수) : 나무를 자르다. 收窮龐(수궁방) : 궁지에 빠진 방연龐涓을 거두다. 손빈孫
臏이 방연을 이기듯이 한유가 장적을 이겼다는 뜻이다. 위나라 장군 방연은 병법으로
유명한 손빈을 시기하여 발꿈치를 자르는 형벌을 내렸다. 마침 제나라의 사신이 위나
라로 왔다가 곤경에 처한 손빈을 몰래 데리고 제나라로 돌아왔다. 방연이 한韓나라를
치러갈 때 제나라가 위나라의 수도인 대량으로 진격하자 방연은 다시 위나라로 돌아왔
다. 손빈은 방연의 군대가 마릉馬陵을 지날 무렵에 미리 나무를 쪼개 "방연이 이 나무

아래에서 죽는다.(龐涓死於此樹下)"라고 적어 두고는 쇠뇌 만 개를 잠복시켰다. 빙연이 밤에 그곳을 지나다가 불을 비추고 그 글을 읽는 도중에 쇠뇌를 발사하였다. 방연의 군대는 크게 패하였고 방연은 자결하였다.

26) 雌聲(자성) : 아녀자 같은 소리. 부드러운 소리. 款要(관요) : 진심. 장적이 한유에게 졌음을 인정하는 것이다.

27) 羊腔(양강) : 양의 갈빗살. 양의 내장. 또는 양의 목소리. 이 구는 장적이 한유에게 졌음을 인정한 뒤에 한 행동이거나 그의 모습을 표현한 것으로 보인다. 장적이 항복의 뜻으로 술과 양고기를 주었다는 뜻일 수도 있다.

28) 君(군) : 한유를 가리킨다. 崑崙渠(곤륜거) : 곤륜산에서 내려오는 냇물. 황하를 가리키며, 한유를 비유한다.

29) 嶺頭瀧(영두랑) : 고개 마루의 여울. 아주 작은 물을 가리키며, 장적을 비유한다.

30) 蟻垤(의질) : 개미집의 둑. 아주 낮다는 뜻으로 장적을 비유한다.

31) 崆峒(공앙) : 높이 솟은 산. 한유를 비유한다.

32) 斬拔(참발) : 베고 뽑다. 枿(얼) : 나무의 움. 나무의 쓸모없는 부분으로, 쓸데없이 많은 장적의 말을 비유한다. 樁(장) : 그루터기. 나무를 베고 남은 부분.

33) 漴漴(장장) : 물이 흘러가는 모양.

해설

이 시는 병중에 지어서 장적에게 준 것이다. 시의 내용으로 보건대 설사병이 난 것인데 무슨 급한 일이 있어서 병중에 장적에게 주었을까? 그 해답은 첫 12구에 있다. 설사병이 걸려 막부의 조회에 참석하지도 않고 집에 누워 있자니 아마도 심심했을 것이다. 논변을 즐겨했던 한유로서는 말을 한마디도 하지 않고 있는 것이 고문과 같았을 것이다. 그래서 적당히 놀만한 말상대를 찾고 있었는데 마침 장적이 생각났다. 장적이라면 관직이 없어 시간도 많을 터이고 능력은 괜찮아 시간을 때우며 같이 놀기에 적당했을 것이다.

제13~36구까지는 장적과 논변하는 장면이다. 일단 한유는 장적이 자신의 능력을 다해 신나게 떠들도록 내버려둔다. 약간 허술한 면을 보여주면서 장적이 치고 들어올 수 있도록 해주기도 하니 장적은 자신의 논변이 마음에 들었는지 득의양양해 한다. 하지만 한유가 보기에 정작 핵심은 찌르지 못하고 변죽만 울리는 것이 한심하기도 하고 재미있기도 하다. 장적은 자신이 이겼다고 생각하고 돌아가려는데, 한유가 만류하고는 그의 허점을 찔러 완파시킨다. 이에 장적은 항복을 선언한다. 그러고는 장적의 말을 통해 한유의 대단한 실력에 비하면 자신의 재주는 하찮을 뿐이니 가르침을 원한다는 간청을 서술하였고 마지막 2구에서 장적이 앞으로 가르침을 잘 따라 훌륭한 논변을 할 수 있기를 바라는 마음을 표현하였다.

이런 상황을 긴 시를 통해 적어 또 장적에게 주었으니 장적은 이 시를 영원히 가슴에 품고 다니며 한유의 가르침을 받들었을 것이다. 한유는 이 시에서 두 사람의 논쟁에 관해 다양한 비유를 사용하여 표현하였는데 이러한 기교를 통해 한유의 문학적 상상력을 엿볼 수 있다. 중간에 적절한 경물묘사의 삽입과 직접화법의 인용을 통해 실제적인 느낌을 강하게 드러내었다. 이런 시 창작 방법 역시 장적에게 큰 가르침이 되었을 것이다.

이 시는 선무군절도사宣武軍節度使로 변주汴州를 다스리던 동진董晉의 관찰추관觀察推官으로 있던 정원 14년(798) 겨울에 지은 것으로 보인다.

03

嗟哉董生行[1]

안타깝구나 동선생이여

淮水出桐柏山,[2]　　　　　　회수가 동백산에서 나와서

東馳遙遙千里不能休.　　　　동쪽으로 치달아 멀리 천리를 가도 쉴 수가 없지만,

淝水出其側,[3]　　　　　　　비수는 그 옆에서 나와

不能千里百里入淮流.　　　　천리를 갈 수 없어 백리를 가고는 회수로 들어가네.

壽州屬縣有安豐,[4]　　　　　수주의 속현으로 안풍이 있는데,

唐貞元時,　　　　　　　　　당나라 정원 연간에

縣人董生召南隱居行義於其中.　마을 사람 동소남 선생이 은거하며 그곳에서 의를
　　　　　　　　　　　　　행하네.

刺史不能薦,[5]　　　　　　　자사가 천거할 수 없어

天子不聞名聲,　　　　　　　천자가 그의 명성을 듣지 못하니

爵祿不及門.　　　　　　　　관직과 봉록이 문에 이르지 못하였고,

門外惟有吏,　　　　　　　　문 밖에는 오직 관리가 있어

日來徵租更索錢.[6]　　　　　날마다 세금을 걷고 또 돈을 요구하네.

嗟哉董生,　　　　　　　　　안타깝구나, 동선생이여

朝出耕,	아침에는 나가 밭을 갈고
夜歸讀古人書.	밤에는 돌아와 옛 사람의 글을 읽네.
盡日不得息,	하루 종일 쉴 수 없으니
或山于樵,	혹 땔나무를 하느라 산에 있고
或水于漁.	혹 물고기 잡느라 물에 있어서이지.
入廚具甘旨,	주방에 들어가 맛있는 음식을 갖추어
上堂問起居.	당에 올라 부모님 안부를 물으니,
父母不戚戚,	부모님은 걱정하지 않고
妻子不咨咨.	처자는 탄식하지 않네.
嗟哉董生,	안타깝구나, 동선생이여
孝且慈.	효성스럽고 자애로워도,
人不識,	사람들이 알아주지 않지만
惟有天翁知,	오직 하느님만은 알아서,
生祥下瑞無休期.7	끊임없이 상서로운 일을 만들어 내리시네.
家有狗乳出求食,	집에 젖먹이는 개가 있어 먹이를 구하러 나가면
雞來哺其兒.	닭이 와서 그 강아지를 먹이는데,
啄啄庭中拾蟲蟻,8	탁탁 마당에서 벌레와 개미를 주워서
哺之不食鳴聲悲.	먹여줘도 먹지 않으면 슬피 울고는,
彷徨躑躅久不去,9	서성이고 머뭇거리며 오랫동안 떠나지 않고
以翼來覆待狗歸.	날개로 덮은 채 어미개가 돌아오길 기다리네.
嗟哉董生,	안타깝구나, 동선생이여
誰將與儔.10	누구와 장차 짝을 할까?
時之人夫妻相虐兄弟爲讎.	세상 사람들은 부부가 서로 학대하고 형제가 원수 되어,
食君之祿,	임금의 봉록을 먹으면서도
而令父母愁.	부모를 근심스럽게 하는데,
亦獨何心,	또한 유독 무슨 마음일까?

嗟哉董生,	안타깝구나, 동신생이여
無與儔.	짝할 이가 없구나.

·주석·

1) 董生(동생) : 동 선생. 이 시에 따르면 이름이 소남召南이다. 판본에 따라 '소남邵南'으로 되어 있기도 한데, 한유의 글 〈하북으로 가는 동선생을 보내며 쓴 서문送董生游河北序〉에 나오는 소남邵南과 동일인물이다. 이 두 작품 이외에 그에 관해 알 수 있는 자료는 현재 남아 있지 않다. 行(행) : 가행체를 의미하며, 그 형식이 매우 자유롭다.

2) 淮水(회수) : 회하淮河라고도 한다. 하남성 동백산에서 발원하여 안휘성을 지나 강소성에서 홍택호洪澤湖로 들어가며, 고우호高郵湖를 지나 강도현江都縣에서 장강으로 들어간다.

3) 淝水(비수) : 지금의 안휘성에 있으며 합비현合肥縣 남서쪽에서 기원하여 북으로 흐르다가 두 줄기로 나뉘는데, 한 줄기는 합비현을 지나 소호巢湖로 들어가고 다른 한 줄기는 수현壽縣에서 회하로 들어간다.

4) 壽州(수주) : 지금의 안휘성 수현壽縣에 치소治所가 있었다. 安豐(안풍) : 지금의 안휘성 곽구현霍丘縣 서쪽에 있었다.

5) 刺史(자사) 구 : 당시 수주는 서주의 속현이었기 때문에 수주를 다스리는 자사는 없었고, 대신 서주와 인근 주를 다스리는 절도사가 있었다.

6) 徵租(징조) : 세금을 걷다. 索錢(색전) : 돈을 요구하다. 세금 이외에 별도의 경비를 거둬가는 것이다.

7) 生祥下瑞(생상하서) : 상서로움을 생기게 하여 내려주다. 동소남의 성실함과 효성에 감응하여 하늘이 상서로운 징조를 내려주는 것이다. 아래에 나오는 개와 닭의 이야기가 그 중의 하나이다. 無休期(무휴기) : 멈추지 않다.

8) 啄啄(탁탁) : 닭이 벌레를 쪼아 잡는 소리이다. 蟲蟻(충의) : 벌레와 개미.

9) 躑躅(척촉) : 배회하는 모양. 불안해하는 모양.

10) 儔(주) : 짝하다.

이 시는 수주 안풍에 살던 동소남의 상황을 안타까워하며 지은 것이다. 대체로 그의 효성과 인품을 칭송하고는 세상 사람들이 알아주지 않는 상황을 탄식하였다. 이 시는 구의 구분이 힘들 정도로 장단의 변화가 심한데, 이를 통해 동소남이 세상에서 인정을 받지 못하는 한유의 불편한 심기를 표현한 것으로 보인다. 중간에 "안타깝구나, 동선생이여"를 세 번 삽입하여 그의 안타까운 마음을 드러내면서 자연히 내용적 단락 구분을 하였다.

첫 단락에서는 그가 살고 있는 지리지형을 말하면서 비유적으로 뜻을 널리 펴지 못하는 상황을 표현하였고, 자사의 천거를 받지 못해 관직을 얻지 못했으며 가난하게 살고 있는 형편을 서술하였다. 둘째 단락에서는 가난한 삶 속에서 힘들게 노동을 하지만 학업에 열심히 전념하고 부모님을 정성스럽게 모시는 상황을 표현하였다. 셋째 단락에서는 이러한 그의 효성을 하늘은 알아주어 그에게 상서로운 현상을 내려준다고 하고서는 집안의 닭이 강아지를 성심껏 보살펴주는 상황을 서술하였다. 이는 마치 동소남의 자애와 효심을 동물들도 본받아 실천하는 것으로 보인다. 마지막에서는 관직에 나간 이들 중에는 오히려 효심과 우애가 깊지 않은 이들이 있는데 동소남은 효심과 우애에도 불구하고 관직에 나가지 못하고 있는 상황을 애달파하였다. 이를 통해 동소남의 인품을 칭송하면서 당시 세태를 풍자하였다.

이 시를 통해 한유는 그의 사람됨을 널리 알리고자 하였으며, 특히 당시 자신이 막부로 있던 서주의 절도사인 장건봉張建封에게 추천하고자 하였던 것으로 보인다. 수주는 정원 15년(799) 2월부터 이듬해 여름까지 한유가 머물던 서주와 가까운데, 이 시는 그 무렵 쓰인 것으로 추정된다.

04
齒屴齒屴[1]

쩨쩨하구나

齷齷當世士,	쩨쩨하구나, 이 세상의 선비들
所憂在饑寒.	근심하는 바가 배고픔과 추위이니,
但見賤者悲,	그저 비천한 자의 슬픔만 볼 뿐
不聞貴者歎.	부귀한 자의 탄식은 듣지 않네.
大賢事業異,[2]	크게 어진 이는 하는 일이 달라
遠抱非俗觀.	원대한 포부가 세속의 가치관과는 다르니,
報國心皎潔,	나라에 보답하느라 마음이 깨끗하고
念時涕汍瀾.[3]	시대를 걱정하며 줄줄 눈물을 흘리네.
妖姬坐左右,	어여쁜 여인들이 좌우에 앉아서
柔指發哀彈.[4]	부드러운 손가락으로 애절한 가락을 튕기고,
酒肴雖日陳,	술과 안주가 비록 날마다 차려져 있어도
感激寧爲歡.	기운이 격동하니 어찌 즐거워하겠는가?
秋陰欺白日,[5]	가을 음기가 흰 태양을 능멸해
泥潦不少乾.[6]	흙탕물이 질펀하니 조금도 마르지 않고,

河堤決東郡,7	황하 제방이 동군에서 터져
老弱隨驚湍.8	노약자들이 거센 물에 떠내려갔네.
天意固有屬,9	하늘의 뜻은 진실로 당부하려는 바가 있지만
誰能詰其端.10	누가 그 단서를 따질 수 있을까?
願辱太守薦,11	바라건대 외람되이 태수의 추천으로
得充諫諍官.	간쟁의 관직에 충당될 수 있다면,
排雲叫閶闔,12	구름을 밀쳐내고 궁궐 문에서 소리 질러
披腹呈琅玕.13	진심을 드러내 낭간의 말을 바치리라.
致君豈無術,	임금님을 보좌함에 어찌 방법이 없으랴만
自進誠獨難.	스스로 올리자니 진정 유독 어렵다.

· 주석 ·

1) 齪齪(착착) : 쩨쩨하다. 사소한 일에 마음을 두고 조심하다.

2) 大賢(대현) : 훌륭한 선비. 한유 자신을 염두에 둔 말이다.

3) 汍瀾(환란) : 눈물이 줄줄 흐르는 모양.

4) 哀彈(애탄) : 애절한 가락. 감동적인 음악을 가리킨다.

5) 秋陰(추음) 구 : 가을 구름이 태양을 가리다. 비가 많이 왔다는 말이다. 이는 간사한 신하가 황제의 올바른 판단을 가로막아 정사를 제대로 펴지 못하는 상황을 비유적으로 표현한 것이다.

6) 泥潦(니료) : 진흙탕이 질펀하다. 물난리가 났다는 말이다.

7) 東郡(동군) : 수나라 때의 지명. 당나라 때는 활주滑州였고 지금의 하남성 활현이다.

8) 驚湍(경단) : 거센 물살.

9) 有屬(유촉) : 당부함이 있다. 경계하는 바가 있다.

10) 詰(힐) : 힐난하다. 端(단) : 연유

11) 辱(욕) : 외람되이. 太守(태수) : 주를 다스리는 관리인 자사刺史. 당시 한유가 있던 서주의 자사는 장건봉이었다.

12) 閶闔(창합) : 하늘 문. 여기시는 궁궐 문을 기리킨다.
13) 披腹(피복) : 배를 드러내 보이다. 자신의 속뜻을 드러낸다는 말이다. 琅玕(낭간) :
　　옥의 일종. 흔히 훌륭한 글을 비유하는데, 여기서는 충언忠言을 가리킨다.

해설

　시의 제목이 특이하다. 시의 첫 두 글자를 따서 시 제목으로 삼는 방식은 ≪시경≫의
제목을 다는 방식에서 시작되었고, 이후 많은 문인들이 흔히 쓰던 것이었다. 그렇다고 해서
무성의하게 대충 첫 두 글자를 제목으로 삼는 것은 아니다. 그래도 시의 제목이기에 시 전체의
내용을 가장 잘 드러낼 수 있어야 한다. 이 시의 제목 역시 마찬가지이다. 제목의 '착'은
'악착같다'라고 할 때의 '착'이다. 대범하게 큰 틀에서 사고하지 않고 자잘한 것에 얽매이는
것이다. 이 시는 당시 집정자와 관리들이 경세제민이라는 대의에 입각하여 나랏일을 하지
않고 자신의 안일과 향락을 위해 집착하고 있는 것을 비판한 것이다. 그러니 일종의 충격
요법으로 독자에게 강한 경고를 줄 수 있는 제목이 필요했을 것이다.
　첫 4구와 다음 4구는 자신의 안위만을 생각하는 쩨쩨한 선비와 나라와 시대를 걱정하는
크게 어진 선비를 대비시켜 설명하였다. 비록 이들이 한자리에 있으면서 향락을 즐기고 있다
고 하지만 어진 선비는 마냥 즐거워할 수만은 없다. 오히려 이런 자리에서 의분이 더욱 격동되
기 때문이다.
　제13~18구에서는 당시의 구체적인 재난에 관해 언급하였다. 가을에 비가 많이 와서 황하의
제방이 터져 백성들이 물에 떠내려간 일이 있었다. 예로부터 이런 자연재난은 하늘이 정치를
제대로 하지 못하는 것에 대한 경고이자 처벌이라고 생각했다. 하지만 지금의 위정자들은
이에 아랑곳하지 않는다.
　마지막 6구에서 한유 자신의 뜻을 펼쳤다. 지금 한유는 이러한 상황에 대해 충언을 하려는
기개와 뜻을 가지고 있지만 이를 황제에게 바칠 수 있는 길이 없다. 제대로 된 관직이 없기
때문이다. 태수가 날 추천해준다면 그렇게 할 수 있을 터인데 그렇지 못한 상황이 너무나
안타깝다.
　결국 이 시는 자신의 충정을 알리고 이를 펼치기 위한 방법으로 태수의 추천을 요구하는
시이고 관직에 오를 수 있도록 청원하는 시이다. 정원 16년(800) 한유의 시 〈팽성으로 돌아오
다歸彭城〉에서 "작년에 동군에 홍수가 나서 백성들이 죽어 떠내려갔다.(去歲東郡水, 生民爲

流屍.)"고 하였으니, 이 시는 정원 15년(799) 장건봉의 막부에 있으면서 지은 것으로 보인다.

　　"구름을 밀치다排雲"는 말은 중의적이다. 비가 많이 온 상황을 염두에 둔 것이기도 하지만, 빽빽한 구름을 뚫고 들어가야 비로소 궁궐로 갈 수 있음을 말한다. 그만큼 궁궐로 가는 길은 멀고 험난하다. 여기에는 임금 주위에 있는 간신들 때문이기도 하다. "가을 음기가 흰 태양을 능멸한다"는 내용이 가을 구름이 태양을 가리고 비가 온다는 뜻이기도 하지만, 간신이 천자의 귀와 눈을 막고 제대로 정사를 펼치지 못하게 하는 것을 비유한다. 결국 구름은 천자 주위에 있는 간신들이다. 이들을 물리쳐야 비로소 천자에게 충언을 고할 수 있다. 진정 나라와 백성을 위해 일을 하기 위해서는 넘어야 할 산이 많다.

汴泗交流贈張僕射[1]

변수와 사수가 합류하다 – 장건봉 복야께 드리다

汴泗交流郡城角,	변수와 사수가 합류하는 고을의 성 모퉁이에
築場千步平如削.	사방 천 보 경기장을 만드니 깎아놓은 듯 평평한데,
短垣三面繚逶迤,[2]	낮은 담장을 세 면으로 길게 두르고는,
擊鼓騰騰樹赤旗.[3]	북을 둥둥 치고 붉은 깃발을 세워놓았네.
新秋朝涼未見日,	초가을 아침 시원하고 아직 해는 보이지 않는데
公早結束來何爲.[4]	공께서는 일찌감치 차려입고 와서 무얼 하시나?
分曹決勝約前定,	조를 나눠 승부를 내기로 약속이 미리 되어있다지.
百馬攢蹄近相映.[5]	백 마리 말이 말발굽을 모아 달리니 가까이 서로 섞였는데,
毬驚杖奮合且離,[6]	공이 갑자기 뛰고 막대를 휘두르며 모였다 또 흩어지네.
紅牛纓紱黃金羈.[7]	말은 붉은 소털의 가슴걸이에 황금 굴레를 하였고,
側身轉臂著馬腹,	몸을 기울이고 팔을 돌려 말의 배에 붙었다가
霹靂應手神珠馳.[8]	벽력같이 응수하니 신들린 구슬이 휙 날아가네.
超遙散漫兩閑暇,[9]	멀리 흩어져 양 편이 한가롭다가도,
揮霍紛紜爭變化.[10]	재빨리 어지럽게 변화를 다투네.

發難得巧意氣麤,¹¹   어렵고 교묘한 기술을 부리며 의기가 씩씩하니,
讙聲四合壯士呼.   환호성이 사방에서 일어나며 장사들이 소리치네.
此誠習戰非爲劇,   이는 진실로 전쟁 연습이지 유희가 아니라지만
豈若安坐行良圖.   어찌 편안히 앉아 좋은 계책을 행하는 것만 하겠는가?
當今忠臣不可得,   지금 충신을 얻을 수 없으니,
公馬莫走須殺賊.¹²   공의 말은 경기를 하지 말고 적을 죽여야 합니다.

· 주석 ·

1) 汴泗(변사) : 변수와 사수. 서주徐州 지역에서 합류한다. 交流(교류) : 물길이 만나 흐르다. 張僕射(장복야) : 장건봉張建封으로 당시 서주를 다스리는 절도사로 있었으며 검교좌복야檢校左僕射였다. '복야'는 상서성의 관직으로 종이품從二品이다. 한유는 정원 15년(799) 그의 막부에서 관찰추관觀察推官으로 재직했다.

2) 繚(료) : 두르다. 逶迤(위이) : 길게 이어진 모양.

3) 騰騰(등등) : 북 치는 소리.

4) 結束(결속) : 옷을 차려입다.

5) 攢蹄(찬제) : 말발굽을 모으다. 말이 빨리 달리는 모습이다.

6) 毬驚(구경) : 공이 갑자기 이리저리 뛰다. 杖奮(장분) : 공을 치는 막대기를 마구 흔들다.

7) 纓紱(영불) : 말의 가슴걸이 끈을 말한다.

8) 霹靂(벽력) : 벼락. 선수들의 동작이 매우 빠른 것을 비유한 것이다. 또는 공 치는 소리를 형용한 것으로 볼 수도 있다. 珠(주) : 구슬. 공을 가리킨다.

9) 超遙(초요) : 먼 모양. 散漫(산만) : 흩어져 있는 모양.

10) 揮霍(휘곽) : 매우 재빠른 모양. 紛紜(분운) : 어지러운 모양.

11) 發難得巧(발난득교) : 어려운 기술을 내고 교묘한 기술을 얻다. 麤(추) : 거친 모양. 씩씩한 모양.

12) 莫走(막주) : 달리게 하지 말라. 기마타구를 하지 말라는 뜻이다.

　이 시는 당시 한유가 근무하고 있던 서주 막부의 절도사인 장건봉에게 준 것이다. 새벽부터 일어나 지금의 폴로와 비슷한 경기인 기마타구騎馬打毬를 즐기는 것을 읊은 뒤, 이러한 유희에 빠지지 말고 세상을 어지럽히는 무리를 물리치기를 바라는 마음을 표현하였다. 당시 창의군彰義軍 절도사 오소성吳少誠이 서주 근처의 회서 지방을 점거하고 조정에 반란을 일으켰다고 하는데, 아마도 이러한 난리를 장건봉이 나서서 진압하기를 바란 것으로 보인다.

　첫 4구에서는 성의 한 모퉁이에 만들어 놓은 넓고 훌륭한 경기장의 모습을 표현하였다. 이어서 3구에서는 초가을 새벽부터 장건봉이 복장을 차려입고 경기장에 나왔음을 말하였다. 다음 9구에서는 기마타구를 하는 모습을 생동감 있게 묘사하였다. 온갖 기교를 부리면서 말을 재빠르게 몰고 공을 친 뒤 이리저리 몰려다니는 경관이 눈에 보이는 듯하고 박진감이 넘친다. 마지막 4구에서는 기마타구가 전투 훈련의 일환이기는 하지만 그래도 반군을 제압하는 전략을 세우는 것이 더 중요하고, 이에 쓰이는 힘을 아껴서 적을 물리치도록 하기를 바라는 마음을 표현하였다.

　이 시를 본 장건봉은 한유에게 〈한유 교서의 타구가에 답하다酬韓校書愈打毬歌〉를 써 주었는데, 마지막에서 "한선생은 이러한 기예를 한다고 나를 의아하게 여기고서 나더러 천천히 몰며 안정시킬 계책을 만들라고 권고하네. 군사 일을 결국 어떻게 이루어야할지 모른 채 그저 이 사람의 한마디 가르침에 부끄러워하네.(韓生訝我爲斯藝, 勸我徐驅作安計. 不知戎事竟何成, 且愧吾人一言惠.)"라고 하였으니 어느 정도 한유의 충언이 받아들여졌을지도 모르겠다.

　비록 한유가 이러한 유희를 삼가기를 바라는 충언을 담기는 했지만 정작 한유가 지은 이 시도 형식적인 조탁을 많이 한 흔적이 곳곳에 보인다. 환운을 많이 하기는 했지만 압운을 한 곳이 다른 시에 비해 많으며, 기마타구의 모습을 묘사한 부분은 상당히 공을 들인 것으로 보인다. 어찌보면 장건봉이 기마타구를 수련하는 것이나 한유가 이런 시를 짓는 것이나 마찬가지의 행위로 보이기도 한다.

　이 시는 정원 15년(799) 장건봉의 막부에 있을 때 지은 것이다.

駑驥[1]

노둔한 말과 준마

駑駘誠酈醨,[2]	노둔한 말은 정말 지질한데
市者何其稠.[3]	사려는 사람은 어찌 그리 많은가?
力小苦易制,	힘이 약해 진정 다루기 쉽고
價微良易酬.	값이 싸서 정말 값 치르기 쉬우며,
渴飮一斗水,	목마르면 한 되 물만 마시고
飢食一束芻.	배고프면 한 묶음 꼴만 먹지만,
嘶鳴當大路,	길게 울면서 큰 길에 나서면
志氣若有餘.	기운이 넘치는 듯하네.
騏驥生絶域,[4]	준마는 먼 곳에서 태어나
自矜無匹儔.[5]	비길 자가 없다고 스스로 뻐기지만,
牽驅入市門,[6]	끌려서 저자 문으로 들어오면
行者不爲留.[7]	지나가던 이가 관심도 가지지 않네.
借問價幾何,	가격이 얼마냐고 물어보면
黃金比嵩丘.[8]	황금을 숭산만큼 줘야 한다고 하고,

借問行幾何,	얼마나 달릴 수 있냐고 물어보면
咫尺視九州.9	구주를 지척으로 여긴다고 하네.
飢食玉山禾,10	배고프면 옥산의 벼를 먹고
渴飲醴泉流.11	목마르면 예천의 물을 마시는데,
問誰能爲御,	누가 몰 수 있냐고 물어보면
曠世不可求.12	오랫동안 구할 수 없었고,
惟昔穆天子,13	오직 옛날 목천자가
乘之極遐遊.	이 말을 타고 먼 지역 유람을 다할 때,
王良執其轡,14	왕량이 그 고삐를 잡고
造父挾其輈.15	조보가 그 수레채를 잡았다고 하네.
因言天外事,16	그 김에 하늘 바깥의 일을 말하는데
茫惚使人愁.17	멍해지니 사람을 근심스럽게 하네.
駑駘謂騏驥,	노둔한 말이 준마에게 말하길
餓死余爾羞.18	"굶어 죽게 되었으니 나는 네가 부끄럽구나.
有能必見用,	능력이 있으면 반드시 쓰이고
有德必見收.	덕이 있으면 반드시 거두어진다지만,
孰云時與命,	누가 때와 운명이라고 말하는가?
通塞皆自由.19	통합과 막힘은 모두 자신 때문이지."
騏驥不敢言,	준마가 감히 말을 못하고
低徊但垂頭.20	머뭇거리며 다만 머리를 숙이고만 있으니,
人皆劣騏驥,	사람들은 모두 준마를 안좋게 여기고
共以駑駘優.	다들 노둔한 말이 낫다고 생각하네.
喟余獨興歎,	아아! 나만 홀로 탄식하나니
才命不同謀.	재주와 운명을 동시에 꾀하지 못해서라네.
寄詩同心子,	이 시를 마음을 같이하는 이에게 보내노니
爲我商聲謳.21	나를 위해 구슬픈 곡조로 읊조려주시게.

1) 駑驥(노기) : 노둔한 말과 준마. 판본에 따라 제목 아래에 "구양첨에게 주다贈歐陽詹"라 는 글이 더 있기도 하다. 구양첨은 천주泉州 진강晉江 사람으로 자가 행주行周이다. 정원 8년(792) 한유와 함께 진사시에 합격하였으며 서로 사이가 좋았다. 정원 15년(799) 겨울 한유가 서주의 막부에 있다가 신년 조회에 참석하기 위해 장안으로 갔을 때 당시 국자감國子監 사문조교四門助敎로 있던 그가 한유를 국자감 박사로 천거하였지만 받아들여지지 않았다.

2) 駑駘(노태) : 노둔한 말. 齷齪(악착) : 기량이 작다. 비루하다.

3) 稠(주) : 많다.

4) 騏驥(기기) : 준마.

5) 匹儔(필주) : 비견할만한 자.

6) 牽駒(견구) : 끌고 오다.

7) 爲留(위류) : 그 때문에 머물다. 준마를 사려고 관심을 가진다는 뜻이다.

8) 嵩丘(숭구) : 숭산. 오악 중의 하나이다. 높은 산을 두루 가리킨다.

9) 九州(구주) : 옛날 중국을 아홉 개의 주로 나누었는데, 이로부터 중국 전체를 가리킨다.

10) 玉山禾(옥산화) : 전설 속에 나오는 옥산에서 자라는 곡식인 목화木禾를 가리킨다. 높이가 다섯 길이고 둘레가 다섯 아름이라고 한다. '옥산'은 서왕모가 사는 곳으로 서쪽 끝의 곤륜산에 있다.

11) 醴泉(예천) : 단술처럼 달고 맛있는 샘물. 곤륜산에 있다고 하며 이 물을 마시면 젊음을 유지할 수 있다고 한다.

12) 曠世(광세) : 여러 세대 동안. 오랫동안.

13) 穆天子(목천자) : 주나라 목왕으로 준마를 타고 세상 끝까지 노닐었으며, 곤륜산에서 서왕모를 만난 적이 있다.

14) 王良(왕량) : 춘추시대 진晉나라 사람으로 말을 잘 몰았다고 한다. 轡(비) : 고삐.

15) 造父(조보) : 목천자가 곤륜산의 서왕모를 찾아갈 때 수레를 몰았으며, 나라에 난리가 나서 돌아올 때 하루에 천리를 달렸다고 한다. 輈(주) : 수레의 끌채.

16) 天外事(천외사) : 하늘 바깥의 일. 준마가 천하를 다니며 본 세상 바깥의 기이한 일을

말한다.

17) 茫惚(망홀) : 멍하다. 황당무계한 이야기를 들어 넋이 나간 것이다.

18) 餓死(아사) 구 : 준마가 팔리지 않아 굶어죽게 되었으니 같은 말의 입장에서 노둔한 말이 창피하다는 말이다.

19) 通塞(통색) : 형통함과 막힘.

20) 低徊(저회) : 머뭇거리다.

21) 商聲(상성) : 오성五聲 중의 하나로 구슬픈 곡조를 가리킨다.

(해설)

이 시는 노둔한 말과 준마에 대한 이야기를 쓴 것이다. 노둔한 말과 준마가 처한 상황과 이들의 대화를 적었으니 실제 있었던 일은 아니고 한유가 지어낸 이야기이다. 이런 우화를 통해 자신의 상황과 당시의 세태를 풍자하였다.

첫 8구에서는 노둔한 말이 잘 팔리는 현상과 그 이유를 적었다. 다루기 쉽고 값이 싸며 먹이도 얼마 들지 않아 사람들이 좋아하기 때문이다. 이러니 노둔한 말은 큰 길거리를 활보하며 자신이 최고인양 의기양양하게 다닌다. 다음 18구에서는 준마가 잘 팔리지 않는 현상과 그 이유를 적었다. 훌륭한 말이 난다는 서역 먼 곳에서 혈통 좋은 말로 태어났지만 저자거리로 들어온 뒤에는 사람들이 거들떠보지도 않는다. 비싸고 다루기 힘들기 때문이다. 비록 하루에 먼 거리를 갈 수 있지만 옛날 목천자의 훌륭한 마부들이나 다룰 수 있었을 뿐 지금은 준마를 다룰 기술을 가진 이가 없어서 제 능력을 발휘하지 못한다. 그리고 그 쓰임새라는 것이 먼 지방을 다니는 것이라 넓은 시야를 가지고 큰 포부를 지니려는 자가 아니라면 마음을 어지럽게만 할 뿐이다.

이런 상황을 대비하여 설명한 뒤 노둔한 말이 준마에게 가르침을 주는 말을 한 마디 한다. "때가 있으면 언젠가는 쓰이는 법이고 쓰이고 안 쓰이고는 운명에 따르는 법이라고 말을 하지만 이는 핑계이다. 모든 것은 자신이 할 도리이다. 네가 잘 처신하지 못해 굶어 죽게 되었으니 같은 말로서 내가 부끄러울 뿐이다." 이런 상황에서 다들 노둔한 말이 준마보다는 훨씬 낫다고 여기고 모두 노둔한 말만 찾는다.

마지막 4구에서는 훌륭한 재능이 있는 자가 인정을 받지 못하고 도리어 재주가 없는 자가 활개를 치고 다니는 세태에 대해 탄식을 하면서 친구에게 부친다는 말을 하였다. 한유 자신도

이 시의 준마와 같은 처지이고 아마 구양첨 역시 그러한 처지였을 것이다. 한유는 젊었을 때 유난히 인정을 받지 못해서 고생을 많이 했다. 조력자를 구하기 위해 몇 번씩이나 편지를 보냈지만 답이 없었던 적도 있었다. 능력이 있어도 제 뜻대로 풀리지 않으니 얼마나 답답했을까? 이 시는 이러한 답답함을 노둔한 말과 준마에 관한 이야기로 풀어낸 일종의 우언시이다. 이렇게 동물의 이야기와 비유를 통해 자신의 뜻과 신세를 표현하는 것이 한유 시 특징 중의 하나이다.

대체로 정원 15년(799) 장안에 가서 구양첨을 만났을 때 지은 것으로 보이며, 이 시에 대한 구양첨의 답시도 전해진다.

海水

바닷물

海水非不廣,	바닷물이 넓지 않은 것은 아니고
鄧林豈無枝.[1]	등림에 어찌 가지가 없겠냐만,
風波一蕩薄,[2]	바람과 파도가 한번 거세게 몰아치면
魚鳥不可依.	물고기와 새가 의지할 수 없구나.
海水饒大波,[3]	바닷물에는 큰 파도가 많고
鄧林多驚風.	등림에는 거센 바람이 많아도,
豈無魚與鳥,	어찌 물고기와 새가 없겠냐만
巨細各不同.	크고 작음이 각각 같지 않으니,
海有吞舟鯨,	바다에는 배를 삼키는 고래가 있고
鄧有垂天鵬.	등림에는 하늘가를 덮은 붕새가 있는가하면,
苟非鱗羽大,	만일 비늘과 깃털이 크지 못하면
蕩薄不可能.[4]	거세게 몰아치는 것을 견딜 수 없지.
我鱗不盈寸,	내 비늘은 한 치가 못되고
我羽不盈尺.	내 깃털은 한 자가 못되니,

一木有餘陰,	나무 한 그루에도 그늘이 넉넉하고
一泉有餘澤.	샘물 하나에도 적셔줌이 넉넉하지.
我將辭海水,	내가 장차 바닷물을 떠나
濯鱗淸泠池.	맑고 깨끗한 못에서 비늘을 씻고,
我將辭鄧林,	내가 장차 등림을 떠나
刷羽蒙籠枝.5	무성한 나뭇가지에서 깃털을 고르리.
海水非愛廣,	바닷물이 그 넓음을 아끼는 것이 아니고
鄧林非愛枝.	등림이 그 나뭇가지를 아끼는 것이 아니지만,
風波亦常事,	바람과 파도가 또한 늘 있는 일이라
鱗羽自不宜.6	내 비늘과 깃털이 스스로 적합하지 않아서라네.
我鱗日已大,	내 비늘이 나날이 커지고
我羽日已脩.	내 깃털이 나날이 길어져서,
風波無所苦,	바람과 파도에 힘들지 않게 되면
還作鯨鵬游.	돌아와 고래와 붕새처럼 노닐리라.

· 주석 ·

1) 鄧林(등림) : 신화 속에 나오는 큰 숲. 옛날에 거인인 과보夸父가 해를 쫓아가다가 목이 말라 죽었다. 당시 자신의 지팡이를 버렸는데 그곳이 수천 리의 숲으로 바뀌었으며, 이를 등림이라고 불렀다.

2) 蕩薄(탕박) : 크게 흔들다. 크게 몰아치다.

3) 饒(요) : 많다.

4) 能(능) : 견디다. 이 경우 음이 '내'이지만 이 시에서는 음을 '능'으로 하여 압운하고 그 뜻만 취한 것으로 보인다. 이와 달리 '의지하다'의 뜻으로 보면 이 구는 "몰아치는 파도와 바람 속에서 의지하며 살 수가 없다"는 말이다.

5) 刷羽(쇄우) : 새가 부리로 깃털을 고르다. 蒙籠(몽롱) : 무성한 모양.

6) 自不宜(자불의) : 스스로 적절치 않다.

　이 시는 큰 바닷물과 큰 등림에 살기에는 자신이 적당치 않으니 잠시 떠났다가 더 성장한 뒤 다시 돌아오겠다는 포부를 적었다.

　첫 12구에서는 일반적인 이야기를 하였다. 큰 바다와 큰 등림에 물고기와 새가 살기는 하지만 그곳에는 파도와 바람이 거세기 때문에 고래나 붕새 같이 큰 것이 아니면 견디지 못한다고 하였다. 그 다음 16구에서는 자신의 이야기를 하였다. 자신이 물고기라면 비늘이 너무 작고 자신이 새라면 날개가 너무 작다. 그래서 조그만 가지나 적은 물만 있어도 충분히 살 수 있으며, 바다 같이 크고 등림 같이 넓은 곳은 오히려 적당하지 않다. 비록 바다와 등림이 나 같이 미천한 존재를 싫어해서 받아주지 않는 것은 아니지만 내가 살기에는 너무 크고 버겁다. 그러니 이곳을 떠나 다른 곳에 가서 더 성장한 뒤 바다와 등림으로 돌아와 고래와 붕새처럼 노닐겠다고 하였다.

　비유의 수법을 사용하여 잠시 지금의 관직을 떠난 뒤 자신의 실력을 더 연마하여 다시 돌아오겠다는 포부를 표현한 것이다. 대체로 정원 16년(800) 5월 한유가 의탁하고 있던 서주의 장건봉張建封이 죽자 그곳을 떠나 낙양으로 가면서 지은 것으로 보인다. 어쩔 수 없는 상황에서 서주를 떠나게 되었지만 그래도 더 큰 세상으로 나아가기 위해 준비하려는 야망이 잘 드러나 있다.

贈侯喜[1]

후희에게 주다

吾黨侯生字叔起,	우리 무리의 후선생은 자가 숙기인데,
呼我持竿釣溫水.[2]	낚싯대 가지고 낙수에서 낚시하자고 나를 불렀기에,
平明鞭馬出都門,	동이 트자 말을 몰아 도성 문을 나서
盡日行行荊棘裏.	하루 종일 가시덤불 속을 가고 또 갔지.
溫水微茫絶又流,	낙수는 아득히 끊겨졌다 또 이어지는데,
深如車轍闊容輈.[3]	깊이는 수레바퀴 정도이고 넓이는 수레가 지나갈 정도여서,
蝦蟆跳過雀兒浴,[4]	두꺼비가 뛰어서 건너가고 참새가 목욕하는데
此縱有魚何足求.	이곳에 비록 물고기가 있다한들 무어 잡을 만하겠는가?
我爲侯生不能已,	나는 후선생 때문에 어쩔 수 없이,
盤鍼擘粒投泥滓.[5]	바늘 준비하고 알곡 쪼개서 흙탕물에 던졌는데,
晡時堅坐到黃昏,[6]	오후에 꼿꼿이 앉았다가 황혼이 되니
手倦目勞方一起.[7]	손과 눈이 피로해지고 막 한번 낚싯대를 들었네.
暫動還休未可期,	잠시 입질하다 또 잠잠해지니 기대할 수가 없고,
蝦行蛭渡似皆疑.[8]	두꺼비 지나가고 거머리 건너가도 모두 물은 것 같았네.

擧竿引線忽有得,	낚싯대 들고 줄을 당겨보니 홀연 잡힌 게 있었지만
一寸纔分鱗與鬐.9	한 치 짜리라서 겨우 비늘과 지느러미를 구분할 수 있었네.
是時侯生與韓子,	이때 후선생과 나는
良久歎息相看悲.	한참동안 탄식하며 서로 슬프게 바라보았는데,
我今行事盡如此,	내가 지금 하는 일이 모두 이와 같으니
此事正好爲吾規.	이 일은 내가 경계할 일로 삼기 딱 좋구나.
半世遑遑就擧選,10	반평생 허둥지둥 과거시험에 나아가서
一名始得紅顔衰.	명성을 한번 얻고는 붉던 얼굴 시들어버렸으니,
人間事勢豈不見,	인간 세상 돌아가는 형세를 어찌 보지 않았겠는가?
徒自辛苦終何爲.	그저 스스로 고생할 뿐 결국 무엇을 했던가?
便當提携妻與子,	마땅히 아내와 자식을 데리고서
南入箕穎無還時.11	남쪽 기산과 영수로 들어가 돌아오지 말아야지.
叔起君今氣方銳,12	숙기 그대는 지금 기운이 막 왕성하지만
我言至切君勿嗤.13	내 말은 지극히 절실하니 그대는 비웃지 말게나.
君欲釣魚須遠去,	그대가 물고기를 낚으려면 모름지기 멀리 떠나야할지니,
大魚豈肯居沮洳.14	큰 물고기가 어찌 얕은 물에 살려 하겠는가?

·주석·

1) 侯喜(후희) : 한유 문하생 중의 한 명으로 자는 숙기叔起이다. 그는 오랫동안 급제를 하지 못하다가 정원 19년(803)에 비로소 진사시험에 합격하였고 국자주부國子主簿로 벼슬을 마쳤다. 그가 죽었을 때 한유는 〈후희 제문祭侯喜文〉을 지었다.

2) 溫水(온수) : 낙수. 왕에게 성대한 덕이 있으면 낙수가 먼저 따뜻해진다고 한다.

3) 輈(주) : 수레의 끌채.

4) 蝦蟆(하마) : 두꺼비.

5) 盤鍼(반침) : 바늘을 둥글게 만들다. 낚싯바늘을 만드는 것이다. 擘粒(벽립) : 낟알을 쪼개다. 미끼를 준비하는 것이다. 泥滓(니재) : 진흙탕.

6) 晡時(포시) : 신시申時. 오후 3시부터 5시까지이다.

7) 一起(일기) : 한번 일으키다. 물고기가 물린 것 같아 낚싯대를 한번 들었다는 말이다. 이와 달리 오랜 시간의 낚시로 힘든 몸을 한번 펴는 것으로 볼 수도 있다.

8) 蛭(질) : 거머리. 疑(의) : 물고기가 걸렸는지 의심하는 것이다.

9) 鬐(기) : 지느러미.

10) 遑遑(황황) : 급하게 서두르는 모양. 擧選(거선) : 과거 시험을 가리킨다.

11) 箕潁(기영) : 기산과 영수. 지금의 하남성 등봉시登封市 남동쪽에 있다. 순임금이 허유許由에게 왕위를 선양하려고 하자 허유는 이를 사양하고 영수의 북쪽 기산箕山 아래로 가서 농사를 지었다.

12) 銳(예) : 왕성하다.

13) 嗤(치) : 비웃다.

14) 沮洳(저여) : 낮은 습지. 물이 적은 곳을 말한다.

(해설)

이 시는 한유의 문하생인 후희에게 주며 지은 것이다. 한유는 정원 17년(801) 3월 장안에서 낙양으로 돌아와 머물고 있었는데 7월에 이경흥李景興, 후희, 울지분尉遲汾 등과 함께 낙수에서 낚시를 하였다. 하루 종일 고생을 했지만 고작 한 치 짜리 물고기만 낚았을 뿐인데, 이에 자신의 신세를 토로하고 후희에게 경계의 말을 남겼다.

상반부 16구에서 낚시한 정황을 자세하게 적었다. 아침 일찍 고생하며 낙수로 갔지만 낙수는 두꺼비가 건너 뛸 수 있을 정도로 얕고 좁다. 이런 곳에 무슨 큰 물고기가 있다고 여기서 낚시를 한단 말인가? 투덜거리면서 겨우 낚싯대를 드리웠지만 입질도 없고 겨우 잡은 것은 한 치 짜리 피라미이다. 이에 서로 바라보며 애달파하는데, 한유는 이러한 상황이 자신의 처지와 비슷하다면서 신세한탄을 한다. 젊어서 과거를 보기위해 전념하였고 그 결과 진사시에 합격하기는 했지만 그느라 젊은 시절은 다 지나가버렸고 얻은 것은 하나도 없다. 뭣 때문에 이렇게 고생을 했는가? 마땅히 가족들을 데리고 산으로 들어가 은거하며 살아야겠다. 그리고 마지막 4구에서는 후희에게 주는 말을 하였다. 후희는 아직 젊고 희망이 있으니 이 세상에서 큰 일을 이룰 수 있을 것이다. 그러려면 좁은 세상에서 놀지 말고 큰 세상으로 나가야 한다. 오늘 우리가 낚시할 때 강불이 작으니 큰 물고기가 없지 않은가?

결국 한유는 자신이 처한 세상이 너무 작아 자신과 같은 큰 인재가 살기에는 적합하지 않다고 생각했던 것이다. 다만 아직 젊은 후희에게 은거를 강권할 순 없으니 보다 큰 야망과 포부를 가지라고 당부했을 뿐이다.

한유의 시에는 낚시에 관한 시가 몇 수 있는데 특히 만년에는 낚시를 즐겨 한 것으로 보인다. 낚시와 같은 일상적이고 사소한 행위 속에 자신이 느낀 바를 빗대어 표현하는 것이 한유 시의 특징이라고 할 수 있다.

山石

산의 바위

山石犖确行徑微,1
黃昏到寺蝙蝠飛.2
昇堂坐階新雨足,
芭蕉葉大支子肥.3
僧言古壁佛畫好,
以火來照所見稀.
鋪牀拂席置羹飯,4
疎糲亦足飽我飢.5
夜深靜臥百蟲絶,
淸月出嶺光入扉.
天明獨去無道路,
出入高下窮煙霏.6
山紅澗碧紛爛漫,
時見松櫪皆十圍.7

산의 바위가 높고 험난하여 길이 좁은데,
황혼 무렵 절에 도착하니 박쥐가 날아가네.
당에 오르며 섬돌에 앉으니 새로 비가 충분히 내려
파초는 잎이 크고 치자는 살쪄 있네.
스님이 말하길 오래된 벽의 불화가 좋다하니
불을 들고 비춰봤지만 희미하게 보이네.
상을 펴고 자리 털고는 국과 밥을 놓았는데
거친 밥이 또한 충분히 내 허기를 채우네.
밤이 깊어 조용히 누우니 온갖 벌레 소리 끊어졌고
맑은 달이 고개위로 솟아 빛이 문으로 들어오네.
날이 밝아 홀로 가노라니 길이 없고
들락날락 오르락내리락 안개 속을 다 헤치네.
산은 붉고 냇물은 푸르러 어지러이 반짝이는데
때때로 보이는 소나무와 상수리나무는 모두 열 아름이구나.

當流赤足蹋澗石,⁸　　시냇물이 나오면 맨발로 개울의 돌을 밟노라니

水聲激激風吹衣.⁹　　물소리는 콸콸 나고 바람이 옷에 부네.

人生如此自可樂,　　인생이 이와 같으면 절로 즐길 만한데

豈必局束爲人鞿.¹⁰　　어찌 반드시 궁박하게 다른 사람에게 매여야 하겠는가?

嗟哉吾黨二三子,　　아아, 우리 무리 두세 사람은

安得至老不更歸.　　어찌하면 늙도록 다시 속세로 돌아가지 않을 수 있을까?

주석

1) 犖确(낙학) : 바위가 울퉁불퉁하거나 높이 솟아 있는 모양.

2) 蝙蝠(편복) : 박쥐.

3) 支子(지자) : 치자.

4) 羹飯(갱반) : 국과 밥.

5) 疏糲(소려) : 거친 밥.

6) 煙霏(연비) : 안개.

7) 櫪(력) : 상수리나무.

8) 赤足(적족) : 맨발.

9) 激激(격격) : 물이 세차게 흘러가는 소리.

10) 局束(국속) : 궁박하게 구속되다. 鞿(기) : 속박하다. 견제하다.

해설

　이 시는 일박이일 동안 산행을 하면서 보고 느낀 것을 적은 일종의 기행시이다. 험난한 산길을 가서 저녁 무렵에 산사에 도착했다. 마침 비가 적당히 내려 파초와 치자가 잘 자라 있다. 스님이 오래된 불화를 자랑하기에 어두운 밤에 불을 켜고 비춰보니 희미해서 잘 보이질 않는다. 자리를 펴서 소박한 식사를 하니 밥이 맛있다. 산사에 자려고 누우니 벌레 소리도 들리지 않고 조용한데 달빛이 방안으로 스며들어온다. 다음날 아침 일어나니 안개가 자욱하여 길도 보이지 않지만 그래도 샅샅이 다 둘러본다. 소나무와 상수리나무는 아름드리로 자라

있고 산과 냇물이 찬란하게 빛난다. 콸콸 흐르는 냇가에 발을 담그고 돌을 밟아보노라니 바람이 옷에 불어와 시원하기 그지없다.

아무런 걱정이나 근심도 없고 세속의 욕망과 경쟁도 없이 그저 자연 속에서 마음 편한 시간을 보내고 있다. 그야말로 무릉도원이고 별천지이다. 인생이 이와 같다면 정말 즐거울 것이니 뭣 하러 세상의 인간사에 매여 살아야 하겠는가? 다시 집에 돌아가지 말고 세속으로 돌아가지 말고 여기서 늙도록 살고 싶다.

요즘 사람들도 가끔 일상을 떠나 어디론가 여행을 간다. 그리고 그 여행지에서 이런 일을 경험하고 한유와 똑같은 생각을 한다. 하지만 여행은 끝나고 다시 일상으로 돌아온다. 한유도 그랬다. 옛날이나 지금이나 사람 사는 것은 똑같다.

한유는 정원 17년(801) 3월 장안에서 낙양으로 돌아와 머물고 있었는데 7월에 이경흥李景興, 후희侯喜, 울지분尉遲汾 등과 함께 낙수에서 낚시를 하고는 혜림사惠林寺에서 하루를 묵고 돌아왔다. 당시 경험을 적은 것이라는 설과 영남嶺南으로 폄적 갔을 때 지은 것이라는 설이 있다.

10

苦寒

매서운 추위

四時各平分,	네 계절이 각각 고르게 나뉘어졌기에
一氣不可兼.	하나의 기운이 두 계절을 겸할 수 없는데,
隆寒奪春序,1	혹독한 추위가 봄의 순서를 빼앗았으니
顓頊固不廉.2	전욱이 본디 청렴하지 않아서이지.
太昊弛維綱,3	태호가 기강을 해이하게 하여
畏避但守謙.4	두려워 피하고는 다만 겸손함을 지키고 있으니,
遂令黃泉下,	이에 황천 아래에서
萌牙夭勾尖.5	구불하고 뾰족한 새싹을 죽여 버려,
草木不復抽,6	초목이 다시 싹을 내지 못하고
百味失苦甜.7	온갖 음식이 쓴맛 단맛을 잃어버렸네.
凶飆攪宇宙,8	험악한 바람이 우주를 뒤흔들어
鋩刃甚割砭.9	칼로 심히 베고 찌르니,
日月雖云尊,	해와 달이 비록 존귀하다지만
不能活烏蟾.10	까마귀와 두꺼비를 살릴 수 없고,

羲和送日出,[11]	희화가 태양을 보내 나오도록 하지만
怔怯頻窺覘.[12]	겁을 먹고는 자주 힐끔거릴 뿐이며,
炎帝持祝融,[13]	염제가 축융을 데리고 와서
呵噓不相炎.[14]	입김을 불어도 뜨거워지지 않네.
而我當此時,	그런데 내가 이러한 때에
恩光何由沾.[15]	은혜로운 빛을 어찌 누릴 수 있으랴?
肌膚生鱗甲,[16]	피부에는 비늘이 돋고
衣被如刀鎌.[17]	옷과 이불은 칼과 낫과 같으며,
氣寒鼻莫齅,[18]	날씨가 차서 코는 냄새를 맡지 못하고
血凍指不拈.[19]	피가 얼어 손가락은 물건을 집지 못하네.
濁醪沸入喉,[20]	탁주를 끓여서 목구멍에 넣어보지만
口角如銜箝.[21]	입은 마치 재갈을 문 듯 뻣뻣하고,
將持匕箸食,[22]	수저를 쥐고 음식을 먹으려니
觸指如排籤.[23]	손가락에 닿는 느낌이 산가지를 늘어놓은 듯하네.
侵鑪不覺暖,[24]	화로에 파고들어도 따뜻함을 느끼지 못해
熾炭屢已添.[25]	타오르는 석탄을 여러 번 이미 더했으며,
探湯無所益,[26]	끓는 물에 한번 넣어 봐도 도움이 없으니
何況纊與縑.[27]	하물며 따뜻한 이불은 어떻겠는가?
虎豹僵穴中,[28]	호랑이와 표범이 뻣뻣해져 굴속에 있고
蛟螭死幽潛.[29]	교룡과 이무기가 죽어 깊이 가라앉았으며,
熒惑喪躔次,[30]	화성은 운행하는 길을 잃어버리고
六龍冰脫髥.[31]	육룡은 얼어 수염이 빠져버렸으니,
芒碭大包內,[32]	광활한 우주 안에
生類恐盡殲.[33]	생물이 다 죽을까 두렵네.
啾啾窓間雀,[34]	짹짹거리는 창가의 참새는
不知己微纖.[35]	자신이 미미한 존재임을 알지 못하고,

擧頭仰天鳴,	머리 들어 하늘을 향해 울면서
所願暑刻淹.36	시간이 멈추기를 기원하지만,
不如彈射死,	탄환에 맞아 죽어
卻得親炰燖.37	도리어 직접 구워지는 것만 못하리라.
鸞皇苟不存,38	난새와 봉황이 만일 존재하지 않더라도
爾固不在占.39	너희들은 본래 점괘에 들지 못하는데,
其餘蠢動儔,40	그 나머지 꿈틀거리며 움직이는 무리들이
俱死誰恩嫌.41	모두 죽어도 누가 은혜를 베풀거나 원망하겠는가?
伊我稱最靈,42	우리 사람은 가장 뛰어나다고 하지만
不能女覆苫.43	너희들에게 거적을 덮어줄 수도 없네.
悲哀激憤歎,	슬퍼하며 격렬하게 탄식하니
五藏難安恬.44	오장이 편안하기 어려워,
中宵倚牆立,	한밤에 벽에 기대어 서 있노라니
淫淚何漸漸.45	끊임없는 눈물이 얼마나 줄줄 흐르는가?
天乎哀無辜,46	하늘이시여, 무고한 존재를 슬피 여겨
惠我下顧瞻.47	우리에게 은혜를 내려 아래로 굽어보소서.
褰旒去耳纊,47	면류관의 술을 걷고 귀마개를 벗고는
調和進梅鹽.48	음식의 맛을 내려고 매실과 소금을 넣으며,
賢能日登御,49	어질고 능력 있는 이를 날로 등용하고
黜彼傲與憸.50	저 거만하고 간사한 이를 쫓아내소서.
生風吹死氣,	생명의 바람이 죽음의 기운을 불어내어
豁達如褰簾.51	주렴을 걷은 듯 탁 트이게 되면,
懸乳零落墮,52	매달려있던 고드름이 녹아 떨어져
晨光入前簷.	새벽빛이 앞 처마로 들어오고,
雪霜頓銷釋,53	눈과 서리가 갑자기 녹아버려
土脈膏且黏.54	땅이 기름지고 차지게 될 것이니,

豈徒蘭蕙榮,　　　　어찌 다만 난초와 혜초만 무성해지겠습니까?
施及艾與菉.55　　　은혜가 쑥과 갈대에까지 미쳐,
日蕚行鑠鑠,56　　　햇볕 속의 꽃은 장차 반짝거리고
風條坐襜襜.　　　　바람 속의 나뭇가지는 이로 인해 하늘거릴 것입니다.
天乎苟其能,　　　　하늘이시여, 만일 이렇게 하실 수 있다면
吾死意亦厭.57　　　제가 죽어도 마음은 또한 만족할 것입니다.

주석

1) 隆寒(융한) : 모진 추위.

2) 顓頊(전욱) : 북방의 신으로 겨울을 주관한다. 不廉(불렴) : 청렴하지 않다.

3) 太昊(태호) : 동방의 신으로 봄을 주관한다. 弛(이) : 해이해지다. 維綱(유강) : 기강.

4) 畏避(외피) : 두려워 피하다. 봄의 신이 겨울의 신을 무서워해 전면에 나서지 못하고
   있다는 말이다.

5) 夭(요) : 죽다. 勾尖(구첨) : 구부러진 것과 뾰족한 것. 새싹을 형용한 것이다.

6) 抽(추) : 싹이 나는 것을 말한다.

7) 失苦甛(실고첨) : 쓴맛과 단맛을 잃다. 초목이 제대로 나지 않아 음식을 해도 맛있지
   않다는 말이다.

8) 凶飇(흉표) : 거센 회오리바람. 攪(교) : 뒤흔들다. 어지럽게 하다.

9) 鋩刃(망인) : 칼끝과 칼날. 바람의 날카로운 위세를 비유한다. 割砭(할폄) : 베고 찌르
   다.

10) 烏蟾(오섬) : 까마귀와 두꺼비. 까마귀는 태양의 정령이고 두꺼비는 달의 정령이다.
    이상 두 구는 하늘의 해와 달이 추운 날을 따뜻하게 하지 못해 자신들의 정령조차
    지키지 못한다는 말이다.

11) 羲和(희화) : 전설 속의 인물로, 용이 끄는 수레에 태양을 실어서 몬다고 한다.

12) 怔怯(광겁) : 겁내다. 窺覘(규첨) : 엿보다. 관망하다.

13) 炎帝(염제) : 남방의 신으로 여름을 주관한다. 祝融(축융) : 불의 신. 여기서는 불을
    뜻한다.

14) 呵嘘(가허) : 입김을 불다.

15) 沾(점) : 은택을 받다.

16) 肌膚(기부) : 피부. 生鱗甲(생린갑) : 비늘이 생기다. 추워 살갗이 터진 모양을 비유적으로 표현한 것이다.

17) 刀鎌(도겸) : 칼과 낫. 옷이나 이불이 차갑고 뻣뻣하여 몸에 닿을 때 고통스러운 상황을 비유적으로 표현한 것이다.

18) 齅(후) : 냄새를 맡다. 코로 숨 쉬다.

19) 拈(념) : 집다.

20) 濁醪(탁료) : 탁주.

21) 口角(구각) : 입 주위. 箝(겸) : 재갈.

22) 匕箸(비저) : 숟가락과 젓가락.

23) 排籤(배첨) : 산가지를 늘어놓다. 집으려는 음식이 얼어 뻣뻣한 것을 비유한다. 이상 두 구는 음식을 먹으려고 수저를 움직이는데 음식이 얼어 산가지처럼 뻣뻣한 것이 느껴진다는 뜻이다. 이와 달리 수저를 움직이는 손가락이 얼어 산가지처럼 뻣뻣해진 것으로 볼 수도 있다.

24) 侵鑪(침로) : 화로를 가까이 하다.

25) 熾炭(치탄) : 활활 타오르는 석탄.

26) 探湯(탐탕) : 뜨거운 물에 손을 넣다.

27) 纊(광) : 솜이불. 縑(겸) : 비단이불.

28) 僵(강) : 쓰러지다. 죽어서 뻣뻣해지다.

29) 蛟螭(교리) : 교룡과 이무기. 용의 종류들이다.

30) 熒惑(형혹) : 화성火星을 가리킨다. 보였다 사라졌다하여 사람을 현혹시킨다고 한다.
躔次(전차) : 궤도.

31) 六龍(육룡) : 희화가 모는 태양 수레를 끈다. 脫髥(탈염) : 수염이 떨어지다.

32) 芒碭(망탕) : 광활한 모양. 大包(대포) : 우주.

33) 盡殲(진섬) : 다 죽다.

34) 啾啾(추추) : 새가 우는 소리.

35) 微纖(미섬) : 미미한 존재.

36) 晷刻(구각) : 시간. '구'는 태양의 그림자를 재는 해시계이고 '각'은 물시계에서 물의
수위를 표시해 놓은 것이다. 淹(엄) : 멈추다.
이상 두 구는 참새가 시간을 멈추게 해달라고 하늘에 기원한다는 뜻이다. 지금의 추위
를 견디지 못해 더 이상 추위가 진행되지 말기를 바라는 것이다.

37) 炰燖(포심) : 굽는 것과 삶는 것.

38) 鸞皇(난황) : 난새와 봉황. 고귀한 존재를 의미한다.

39) 爾(이) : 너희들. 참새를 가리킨다. 在占(재점) : 점괘에 들어가다. ≪좌전·장공莊公
22년≫에서 "의씨가 자기 딸을 경중에게 처로 주기 위해서 점을 봤다. 그의 처가 점을
치고는 말하기를, '길합니다, 점괘에서 봉황이 날면서 사이좋게 지저귀고 있다고 합니
다.'라고 하였다.(懿氏卜妻敬仲. 其妻占之曰, 吉, 是謂鳳皇於飛, 和鳴鏘鏘.)"라고 하였
다.
이상 두 구는 난새와 봉황은 점괘에 들어갈 정도로 고귀한 존재이지만 참새는 봉황과
같은 새들이 존재하지 않더라도 결코 점괘에 들어갈 정도로 고귀한 존재가 되지 못하는
하찮은 존재라는 말이다.

40) 蠢動儔(준동주) : 꿈틀거리며 움직이는 무리. 참새보다 더 하찮은 존재를 말한다.

41) 恩嫌(은혐) : 사랑하고 원망하다. 여기서는 관심을 갖는다는 말이다.

42) 伊我(이아) : 우리들. 인간을 가리킨다. '이'는 뜻 없는 발어사이다. 靈(령) : 뛰어나다.
사람은 만물의 영장靈長이다.

43) 女覆苫(여부점) : 너희들에게 거적을 덮어주다. '여'는 참새와 꿈틀거리는 존재들을
가리킨다.

44) 安恬(안념) : 편안하다.

45) 淫淚(음루) : 끊임없이 흐르는 눈물. 漸漸(점점) : 줄줄 흐르는 모양.

46) 無辜(무고) : 죄 없는 자를 뜻한다.

47) 褰旒(건류) : 면류관의 술을 걷다. 去耳纊(거이광) : 솜으로 만든 귀마개를 제거하다.
이 구는 황제가 눈과 귀를 열고 현명하게 나라를 다스리는 것을 말한다.

48) 調和(조화) : 음식의 맛을 맞추다. 梅鹽(매염) : 매실과 소금. 예전에 음식 맛을 맞추는

데에 사용되었다. 이 구는 현능한 재상을 등용하라는 뜻이다. ≪상서商書・열명說命≫에서 고종高宗이 부열傳說에게 "만약 국의 맛을 내려면 그대가 소금과 매실이다.(若作和羹, 爾惟鹽梅.)"라고 하였는데 이는 자신을 잘 보좌해달라는 말이다. 위에서 추위로 인해 "온갖 음식이 쓴맛 단맛을 잃어버렸다(百味失苦甜)"라고 한 것과 호응한다.

49) 登御(등어) : 기용하다.

50) 黜(출) : 내쫓다. 憸(섬) : 간사하다.

51) 豁達(활달) : 확 트인 모양.

52) 懸乳(현유) : 달려 있는 종유석. 처마에 달린 고드름을 가리킨다. 零落(영락) : 시들다. 또는 떨어지다. 여기서는 고드름이 녹거나 떨어지는 것을 의미한다.

53) 銷釋(소석) : 사라지다. 녹다.

54) 土脈(토맥) : 토지의 결. 토양을 뜻한다. 黏(점) : 차지다.

55) 艾與蒹(애여겸) : 쑥과 갈대. 미천한 존재를 가리킨다.

56) 日萼(일악) : 햇볕을 받은 꽃. 鑠鑠(삭삭) : 빛나는 모양.

57) 厭(염) : 만족하다.

〔해설〕

　이 시는 절기로 보면 봄이 되었지만 매서운 추위로 인해 만물이 고통 받는 것을 애달파하면서 지은 것으로 만물을 구원해주기를 하늘에 바라는 마음을 표현하였다.

　첫 18구에서는 당시 추위가 심한 모습을 표현하였다. 전욱, 태호, 희화, 염제, 축융 등 신화 속의 인물들을 언급하면서 상당히 환상적으로 그렸다. 그런데 이들이 자연의 운행을 책임지는 조물주의 통제 아래에서 임무를 수행해야 하는 자들임을 염두에 두면, 이러한 자연 재해의 원인은 신하가 자신의 직무에 충실하지 못하거나 권한을 함부로 남용했다는 것에 있다. 이는 실제 정치 상황에 대한 비유로 비춰진다.

　다음 12구에서는 한유 자신이 이 추위 속에서 고생하고 있는 모습을 표현하였다. 온갖 수단을 다 사용해보지만 전혀 추위를 누그러뜨리지 못하는 상황을 표현하였으니, 이는 당시 혼란스러운 정치 상황에서 무기력한 자신의 모습을 비유한 것이다. 다음 16구에서는 만물이 추위로 고생스러워하며 죽어가는 모습을 표현하였다. 호랑이나 용뿐만 아니라 참새나 꿈틀거리는 벌레들까지 모두 고통 받고 있는데 차라리 죽는 것이 더 나을 것이라고 하였다. 그러고는 이들의 이러한 고통에 아무도 관심을 가지지 않는다고 하였다. 이러한 만물의 모습은 혼란한 정치로 인해 고통 받는 백성의 상황을 비유한 것이다.

이러한 상황에 대해 한유 자신은 전혀 구원의 손길을 뻗칠 수 없으니 그가 할 수 있는 것은 하늘에 직접 하소연하는 것이다. 마지막 18구에서 하늘에 은혜를 베풀어주어 만물을 다시 살려달라는 기원을 표현하였다. 눈과 귀를 열어 현재의 상황을 잘 파악하시고 훌륭한 인재를 가려서 뽑기를 바랐다. 이는 천자가 올바른 정치를 펼치고 간악한 신하들을 물리치기를 바라는 마음을 표현한 것이다. 그렇게 되면 자연의 운행은 제자리를 찾아서 만물이 소생할 것이다.

이 시는 정원 19년(803) 사문박사四門博士가 되어 장안에 있을 때 음력 3월인데도 큰 눈이 내린 것을 보고 지은 것으로 보인다. 단순히 봄날의 혹독한 추위라는 이상 기후를 읊은 것이 아니라, 이는 하늘이 내린 경고이고 현실 정치에서의 혼란 특히 천자의 올바른 정치를 가로막는 신하들의 전횡에 대한 경고임을 비유적으로 표현한 것이다. 백성이 고통에 빠진 것을 불쌍히 여기며 이를 구휼하고자 하는 충심은 한유 시 곳곳에서 보인다. 그리고 자신의 능력이 이에 미치지 못한 한탄 역시 그의 시에 나타난 중요한 주제 중의 하나이다.

落齒

이가 빠지다

去年落一牙,	작년에 어금니 하나가 빠졌고
今年落一齒.	올해는 앞니 하나가 빠졌네.
俄然落六七,¹	잠깐 사이에 예닐곱 개가 빠지는데
落勢殊未已.	빠지는 기세가 전혀 멈추질 않네.
餘存皆動搖,	남은 것도 모두 흔들거리니
盡落應始止.	모두 빠져야 응당 비로소 그만 두겠지.
憶初落一時,	처음 하나 빠질 때를 기억해보니
但念豁可恥.²	다만 휑한 것이 심히 부끄럽다고 생각했고,
及至落二三,	두세 개가 빠졌을 때에는
始憂衰卽死.	늙었으니 죽겠다고 비로소 근심했으며,
每一將落時,	매번 하나가 빠지려고 할 때
懍懍恒在己.³	두려운 마음이 항상 내게 있었지.
叉牙妨食物,⁴	이가 들쑥날쑥해서 음식 먹기에 방해가 되고
顚倒怯漱水.⁵	이가 기울어져서 물로 입 헹구기가 겁났는데,

終焉捨我落,　　　끝내 나를 버리고 빠지니

意與崩山比.　　　마음은 산이 무너지는 것과 같았지.

今來落旣熟,　　　지금은 빠지는 데 익숙해져서

見落空相似.6　　　빠지는 걸 봐도 그저 비슷비슷해졌지.

餘存二十餘,　　　이십 여개가 남아있지만

次第知落矣.　　　차례대로 빠질 것임을 알고 있는데,

儻常歲落一,　　　만일 꾸준히 일 년에 하나가 빠지면

自足支兩紀.7　　　절로 이십사 년을 버티기에 충분하지만,

如其落倂空,8　　　만일 그게 한꺼번에 빠져 텅 비어도

與漸亦同指.9　　　점차 빠지는 것과 또한 같은 뜻이지.

人言齒之落,　　　사람들은 "이가 빠지면

壽命理難恃.　　　오래 사는 것은 이치상 자부하기 어렵다."고 하지만,

我言生有涯,　　　나는 "삶에는 한도가 있으니

長短俱死爾.　　　길거나 짧으나 모두 죽을 뿐이다."고 말하네.

人言齒之豁,　　　사람들은 "이가 휑해지면

左右驚諦視.10　　　좌우에서 놀라며 쳐다본다."고 하지만,

我言莊周云,　　　나는 "장주가

木雁各有喜.11　　　나무와 거위는 각기 좋은 점이 있다고 했으니,

語訛默固好,12　　　발음이 새면 침묵하는 것이 진정 좋은 일이고

嚼廢頓還美.13　　　씹지 못하면 부드러워진 것이 또한 좋은 일이다."고 말하네.

因歌遂成詩,　　　그래서 이를 노래하여 시를 완성했으니

持用詫妻子.14　　　이것을 가져다가 처자에게 자랑하리라.

주석

1) 俄然(아연) : 갑자기. 짧은 시간에.

2) 豁(활) : 휑하다. 이가 빠진 상태를 말한다.

3) 懍懍(늠름) : 근심하며 두려워하는 모양.

4) 叉牙(차아) : 들쑥날쑥한 모양. 이가 빠져 듬성듬성한 것을 말한다.

5) 顚倒(전도) : 기울다. 이가 흔들려 옆으로 기울어진 상태를 말한다. 漱水(수수) : 물로 입을 헹구다.

6) 相似(상사) : 예전과 비슷한 느낌이 든다는 뜻으로, 이가 빠지는 것에 대한 감정이 늘 비슷하다는 뜻이다.

7) 紀(기) : 12년.

8) 倂空(병공) : 한꺼번에 빠져 텅 비는 것을 말한다.

9) 漸(점) : 점차. 이가 일 년에 하나씩 점차적으로 빠지는 것을 말한다.

10) 諦視(체시) : 자세히 보다. 살펴보다.

11) 木雁(목안) : 나무와 거위. 각각 쓸모없는 것과 쓸모 있는 것을 비유한다. ≪장자·산목 山木≫에 있는 다음과 같은 고사가 있다. 나무 베는 이가 큰 나무를 그냥 놔두는 것을 보고 장자가 그 이유를 물으니 쓸모가 없는 나무라고 대답하였다. 이에 장자는 재목감 이 되지 않아 오래 살 수 있다고 생각했다. 후에 친구 집에 갔을 때 친구가 거위를 삶아주려는데 하인더러 못 우는 거위를 잡으라고 하였다. 장자의 제자가 "나무는 쓸모 가 없어서 오래 사는데, 거위는 쓸모가 없어서 일찍 죽었으니, 선생님은 어느 쪽에 계시겠습니까?"라고 물으니 장자는 "나는 쓸모가 있는 것과 쓸모가 없는 것 사이에 있을 것이다."라고 하였다.

12) 語訛(어와) : 말이 잘못되다. 이가 빠져 발음이 새는 것이다.

13) 嚼廢(작폐) : 씹는 일을 그만두다. 輭(연) : 부드러워지다. 딱딱한 이가 빠져서 입이 부드러워졌다는 뜻이다. 이 구는 혀를 두고 한 말인데, 〈강릉으로 가는 도중에 왕 보궐, 이 습유, 이 원외 세 한림학사에게 부쳐서 주다赴江陵途中寄贈王二十補闕李十 一拾遺李二十六員外翰林三學士)에서 "이가 빠진 뒤로 비로소 혀가 부드러운 것을 부러워하였다.(自從齒牙缺, 始慕舌爲柔.)"라고 한 것과 뜻이 비슷하다. 이와 달리 '연 輭'을 부드러운 음식으로 보기도 하는데, 그러면 이 구는 "씹지 못하게 되어도 부드러운 음식이 있어서 좋다."라는 뜻이 된다.

14) 詫(타) : 자랑하다.

이 시는 이가 빠지는 상황에 대한 생각을 적었다.

해마다 이가 빠지는데 앞으로도 계속 빠질 것 같지만 '모두 빠지면 그만 두겠지'라는 생각을 가지고 있다. 이미 이가 빠지는 데 초탈해진 심사이다. 처음에 이가 빠질 때는 다른 사람이 보기에 부끄럽기도 하고 죽을 때가 되었나 두렵기도 하였지만, 이제는 언젠가 빠지게 될 것 좀 일찍 빠지는 것이 대수롭지 않다고 생각하게 되었다. 쓸모 있는 것이나 쓸모 없는 것이나 모두 좋은 점이 있다는 장자의 말을 받아들여, 이가 있으면 있는 대로 좋고 이가 없으면 없는 대로 좋다는 생각이다. 이가 빠져 발음이 새면 차라리 침묵을 하게 되니 말을 잘못하여 구설수에 오르지 않아도 되고, 이가 빠져 씹지 못하게 되면 차라리 혀가 부드럽게 된 것을 좋게 여길 것이니 마음이 편안해질 것이다. 그러니 더 이상 이가 빠지는 것을 걱정하지 말고 오히려 이가 빠지는 것을 좋게 여겨야 할 것이다. 이러한 내용을 시로 적어서 부인에게 보여주면서 자신이 통달한 내용을 자랑하겠다는 데서 한유의 너스레를 확인할 수 있다.

정원 18년(802) 〈최군에게 보내는 편지與崔羣書〉에서 "근래 왼쪽 잇몸의 두 번째 어금니가 아무 이유도 없이 흔들리다가 빠졌다.(近者左車第二牙無故動搖脫去.)"라고 하였는데, 이 때를 이 시에서 말한 작년의 일로 보고 이 시의 작시시기를 정원 19년(803)로 추정하는 설이 있지만 근거가 약하다.

題炭谷湫祠堂[1]

탄곡추 사당에 쓰다

萬生都陽明,[2]	만물은 양기가 있는 밝은 곳에 모이는데
幽暗鬼所寰.[3]	어둑한 곳은 귀신이 머무는 곳이라네.
嗟龍獨何智,	아아, 용은 유독 어찌 지혜롭다고
出入人鬼間.	인간세상과 귀신세상 사이를 드나드는가?
不知誰爲助,	누가 도와주는지는 알 수 없지만
若執造化關.[4]	마치 조화의 관건을 쥐고 있는 것 같구나.
厭處平地水,	평지의 물에 있는 걸 싫어하여
巢居揷天山.[5]	하늘에 꽂힌 산에 사는데,
列峰若攢指,[6]	늘어선 봉우리는 손가락을 모아놓은 것과 같고
石盂仰環環.[7]	돌그릇 모양으로 위로 올려다보며 둥글고 둥글구나.
巨靈高其捧,[8]	거령이 높이 받쳐 들어
保此一掬慳.[9]	이곳에 한 움큼의 물을 아껴서 보관하였네.
森沈固含蓄,[10]	음침하여 진실로 뭔가 숨겨 놓은 듯한데
本以儲陰姦.[11]	본래 음흉하고 간사한 것을 간직해서라네.

魚鼈蒙擁護,12	물고기와 자라는 보호를 받아
群嬉傲天頑.13	떼를 지어 즐기면서 천부적인 흉악함을 자랑하고,
翾翾棲託禽,14	퍼덕퍼덕 머물러 기탁하여 사는 새는
飛飛一何閑.	날아다니는 것이 하나같이 얼마나 한가로운가?
祠堂像侔眞,15	사당에는 신상이 마치 진짜 같은데
擢玉紆煙鬟.16	옥을 골라서 구름 같은 머리를 둘렀으며,
群怪儼伺候,17	여러 괴물이 엄숙하게 모시니
恩威在其顔.	은덕과 권위가 그 얼굴에 남아있네.
我來日正中,	내가 이곳에 오니 해가 마침 한가운데인데
悚惕思先還.18	두려워서 먼저 돌아갈 생각을 하네.
寄立尺寸地,	한 자 되는 땅에 의지해 서 있노라니
敢言來途艱.	왔던 길이 힘들었다고 감히 말할 수 없구나.
吁無吹毛刃,19	아아 털을 불어 자를 수 있는 칼로
血此牛蹄股.20	소 발굽과 같은 이곳을 붉게 피 흘리게 할 수 없었으니,
至令乘水旱,	홍수와 가뭄이 생길 때면
鼓舞寡與鰥.21	과부와 홀아비로 하여금 북치고 춤추게 하는 지경이 되었네.
林叢鎭冥冥,22	수풀은 오랫동안 어둑하기에
窮年無由刪.	생이 끝나도록 잘라도 할 수 없네.
妍英雜豔實,	아리따운 꽃이 화려한 열매에 섞여있어
星瑣黃朱班.23	별이 부서진 듯 노란 빛과 붉은 빛이 알록달록하네.
石級皆險滑,24	돌계단은 모두 험하고 미끄러워
顚躋莫牽攀.25	넘어지고 떨어져도 붙잡고 오를 수 없지만,
尨區雛衆碎,26	잡다한 영역의 새 조무래기는
付與宿已頒.27	부여받아 묵는 것이 이미 허락되었네.
棄去可奈何,	버리고 떠나야지 어쩔 수가 없으니
吾其死茅菅.28	나는 잡초더미에서 죽을 것이리라.

1) 炭谷湫(탄곡추) : 장안 남쪽 종남산終南山에 있는 못. 그곳에 용녀를 제사지내는 사당이 있는데, 가뭄이 들 때 이곳에 와서 기우제를 지냈다고 한다.

2) 都(도) : 머물다. 자리하다.

3) 寰(환) : 머물다.

4) 造化關(조화관) : 조화의 빗장. 자연의 이치를 결정하는 요체.

5) 厭處(염처) 두 구 : 전설에 의하면 탄곡추가 원래는 남산의 평지에 있었는데 어느 날 바람이 불고 우레가 치더니 산위로 옮겨졌다고 한다.

6) 攢指(찬지) : 손가락을 모으다. 가지런히 솟아 있는 봉우리를 형용한 것이다.

7) 石盂(석우) : 돌로 만든 그릇. 탄곡추의 모습을 비유한 것이다. 環環(환환) : 둥근 모양.

8) 巨靈(거령) : 황하의 신. 옛날에 황하가 큰 산에 가로막혀 에둘러 흘렀는데, 거령이 손과 발로 이 산을 쳐 갈라서 황하가 그 사이로 곧게 흐르게 했다고 한다.

9) 一掬(일국) : 한 움큼. 적은 양을 말한다. 慳(간) : 아끼다. 인색하다.

10) 森沈(삼침) : 음침하다. 숨蓄(함축) : 받아들이다. 깊이 감추다.

11) 陰奸(음간) : 음흉하고 간사하다. 탄곡추의 용을 가리킨다.

12) 魚鼈(어별) : 물고기와 자라. 용의 비호를 받으며 활개 치는 무리를 가리킨다.

13) 天頑(천완) : 날 때부터 가지고 있는 흉악함. '요완夭頑'으로 되어야 한다는 설이 있는데, '요夭'는 '요妖'와 통해 요사스럽고 흉악하다는 뜻이 된다.

14) 翾翾狖(현현) : 날개를 퍼덕이는 모양. 棲託禽(서탁금) : 머물며 기탁하고 있는 새. 위의 물고기와 자라와 마찬가지로 용의 권세에 빌붙어 활개 치는 무리를 가리킨다.

15) 侔眞(모진) : 진짜와 같다.

16) 擢玉(탁옥) : 좋은 옥을 골라내다. 煙鬟(연환) : 여인의 아름다운 머리칼을 뜻하는데, 여기서는 용녀의 머리 모양을 말한다.

17) 群怪(군괴) : 여러 괴물들. 용녀의 신상 주위에서 보위하는 상을 가리킨다.

18) 悚惕(송척) : 두려워하다.

19) 吁(우) : 탄식하는 소리. 吹毛刃(취모인) : 털을 불어서 자를 수 있는 칼날. 예리한 칼을 가리킨다.

20) 牛蹄(우제) : 소 발굽. 아주 협소한 곳을 비유하는 말로, 탄곡추의 모습을 말한다. 殷(안)
: 붉다.

21) 鼓舞(고무) : 북을 치고 춤을 추다. 기우제를 지내는 모습이다. 寡與鰥(과여환) : 과부와
홀아비. 기우제나 기청제祈晴祭를 지낼 때의 여자 무당과 남자 무당을 가리키는 것으
로 보인다.

22) 鎭(진) : 오래도록. 늘.

23) 星瑣(성쇄) : 작은 별. 아름다운 꽃과 열매를 비유한다.

24) 石級(석급) : 돌계단.

25) 顚躋(전제) : 넘어지고 떨어지다.
이상 여섯 구가 내용상 '비비飛飛' 구 아래에 위치해야 하는데 잘못 되었다는 설이
있다.

26) 尨區(방구) : 잡스러운 구역. 衆碎(중쇄) : 조무래기 무리.

27) 頒(반) : 상으로 주다. 또는 공포하다.
이상 두 구는 잡다한 새 조무래기들이 이미 탄곡추의 사당 주위에서 살도록 상을 받았
다는 뜻이다. 당시 위집의와 왕숙문의 무리들이 천자의 허락을 받아 전횡을 일삼았음
을 비유하는 것으로 볼 수도 있다.

28) 茅菅(모관) : 잡초더미.
이 구는 한유가 용을 없애지 못하여 죽기를 기다릴 수밖에 없음을 한탄한다는 말이다.
이와 달리 탄곡추의 귀신에게서 복을 구하기보다는 그냥 잡초더미에서 죽겠다는 뜻으
로 풀이할 수도 있다.

해설

이 시는 종남산에서 용녀를 모신 탄곡추의 사당에 대해 쓴 것이다. 첫머리에서 용이 인간
세상과 귀신의 세상을 드나드는 특권을 누리고 있는 것에 대해 회의를 표현하였다. 이런
용이 높은 산 중턱의 연못에 살고 있다고 하는데, 음침한 분위기가 만연하여 마치 음흉하고
간사한 것이 있을 것 같다고 하여, 이곳의 용은 신령스럽다기보다는 사악하다는 뜻을 말하였
다. 그러니 그곳에 있는 물고기, 자라, 새들도 모두 사악하게 보이고, 사당 안에서 용신을

보위하는 신싱 역시 예사롭지 않게 보인다. 비록 대낮이지만 어두컴컴하여 섬뜩한 느낌이 드는데, 이러한 사악한 용신을 칼로 베어 없애고 싶지만 그럴 수가 없었다. 그러니 이곳은 무당이 와서 비를 기원하는 장소가 되었고 잡스러운 무리들만 횡보하는 곳이 되어버려 백성들을 미신에 빠트리고 흉악한 짓을 저지르는 소굴이 되어 버렸다. 이제 한유는 이곳에 있을 이유가 없다. 이곳을 떠나 죽을 때를 기다릴 뿐이다.

한유는 미신에 대해 이성적으로 타당하지도 않고 영험한 결과도 낳지 않는다는 생각에서 부정적인 입장을 취한 적이 많았다. 이 시 역시 탄곡추 사당에서 지내는 기우제가 합당하지 않다고 비판하였으며, 자신은 전혀 동조하지 않겠다는 주장을 하였다. 이러한 결연한 의지가 너무 굳건하며 비타협적이기에 그 이면에 어떤 정치적 기탁이 있으리라고 짐작하게 만든다.

실제로 정원 19년(803) 장안에 큰 가뭄이 들었을 때 이곳에 와서 기우제를 지내며 지은 것으로 추정된다. 하지만 그 이면에는 당시 덕종德宗의 총애를 받던 이제운李齊運, 이실李實, 위집의韋執誼 등이 왕숙문王叔文과 어울리면서 정사를 매우 어지럽힌 것을 풍자하는 것으로 보인다.

13

貞女峽¹

정녀협

江盤峽束春湍豪,²   강이 굽이지고 협곡이 좁아 봄 여울이 맹렬하니,
風雷戰鬪魚龍逃.   바람과 우레가 싸워 물고기와 용이 도망가네.
懸流轟轟射水府,³   높이 걸린 물길은 쿵쾅대며 용궁으로 들이 쏘아
一瀉百里翻雲濤.   백 리를 단번에 흘러가며 구름 같은 파도를 뒤집네.
漂船擺石萬瓦裂,⁴   표류하는 배가 바위를 치면 만 장 기왓장이 깨진 듯하니
咫尺性命輕鴻毛.   짧은 길이지만 목숨이 기러기 털보다 가볍구나.

· 주석 ·

1) 貞女峽(정녀협) : 지금의 광동성 연현連縣 남쪽에 있는 협곡. 정녀협 서쪽에 정녀산이
   있고 그곳에 사람 모양의 바위가 있다. 전설에 따르면 이곳에서 소라를 채취하던 몇
   명의 여인이 비바람을 만나 바위가 변했다고 한다.

2) 湍(단) : 물이 빠르게 흐르는 여울. 정녀협을 가리킨다.

3) 懸流(현류) : 높은 곳에서 떨어지며 흐르는 물길. 轟轟(굉굉) : 수레가 굴러가며 내는
   큰 소리. 여기서는 정녀협의 물소리를 가리킨다.

4) 擺石(파석) : 바위를 치다.

[해설]

  이 시는 정녀협을 지나가며 본 경물과 느낌을 읊었다. 정녀협은 회수匯水로 연결되며 회수는 양산으로 흘러 들어가니 이 시는 정원 20년(804) 한유가 양산으로 폄적가면서 지은 것이다.

  강이 구불구불하고 협곡이 좁아 물살이 빠르고 물소리가 시끄러우니 마치 바람과 우레가 싸우는 듯하다. 물길이 높은 곳에서 아래로 들이박으면서 일사천리로 쏟아져 내려가는데 마치 파도가 구름같이 커다랗다. 배가 자칫 잘못하여 바위와 닿으면 만 조각으로 깨져버리니 비록 이곳이 짧지만 목숨은 하늘에 맡겨 놓아야 할 것이다.

  위험하기 짝이 없는 곳을 지나가며 목숨이 아슬아슬한 위협감을 표현하였다. 그곳이 실제로 위험하기도 했겠지만 양산으로 폄적되어 가는 한유의 신세가 그만큼 위태로웠기 때문에 이러한 심정이 반영되었을 것이다. 순식간에 죽을 수도 있는 곳을 지나가며 자신의 생에 대한 어떠한 미련도 버릴 수 있는 그런 경지에 도달했을 지도 모르겠다.

14

叉魚¹

물고기를 잡다

叉魚春岸闊,	물고기 잡는 봄 강둑이 너른데
此興在中宵.	이 흥은 한밤중에 있지.
大炬然如晝,²	큰 횃불을 밝히니 대낮같고
長船縛似橋.	긴 배를 엮으니 다리 같은데,
深窺沙可數,	깊이 들여다보면 모래알갱이를 헤아릴 수 있고
靜捞水無搖.³	조용히 노를 저으니 물결이 흔들리지 않네.
刀下那能脫,	고기 잡는 칼날 아래서 어찌 벗어날 수 있을까?
波間或自跳.	물결 사이에서 간혹 절로 튀어 오르는데,
中鱗憐錦碎,⁴	비늘에 맞추면 비단이 부서진 듯한 것을 가련히 여기고
當目訝珠銷.⁵	눈알을 찌르면 진주가 녹아버렸는가 의아하게 여기네.
迷火逃翻近,⁶	불빛에 길을 잃어 도망가다가도 도리어 가까이 오고
驚人去暫遙.	사람에게 놀라 떠나가니 잠깐 새에 멀어지네.
競多心轉細,	많이 잡으려 다투니 마음이 도리어 세심해지고
得雋語時囂.⁷	큰 놈을 잡으면 말이 때때로 시끄러워지네.

潭罄知存寡,8	못이 비어 남은 것이 적음을 알겠고
舷平覺獲饒.9	뱃전이 평온해지니 많아 잡았음을 깨달았네.
交頭疑湊餌,10	머리를 교차시켜 놓으니 미끼에 모인 것 같고
駢首類同條.11	머리를 나란히 해 놓으니 마치 한 가지에 꿴 듯한데,
濡沫情雖密,12	서로 거품으로 적셔주니 정이 비록 친밀하지만
登門事已遼.13	용문에 오를 일은 이미 요원해졌네.
盈車欺故事,14	수레만 하다는 건 옛 이야기에 속은 것이지만
飼犬驗今朝.15	개도 먹일 만하다는 건 오늘 아침 징험하였으니,
血浪凝猶沸,16	피의 물결은 엉긴 채 여전히 들끓고
腥風遠更飄.17	비린내 바람은 멀리까지 또 날아간다.
蓋江煙羃羃,18	강을 덮으며 안개가 짙어지자
迴棹影寥寥.19	노를 돌리니 배 그림자가 적막한데,
獺去愁無食,20	수달이 떠나며 먹을 것이 없음을 근심하고
龍移懼見燒.21	용이 옮겨가며 불에 탈까 두려워하네.
如棠名既誤,22	당 땅으로 갔던 것은 명분이 이미 잘못되었고
釣渭日徒消.23	위수에서 낚시한 일은 날만 허송한 것이었지.
文客驚先賦,24	문객이 놀라 먼저 읊조리니
篙工喜盡謠.25	사공이 기뻐하며 끝까지 노래하네.
膾成思我友,	회가 준비되니 내 벗을 생각하고
觀樂憶吾僚.	볼거리가 즐거우니 내 동료를 기억하네.
自可捐憂累,26	스스로 근심과 우환을 없앨 수 있으니
何須强問鴞.27	어찌 반드시 억지로 부엉이에게 물어야 하겠는가?

·주석·

1) 叉魚(차어) : 작살 같이 날카로운 것으로 물고기를 잡다. 판본에 따라 제목 다음에
   '장 공조를 부른다.(招張功曹)'라는 네 글자가 더 있기도 하다. '장공조'는 이름이 장서張

署이고, 공조는 지방 관청에서 정무를 맡아보는 관직이다. 그는 한유와 함께 궁중에서 어사로 있었는데, 둘 다 남쪽으로 폄적되어 한유는 양산령이 되었고 장서는 인근의 침주郴州 임무령臨武令이 되었다. 순종이 즉위한 뒤 사면 받아서 강릉江陵으로 옮겨서 한유는 법조法曹가 되었고 장서는 공조工曹가 되었다. 〈침주 자사 이백강 제문祭郴州 李使君文〉에 따르면 이 시를 쓴 것은 두 사람이 사면 받기 이전인데, 따라서 '招張功曹'라는 내용은 후인의 주석이 제목으로 잘못 편입된 것으로 보인다.

2) 炬(거) : 횃불. 然(연) : 태우다. '연燃'과 같다.

3) 搒(방) : 배를 저어 전진하다.

4) 錦碎(금쇄) : 비단이 부서지다. 반짝이던 비늘이 상처를 입은 것을 비유한다.

5) 訝(아) : 의아하게 여기다. 珠銷(주소) : 진주를 녹이다. 밝게 빛나던 물고기의 눈이 망가진 것을 비유한다.

6) 迷火(미화) : 불빛에 미혹되다. 물고기를 잡으려고 비추는 불빛에 물고기가 방향감각을 잃는 것이다.

7) 雋(전) : 큰 물고기를 가리킨다. 囂(효) : 시끄럽다.

8) 潭罄(담경) : 못이 비다. 물고기를 모조리 잡았다는 말이다.

9) 舷平(현평) : 배가 평온해지다. 물고기를 배에 많이 실으니 흔들리지 않는다는 말이다.

10) 湊餌(주이) : 미끼에 모여들다.

11) 騈首(병수) : 머리를 나란히 하다. 同條(동조) : 물고기를 잡은 뒤 한 나뭇가지로 여러 물고기의 아가미를 줄줄이 꿴 것을 말한다.

12) 濡沫(유말) : 거품으로 적셔주다. 물이 마르면 물고기들이 서로 거품을 내어 몸을 적셔준다고 한다.

13) 登門(등문) : 용문龍門에 오르다. 용문은 물이 험하여 물고기가 오를 수 없는데, 만일 이곳을 올라가면 용이 된다고 한다. 遼(료) : 요원하다. 이 구는 물고기가 잡혀버렸으니 더 이상 용문에 오를 일이 없게 되었다는 뜻이다.

14) 盈車(영거) : 수레를 가득 채우다. 물고기 한 마리가 수레만 하다는 말로 매우 큰 물고기를 가리킨다. ≪열자列子ㆍ탕문湯問≫에 따르면 첨하詹何가 백 길 깊은 연못에서 수레만한 물고기를 잡았다고 하였고, ≪공총자孔叢子≫에 따르면 위衛나라 사람이 황하에

서 환어鱞魚를 삽았는데 수레만 하였다고 하였다.

15) 飼犬(사견) : 개를 먹이다. 개도 배불리 먹일 정도로 물고기가 많다는 뜻이다.

16) 血浪(혈랑) : 피의 물결. 물고기 피가 가득한 물결을 가리킨다. 沸(비) : 들끓다. 물결이 넘실대며 솟아오르는 모습이다.

17) 腥(성) : 비린내.

18) 羃羃(멱멱) : 짙은 모양.

19) 迴棹(회도) : 노를 돌리다. 배를 돌리다. 寥寥(요료) : 적막한 모양. 배가 이제 돌아가면서 모두 흩어졌다는 뜻이다.

20) 獺(달) : 수달.

21) 見燒(견소) : 불에 타다. 물고기를 잡기 위해 밝힌 횃불에 탄다는 말이다.

22) 棠(당) : 춘추시대 노魯나라 읍의 이름. ≪춘추春秋·은공隱公 5년≫에서 "은공이 당에서 물고기 잡는 것을 구경하였다.(公觀魚於棠)"라고 하였는데, 이는 본분을 잊고 물고기를 잡으러 멀리 당까지 간 노은공을 풍자한 것이다.

23) 釣渭(조위) : 위수에서 낚시질 하다. 강태공이 늙어서 위수에서 낚시질 하다 문왕에게 발탁되어 문왕의 스승이 되었다.
  이상 두 구는 역사에 전해지는 고사를 빌어, 물고기는 실제로 잡아야 흥취가 있음을 말하였다.

24) 文客(문객) : 한유를 가리킨다.

25) 篙工(고공) : 뱃사공.

26) 捐(연) : 없애다. 憂累(우루) : 근심과 걱정.

27) 强(강) : 억지로. 問鴞(문효) : 부엉이에게 묻다. 가의賈誼의 〈복조부鵩鳥賦〉에서 "들새가 방에 들어오니 주인은 장차 떠나려한다. 올빼미에게 묻노니 나는 떠나서 어디로 가야하나?(野鳥入室, 主人將去, 請問於鵩, 余去何之.)"라고 하였다. 여기서 부엉이는 올빼미를 가리키며 대체로 좋지 않은 새를 가리킨다.
  이상 두 구는 물고기를 잡으며 나날을 보낸다면 근심과 걱정을 잊게 될 것이니 굳이 이곳을 떠나려고 하지 않아도 된다는 말이다.

　이 시는 밤중에 배를 타고 나가 물고기 잡으며 즐거워하는 기분을 표현하였다. 배를 타고 나가는 모습, 물고기를 잡는 모습, 많이 잡아 물고기를 늘어놓은 모습, 많이 잡은 것을 자랑하는 모습, 배를 돌려 돌아오는 모습 등 다양한 이야기를 엮으면서 갖가지 비유를 적절하게 사용하였다. 특히 이 시는 오언배율로 이야기를 길게 구성하는 능력과 함께 대구를 정교하게 맞추는 능력도 아울러 보여주고 있다. 그저 밤에 물고기를 잡는다는 단순한 내용이지만 시의 형식적인 부분에서 상당한 공력을 들였는데, 이러한 것에서도 비록 남방 먼 곳인 양산으로 폄적되어 힘든 나날을 보내는 와중의 한적한 생활을 엿볼 수 있다.

　〈침주 자사 이백강 제문〉에 "물고기를 잡고서 쓴 짧은 시를 드렸다(投叉魚之短韻)"라는 말이 있는데 이 시를 가리키는 것으로 보인다. 이 시는 정원 21년(805) 봄 양산에 있을 때 지은 것이다.

15

聞梨花發贈劉師命[1]

배꽃이 피었다는 말을 듣고 유사명에게 주다

桃蹊惆悵不能過,[2]	복숭아나무 길을 서글퍼서 지나갈 수 없었으니
紅豔紛紛落地多.	붉은 꽃잎 분분히 땅에 떨어진 것이 많아서였지.
聞道郭西千樹雪,	성곽 서쪽 천 그루 나무에 눈 내린 듯하다고 들었는데
欲將君去醉如何.[3]	그대를 데리고 가고자하니 취해 보는 것이 어떠한가?

·주석·

1) 劉師命(유사명) : 그는 일찍이 한유와 교유한 적이 있으며 이리저리 떠돌다가 정원 21년(805) 봄 양산에서 만났다. 그 외의 행적에 대해서는 자세히 알려져 있지 않고, 한유의 시 〈유선생劉生〉에 나오는 이와 동일 인물이다.

2) 桃蹊(도혜) : 복숭아꽃이 핀 곳의 길. 惆悵(추창) : 서글프다.

3) 將(장) : 함께. 또는 데리고 가다.

·해설·

복숭아꽃이 피었을 때 미처 구경을 하지 못하였고 꽃잎이 다 지고 난 뒤에는 처량해진 마음에 그 길을 지나가지 못했다. 이제 천 그루의 배꽃이 피어 마치 눈이 온 듯하다는 말을 들었으니 이 기회를 절대 놓쳐서는 안된다. 더구나 혼자 즐기기에는 너무 아깝다. 유사명에게 이 시를 보내 같이 가서 꽃구경을 하면서 술에 한껏 취해보자고 한다. 마치 백거이의 〈유씨에게 묻다.(問劉十九)〉에서 "저녁이 되어 눈이 내리려고 하니 한 잔 마실 수 있겠는가?(晚來天欲雪, 能飮一杯無.)"라고 묻는 것과 비슷한 정감이다.

봄에 꽃이 피면 비록 폄적 당해 쫓겨난 곳일지라도 흥취를 주기에 부족하지 않다. 하지만 그러한 흥취를 같이 나눌 사람이 없다면 오히려 더 처량하고 애달픈 일일 것이다. 그나마 양산에는 한유와 같이 흥취와 담소를 나눌만한 사람이 꽤 있었는데, 이로 그의 인간됨을 가늠할 수 있다.

이 시는 정원 21년(805) 양산에 있을 때 지은 것이다.

16

縣齋有懷[1]

현의 관청에서 감회가 생기다

少小尙奇偉,[2]	어렸을 때 비범한 의기를 숭상했지만
平生足悲吒.[3]	평생 슬픔과 탄식이 많았네.
猶嫌子夏儒,[4]	오히려 자하의 선비됨을 싫어했으니
肯學樊遲稼.[5]	어찌 번지의 농사일을 배우려 했겠는가?
事業窺皋稷,[6]	사업에 있어서는 고요와 후직을 엿보고
文章蔑曹謝.[7]	문장에 있어서는 조식과 사령운을 멸시했네.
濯纓起江湖,[8]	갓끈을 씻고는 강호에서 일어났는데
綴珮雜蘭麝.[9]	패물을 엮어 난초와 사향을 섞었으며,
悠悠指長道,	아득히 기나긴 길을 가리키고는
去去策高駕.[10]	가고 가며 높은 수레에 채찍질을 하였네.
誰爲傾國媒,[11]	누가 경국지색의 중매자가 되어줄까?
自許連城價.[12]	스스로는 여러 성의 값어치라고 인정하였네.
初隨計吏貢,[13]	처음에 계리를 따라 추천되어
屢入澤宮射.[14]	여러 차례 택궁에 들어가 활을 쏘았으니,

雖免十上勞,15	비록 열 번 글을 올리는 수고는 면했지만
何能一戰霸.16	어찌 한 번의 싸움으로 패권을 잡을 수 있었겠는가?
人情忌殊異,17	사람들의 인정은 기이한 재주를 꺼리고
世路多權詐.18	세상의 길에는 권모술수가 많았기에,
蹉跎顏遂低,19	실의하여 얼굴이 이에 숙여지고
摧折氣愈下.20	좌절하여 기운이 더욱 내려갔네.
冶長信非罪,21	공야장처럼 진실로 죄가 있는 것이 아니었지만
侯生或遭罵.22	후영처럼 혹 욕을 먹기도 하였기에,
懷書出皇都,23	책을 품고 황제의 도성을 나가서는
銜淚渡淸灞.24	눈물을 머금으며 맑은 파수를 건넜네.
身將老寂寞,	몸은 장차 쓸쓸함 속에서 늙을 것이고
志欲死閒暇.	뜻은 한가로움 속에서 죽어버릴 듯했으며,
朝食不盈腸,	아침밥은 속을 다 채우지 못했고
冬衣纔掩骼.25	겨울옷은 겨우 허리만 가렸네.
軍書旣頻召,26	군대의 편지가 자주 불러
戎馬乃連跨.27	군대의 말을 연달아 타게 되었네.
大梁從相公,28	대량의 상공을 따르고
彭城赴僕射.29	팽성의 복야에게 갔는데,
弓箭圍狐兔,30	활과 화살로 여우와 토끼를 에워싸고
絲竹羅酒肴.31	현악기 관악기 속에 술과 고기를 진열했을 뿐이었네.
兩府變荒涼,32	두 막부가 황량하게 변해
三年就休假.	삼년 간 쉬었고,
求官去東洛,	관직을 구하러 동쪽의 낙양을 떠나
犯雪過西華.33	눈을 뚫으며 서쪽의 화산을 지났네.
塵埃紫陌春,34	먼지 이는 붉은 거리의 봄
風雨靈臺夜.35	비바람 치는 영대의 밤,

名聲尙朋友,36   명성은 친구들에 힘입었지만

援引乏姻婭.37   이끌어주며 도와줄 인척은 없었네.

雖陪形庭臣,38   비록 붉은 궁중 뜰의 신하를 모셨지만

詎縱靑冥靮.39   어찌 푸른 하늘의 고삐를 마음대로 할 수 있었겠는가?

寒空聳危闕,40   차가운 공중에 높은 궐문이 솟았고

曉色曜修架.41   새벽빛이 높다란 건물에 빛났으니,

捐軀辰在丁,42   몸을 바침에 때는 마땅한 시기가 되었고

鍛翮時方禩.43   깃촉이 잘렸으니 때는 바야흐로 납제사 시기였네.

投荒誠職分,44   진정 직분을 다하다가 먼 곳으로 내던져졌고

領邑幸寬赦.45   다행히 관대한 처분으로 고을을 다스리게 되었네.

湖波翻日車,46   호수의 물결이 태양 수레를 뒤집고

嶺石坼天罅.47   고개의 바위는 하늘의 빈틈을 갈라놓았으며,

毒霧恒熏晝,48   독한 연무가 항상 낮에 피어오르고

炎風每燒夏.   불같은 바람이 매번 여름날을 태웠네.

雷威固已加,   우레의 위세가 실로 이미 더해졌는데

颶勢仍相借.49   폭풍의 기세가 또 힘을 빌려주니,

氣象杳難測,   기상은 아득히 예측하기 어렵고

聲音吁可怕.50   소리는 놀라워 매우 두려웠네.

夷言聽未慣,51   변방의 방언은 들어도 익숙해지지 않고

越俗循猶乍.52   월땅의 풍속은 따르지만 여전히 잠시잠깐,

指摘兩憎嫌,53   질책하며 양쪽이 미워하고 싫어하고

睢盱互猜訝.54   부라리며 서로 시기하고 의아해했네.

祇緣恩未報,   다만 천자의 은혜에 아직 보답하지 못해서이지

豈謂生足藉.55   어찌 생활에 여건이 충분하다 생각했겠는가?

嗣皇新繼明,56   새 황제께서 새로 밝은 덕을 계승하여

率土日流化.57   온 국토에 날로 교화가 흐르니,

惟思滌瑕垢,58　　　다만 생각한 것은 잘못을 씻어내고

長去事桑柘.59　　　멀리 떠나 뽕나무를 기르는 것이라네.

屬嵩開雲扃,60　　　숭산을 개간하여 구름 속의 문을 열고

壓潁抗風榭.61　　　영수를 굽어보며 바람 부는 정자를 세우리라.

禾麥種滿地,　　　벼와 보리를 땅에 가득 심고

梨棗栽繞舍.　　　배와 대추를 집을 둘러 심을 터이니,

兒童稍長成,　　　아이는 좀 자라나면

雀鼠得驅嚇.62　　　참새와 쥐를 쫓아낼 수 있겠지.

官租日輸納,　　　관청의 세금은 나날이 납부하고

村酒時邀迓.63　　　농가의 술로 때때로 사람들을 부르리라.

閑愛老農愚,　　　한가로이 늙은 농부의 우둔함을 사랑하고

歸弄小女姹.64　　　귀향하여 어린 딸의 예쁜 짓을 즐기리라.

如今便可爾,　　　만일 지금 곧 이렇게 할 수 있다면

何用畢婚嫁.65　　　뭣 하러 애들 혼사를 마칠 때까지 기다리겠는가?

주석

1) 縣齋(현재) : 현의 관청. 여기서는 한유가 폄적당해 재직하던 양산의 관청을 가리킨다.

2) 奇偉(기위) : 기이하고 위대하다. 비범한 기상을 의미한다.

3) 悲吒(비타) : 슬픔과 탄식.
   이상 두 구는 자신이 비범한 기상을 숭상하여 이를 실현하고자 했지만 평생 이를 이루지 못해 탄식했다는 말로 이 시의 주지이다.

4) 子夏(자하) : 공자의 제자. 문학에 능했는데 공자는 그에게 진정한 선비가 되라고 경계하였다.

5) 樊遲(번지) : 공자의 제자. 그가 농사를 배우고자 하니 공자는 그를 소인이라고 하였다.
   稼(가) : 농사일.

6) 皐稷(고직) : 순임금 때 훌륭한 신하였던 고요皐陶와 후직后稷.

7) 曹謝(조사) : 위나라의 조식曹植과 남조 송나라의 사령운謝靈運.

　　이상 네 구는 한유가 시문에 힘쓰거나 은일을 바라지 않고 경세제민할 수 있는 진정한 신하가 되고자 했다는 말이다.

8) 濯纓(탁영) : 갓끈을 씻다. 초사의 〈어부漁父〉에서 "창랑의 물이 맑으면 갓끈을 씻을 수 있고 창랑의 물이 탁하면 발을 씻을 수 있다.(滄浪之水淸兮, 可以濯吾纓. 滄浪之水濁兮, 可以濯吾足.)"라고 하였다.

9) 綴珮(철패) : 패물을 엮다 蘭麝(난사) : 난초와 사향. 모두 향초이다.

10) 策(책) : 채찍질하다.

　　이상 네 구는 한유가 자신의 재능을 갈고 닦은 뒤 강호를 떠나 장안으로 들어왔다는 말이다.

11) 傾國媒(경국매) : 경국지색의 매개가 되다. 한나라 때 이연년李延年이 자신의 여동생인 이부인李夫人을 경국지색이라 하며 무제에게 소개한 것을 가리키는데, 대체로 빼어난 재주를 가진 사람을 추천해주는 것을 말한다. 여기서 경국지색의 미인은 한유 자신을 가리킨다.

12) 連城價(연성가) : 여러 성과 바꿀 수 있는 가치. 가치가 매우 높다는 말이다. 전국시대 조나라 왕이 가지고 있었던 화씨벽을 얻으려고 진나라의 왕은 성 열다섯 개와 교환하려고 하였다.

　　이상 두 구는 한유 스스로는 자신의 재능을 자부했지만 추천해 줄 사람이 없었다는 뜻이다.

13) 計吏(계리) : 지방 관청의 장부와 통계를 정리해 바치는 관리이다. 貢(공) : 추천되다.

14) 入澤宮射(입택궁사) : 택궁에 들어가서 활을 쏘다. ≪예기 · 사의射義≫에 따르면, 제후들이 해마다 천자에게 선비를 바치면 천자가 사궁射宮에서 시험했다고 한다. '택궁'은 사궁을 가리킨다. 여기서는 궁중에서 과거시험 보는 것을 말한다.

　　이상 두 구는 한유가 정원 2년(786) 선주宣州에서 선발되어 장안에서 과거시험을 본 것을 말한다.

15) 十上勞(십상로) : 열 번 글을 올리는 수고. 전국시대 유세가 소진蘇秦이 진秦나라 혜왕惠王에게 글을 열 번 올렸지만 성공하지 못했다.

16) 一戰霸(일전패) : 한번 싸워서 패권을 잡다. 한 번의 시도로 성공하다.
이상 두 구는 한유가 정원 2년(786)에 장안으로 와서 정원 8년(792)에 진사시에 급제하기까지 여러 번 낙방한 일과 정원 10년(794) 굉사과宏詞科에서 낙제한 일 등을 표현한 것이다.

17) 殊異(수이) : 남다른 재주.

18) 權詐(권사) : 권모술수와 사기.

19) 蹉跎(차타) : 실의한 모양.

20) 摧折(최절) : 좌절하다.

21) 冶長(야장) : 공자의 제자인 공야장公冶長. 그가 감옥에 갇혔는데 공자는 그의 죄가 아닐 것이라고 하면서 자기의 딸을 그에게 시집보냈다.

22) 侯生(후생) : 위나라의 협객인 후영侯嬴. 그는 나이 일흔이 되도록 대량성의 문지기를 하고 있었는데, 신릉군이 그의 인품을 듣고는 많은 예물을 보내려 하였다. 후영이 사양하자 신릉군이 수레를 타고 그에게 갔다. 후영은 신릉군의 사람됨을 살펴보기 위해 수레에 올라서는 신릉군보다 상석에 앉았다. 그리고 수레를 몰고 저자에 있는 친구에게 가게 하고는 신릉군을 기다리게 한 채 오랫동안 그 친구와 이야기를 나누었다. 이에 수레를 따르는 이들이 속으로 모두 후영을 욕하였다. 遭罵(조마) : 욕을 먹다. 이상 두 구는 한유 자신에게는 잘못이 없는데도 정당하게 평가 받지 못하고 오히려 비판을 받았다는 말이다.

23) 皇都(황도) : 황제의 도읍지. 장안을 가리킨다. 한유는 정원 11년(795) 장안을 떠나 낙양으로 갔다.

24) 瀟(파) : 위수의 지류. 지금의 섬서성 중부를 흐른다.

25) 骼(가) : 허리뼈. 허리 부분을 뜻한다.

26) 軍書(군서) : 군대에서 보낸 편지. 변주汴州의 동진董晉과 서주徐州의 장건봉張建封이 한유를 부른 것을 말한다.

27) 戎馬(융마) : 군마. 跨(과) : 말을 타다.

28) 大梁(대량) : 변주를 가리킨다. 相公(상공) : 재상. 당시 동진은 재상인 동중서문하평장사同中書門下平章事를 겸하고 있었다. 한유는 정원 12년(796) 변주 동진의 막부로

갔다.

29) 彭城(팽성) : 서주를 가리킨다. 僕射(복야) : 상서성의 관직으로 재상에 해당한다. 당시 장건봉은 검교좌복야檢校左僕射였다. 한유는 정원 15년(799) 서주 장건봉의 막부로 갔다.

30) 圍狐兎(위호토) : 여우와 토끼를 포위하다. 사냥한다는 뜻이다.

31) 絲竹(사죽) : 현악기와 대나무로 만든 관악기. 胾(자) : 구운 고기. 안주.

32) 荒涼(황량) : 황량하다. 정원 15년(799) 동진이 죽었고 정원 16년(800) 장건봉이 죽은 것을 말한다.

33) 西華(서화) : 서쪽에 있는 화산. 화산은 지금의 섬서성 화음시 남쪽에 있다. 여기서는 장안을 가리킨다. 한유는 장건봉이 죽자 낙양으로 돌아왔다가 정원 18년(802) 사문박사 四門博士 직을 받았는데, 정원 16년(800) 겨울 낙양에서 장안으로 갔다.

34) 紫陌(자맥) : 장안의 넓은 길을 가리킨다.

35) 靈臺(영대) : 학궁學宮을 뜻한다.

36) 名聲(명성) 구 : 명성을 얻은 것이 친구 덕분이라는 뜻이다.

37) 姻婭(인아) : 혼인으로 인한 친족. 외가나 처가를 가리킨다.

38) 肜庭(동정) : 붉은 뜰. 궁궐을 가리킨다.

39) 詎(거) : 어찌. 靶(파) : 고삐.
    이상 두 구는 정원 19년(803) 한유가 감찰어사가 되었지만 높은 관직이 아니어서 큰 뜻을 펼 수 없었다는 뜻이다.

40) 聳(용) : 우뚝 솟다.

41) 修架(수가) : 큰 건물. 궁궐을 가리킨다.
    이상 두 구는 궁궐의 겨울 새벽 모습을 그린 것으로, 한유가 감찰어사로서 사명을 다해야 하는 분위기를 표현한 것으로 보인다.

42) 捐軀(연구) : 나라를 위해 몸을 바치다. 辰在丁(신재정) : 때가 마땅한 시점에 있다. 이 구는 몸을 바쳐야 하는 시점이 되었다는 뜻이다.

43) 鎩翮(쇄핵) : 깃촉이 잘리다. 뜻을 이루지 못한 것을 말한다. 禩(사) : 섣달의 납일臘日에 지내는 납제臘祭.

이상 두 구는 한유가 정원 19년(803) 12월 감찰어사로 있으면서 〈하늘이 가물고 사람은 굶어죽는 것을 논해 어사대에서 올리는 글御史臺上論天旱人饑狀〉을 올렸다가 양산현 령으로 폄적된 것을 말하였다.

44) 投荒(투황) : 거친 곳으로 내던져지다. 양산으로 폄적된 것을 가리킨다.
이 구는 양산으로 폄적된 것은 자신의 직분을 성실히 수행하다가 초래된 일이라는 뜻이다.

45) 領邑(영읍) : 고을을 다스리다. 양산현령이 된 것을 말한다. 寬赦(관사) : 관대한 사면. 더 큰 벌을 받지 않은 것을 말한다.

46) 日車(일거) : 태양을 실은 수레. 태양을 가리킨다.

47) 坼天罅(탁천하) : 하늘의 빈틈을 갈라놓다.

48) 毒霧(독무) : 독한 안개. 더운 지방의 장기를 가리킨다.

49) 颺(구) : 폭풍.

50) 吁(우) : 진동하다. 놀라거나 탄식하는 소리로 풀이할 수도 있다.

51) 夷言(이언) : 변방 이민족의 말.

52) 循猶乍(순유사) : 따르지만 잠시 그럴 뿐이라는 뜻이다.

53) 指摘(지적) : 질책하다. 憎嫌(증혐) : 미워하다.

54) 睢盱(휴우) : 눈을 부릅뜨고 바라보다. 猜訝(시아) : 시기하고 의아하게 여기다.

55) 藉(자) : 의지하다. 살아가는 데에 도움이 되는 것을 뜻한다.

56) 嗣皇(사황) : 황위를 계승한 황제. 순종을 가리킨다. 繼明(계명) : 황제가 새로 즉위하는 것을 뜻한다.

57) 率土(솔토) : 온 나라. 流化(유화) : 교화가 흐르다. 정원 21년(805) 1월 순종이 즉위하였으며 2월에 사면령을 내렸다.

58) 滌瑕垢(척하구) : 더러움을 씻다. 잘못을 씻다. 사면 받는 것을 말한다.

59) 事桑柘(사상자) : 뽕나무와 산뽕나무를 일삼다. 농사일을 하는 것이다.

60) 斸嵩(촉숭) : 숭산을 개간하다. 숭산은 지금의 하남성 등봉현 북쪽에 있다. 한유의 고향인 남양 부근이다. 雲扃(운경) : 구름 속에 있는 문.

61) 壓潁(압영) : 영수에 임하다. 영수는 지금의 하남성 등봉시登封市 남동쪽에 있다. 抗

(항) : 세우다.

62) 驅嚇(구하) : 놀라게 하여 내몰다. 곡식을 탐하는 새와 쥐를 쫓는 것이다.

63) 村酒(촌주) : 마을에서 직접 양조한 술. 邀迓(요아) : 초청하다.

64) 姹(차) : 예쁘다.

65) 畢婚嫁(필혼가) : 자식들 결혼을 끝마치다. 후한의 상장向長은 벼슬길에 나아가지 않고
은거하였는데 아들과 딸을 다 결혼시킨 뒤에는 집안일을 그만 두고 북해 사람 금경禽
慶과 함께 오악의 명산을 노닐었다. 이 구는 상장의 고사를 뒤집어 사용한 것으로,
은거하고 노니는 일을 굳이 자녀 혼사를 마치고 할 필요가 없고 지금 당장 해도 된다는
뜻이다.

해설

이 시는 한유가 양산으로 폄적된 뒤 정무를 보다가 문득 든 감회를 적은 것이다. 대체로
자신의 과거 역정을 시기별로 서술한 뒤 은거하며 한가롭게 살겠다는 마음을 표현하였다.

젊은 날 비범한 의기를 함양한 일, 큰 뜻을 펼치기 위해 장안으로 온 일, 진사시에 급제하기
는 했지만 시기와 권모술수로 관직에는 오르지 못해 궁핍하게 살았던 일, 동진과 장건봉의
막부에서 허송세월 했던 일, 다시 장안으로 들어와 낮은 관직을 하게 된 일, 감찰어사 직분을
수행하다가 양산으로 폄적된 일, 척박한 풍토와 험난한 기후 등으로 양산에게 고생하며 지내
는 일 등을 자세히 적은 뒤, 이제 새 황제가 즉위하고 만일 사면이 되면 고향으로 돌아가
소박한 생활을 하며 살고 싶다는 뜻을 표현하였다.

한유는 종종 장편의 시를 통해 자신의 과거 인생 역정을 자세하게 토로하곤 하였다. 일종의
자서전이자 회고록인 셈이다. 이를 통해 자신의 지난 모습을 반추하고 새로운 생활을 모색하
는데, 대체로 젊었을 때는 경세제민을 꿈꾸었지만 현실 정치에서 뜻이 꺾였으며 이제는 은거
하며 농사짓고 식구들과 오순도순하게 살고자 하는 소박한 삶을 꿈꾸었다. 하지만 한유는
관직을 자의로 그만두고 은거한 적이 없었으니, 이러한 생각의 진정은 한유 자신만 알 것이다.

이 시는 정원 21년(805) 1월 순종이 즉위한 뒤 양산현령으로 있으며 지은 것이다.

17

雜詩四首

잡시 4수

제1수

朝蠅不須驅,	아침 파리는 반드시 쫓을 것은 아니고
暮蚊不可拍.	저녁 모기는 때려잡을 수 없어,
蠅蚊滿八區,	파리와 모기가 팔방에 가득하니
可盡與相格.¹	어찌 그것들과 다 싸울 수 있겠는가?
得時能幾時,	때를 얻어도 얼마나 갈 수 있을까?
與汝恣啑咋.²	너희들이 마음껏 뜯도록 허락하지만,
涼風九月到,	서늘한 바람이 구월에 도달하면
掃不見蹤跡.	싹 쓸어버려 종적도 보이지 않으리.

• 주석 •

1) 格(격) : 치다. 싸우다.

2) 恣(자) : 마음대로. 啑咋(답색) : 물다.

'잡시雜詩'는 대체로 평소에 든 이런 저런 감회를 읊은 시인데, 한유의 이 연작시는 일종의 우언시로 동물이나 사물의 이야기를 통해 당시 재능 있는 자가 인정을 받지 못하고 소인이 그 자리를 차지하고 있는 상황을 비유적으로 풍자하고 이들의 권세가 곧 끝날 것이라는 견해를 피력하였다.

작시시기에 관해서는 순종이 즉위한 뒤 왕숙문王叔文에게 많은 사람이 추종한 상황을 풍자한 것으로 보고 정원 21년(805)에 지었다고 하는 설과 한유가 태자우서자太子右庶子로 있을 때 황보박皇甫鎛과 정이程异가 전횡한 상황을 풍자한 것으로 보고 원화 11년(816)에 지었다고 하는 설이 있다.

제1수는 파리와 모기가 기승을 부리는 상황에 대해 적었다. 지금은 파리와 모기가 때를 만나 숫자가 많으니 때려잡거나 쫓아낼 수가 없다. 그러니 파리와 모기가 날 물어뜯도록 내버려둘 수밖에 없다. 하지만 시원한 바람이 부는 구월이 되면 이들은 싹 사라져버릴 것이다. 지금의 이 고통이 괴롭지만 곧 사라질 것이라는 희망을 가지고 끝까지 버텨볼 것이다. 여름철 소나기는 피해야 한다. 그렇지 않고 그 속을 내달리면 흠뻑 젖고 감기까지 걸릴 것이다. 잠시 참다보면 좋은 날이 올 것이다. 하지만 이렇게 생각해도 여전히 이들이 설쳐대는 모습이 눈에 거슬리고 이들의 행동이 고통스럽게 만든다.

18

射訓狐¹

올빼미를 쏘다

有鳥夜飛名訓狐,
어떤 새가 밤에 나는데 이름이 훈호이고,

矜凶挾狡誇自呼.²
흉악함을 뻐기고 교활함을 믿고서 자랑스레 자신을 부르네.

乘時陰黑止我屋,
어두운 때를 타고 내 집 지붕에 앉아

聲勢慷慨非常麤.³
우는 기세 격앙되니 매우 크구나.

安然大喚誰畏忌,
편안히 크게 우니 누구를 두려워하랴마는

造作百怪非無須.
온갖 괴상함을 만들자니 필요한 것이 없어서는 안되기에,

聚鬼徵妖自朋扇,⁴
귀신과 요괴를 모으니 절로 결탁하여 부추겨서

擺掉栱桷頹墻塗.⁵
두공과 서까래를 뒤흔들고 벽을 무너뜨리네.

慈母抱兒怕入席,
어진 어머니가 아이를 안고 두려워하며 자리에 드니

那暇更護雞窠雛.⁶
어찌 또 닭장의 병아리를 지킬 틈이 있겠는가?

我念乾坤德泰大,
내가 생각건대 하늘과 땅은 덕이 매우 커서

卵此惡物常勤劬.⁷
이 나쁜 놈을 부화시키면서도 늘 수고했으니,

縱之豈卽遽有害,⁸
그냥 내버려둬도 어찌 즉시 해로움이 있겠는가?

斗柄行拄西南隅.⁹
게다가 북두칠성 손잡이가 곧 남서쪽 모퉁이를 받칠 터인데.

誰謂停姦計尤劇,10	간악함을 범출 거라고 누가 말했는가? 계책이 더욱 심해져
意欲唐突義和烏,11	희화의 까마귀에게 덤비고자 하며,
侵更曆漏氣彌厲,12	시간이 깊어질수록 기세는 더욱 맹렬해지니
何由僥幸休須臾.13	무슨 방법으로 요행히 잠시 멈추게 할 수 있을까?
咨余往射豈得已,14	아아, 내가 가서 맞히는 일을 어찌 멈출 수 있겠는가?
候女兩眼張睢盱,15	너의 두 부릅뜬 눈을 겨냥하니,
梟驚墮梁蛇走竇,16	올빼미는 놀라서 대들보에서 떨어지고 뱀은 굴로 도망가는데
一矢斬頸群雛枯.17	화살 하나로 목을 자르고 새끼 무리도 말려 죽여야지.

주석

1) 訓狐(훈호) : 올빼미. 예로부터 상서롭지 않은 새로 알려져 있으며, 올빼미가 들어와 우는 집에는 안 좋은 일이 생긴다고 한다.

2) 自呼(자호) : 스스로를 부르다. 대개 새의 이름은 그 울음소리로 정하는데, 훈호 역시 마찬가지이다.

3) 麤(추) : 크다. 거칠다.

4) 朋扇(붕선) : 결탁하여 부추기다.

5) 擺掉(파도) : 뒤흔들다. 栱桷(공각) : 두공과 서까래. 頹(퇴) : 허물다. 墍塗(기도) : 벽을 바르고 칠하다. 여기서는 벽을 가리킨다.

6) 那(나) : 어찌. 雞窠雛(계과추) : 닭장의 병아리.

7) 卵(란) : 부화하다. 勤劬(근구) : 애를 쓰다.

8) 卽遽(즉거) : 즉시. 단번에.

9) 斗柄(두병) : 북두칠성의 손잡이 부분. 拄(주) : 받치다. 西南隅(서남우) : 남서쪽 모퉁이. 아침이 되면 북두칠성 손잡이가 남서쪽 방향에 있게 된다.
이상 네 구는 천지의 덕으로 나쁜 올빼미가 태어났으니 응당 즉시 나쁜 일을 하지 않을 것이고 또 곧 날이 밝을 것이니 그냥 내버려둬도 된다는 말이다.

10) 尤劇(우극) : 특히 심해지다.

11) 唐突(당돌) : 마구 덤비다. 義和烏(희화오) : 희화의 까마귀. '희화'는 태양을 운행하는

존재이고 까마귀는 태양의 정령이다.

12) 侵更曆漏(침경력루) : 시간이 지나가다. '경'은 밤의 시간을 헤아리는 단위이며, '루'는 물시계이다. 彌厲(미려) : 더욱 맹렬해지다.

13) 須臾(수유) : 잠깐.

14) 豈得已(기득이) : 어찌 그만둘 수 있을까? 마땅히 해야 한다는 말이다.

15) 候(후) : 활로 올빼미를 겨냥하는 것을 말한다. 女(여) : 너. 올빼미를 가리킨다. 張睢盱 (장휴우) : 눈을 크게 뜨다.

16) 梟(효) : 올빼미. 蛇(사) : 올빼미와 같이 간악한 짓을 하는 무리를 비유한다. 竇(두) : 굴. 여기서는 뱀의 굴을 가리킨다.

17) 斬頸(참경) : 목을 베다. 죽이다. 群鶵(군추) : 여러 새끼 새. 올빼미의 무리를 가리킨다. 枯(고) : 마르다. 죽다.

해설

　　이 시는 흉악한 존재인 올빼미를 쏴 잡는 일에 관해 적었다. 한유가 실제로 밤에 올빼미를 활로 쏴 잡은 것은 아닐 것이니 이러한 이야기를 가설하여 당시의 상황을 풍자한 것이다.
　　올빼미가 밤에 지붕에 와서 흉악한 소리를 내며 두려움을 주었으며, 그 간악함이 아침이 와도 더욱 심해지니 올빼미를 쏴 죽이고 새끼 무리와 추종하는 뱀의 무리까지 탕진해야겠다고 말하였다. 올빼미의 흉악한 모습을 묘사한 것이나 자신의 의지를 확고하게 표현한 것에서 한유 특유의 기세 높은 문장력을 확인할 수 있다. 또한 기괴한 표현을 사용하여 다소 생소한 주제와 잘 어울리는 풍격을 형성하였다. 한유가 시를 산문 형식으로 쓴다는 것은 다른 시를 통해서도 확인할 수 있지만, 이 시는 유독 시의 구법을 파괴한 흔적이 보인다. 특히 '誰謂停姦計尤劇' 구는 하나의 구로 연결되지 않고 앞의 4자와 뒤의 3자로 나뉘어 두 개의 문장으로 이루어져 있으며, 뒷부분은 다음 구로 연결된다. 기이한 내용을 기이한 형식으로 표현하였다.
　　정원 21년(805) 순종이 즉위하고 난 뒤 왕숙문王叔文이 한림대조翰林待詔 겸 탁지사度支使 염철전운사鹽鐵轉運使가 되어 왕비王伾 등과 함께 붕당을 만들어 권한을 마음대로 휘둘렀는데 이 시는 이러한 정치적 상황을 풍자한 것으로 보인다. 하지만 한유 생전에 이러한 무리가 횡행한 것은 한두 번이 아니었다.

八月十五夜贈張功曹¹

팔월 십오일 밤 장 공조에게 주다

纖雲四卷天無河,²　　　가벼운 구름 사방에서 걷히고 하늘에는 은하수도 없으며,

淸風吹空月舒波.　　　맑은 바람은 공중에 불고 달빛은 물결에 펼쳐지네.

沙平水息聲影絶,³　　　모래는 평평하고 물은 그쳐 소리와 그림자가 끊어졌기에

一杯相屬君當歌.⁴　　　한 잔 권하니 그대는 마땅히 노래해야 하리.

君歌聲酸辭且苦,⁵　　　그대 노래는 소리가 구슬프고 내용 또한 고통스러워,

不能聽終淚如雨.　　　끝까지 들을 수가 없고 눈물이 비 같이 흐르네.

洞庭連天九疑高,⁶　　　동정호는 하늘과 이어지고 구의산은 높은데,

蛟龍出沒猩鼯號.⁷　　　교룡이 출몰하고 성성이와 날다람쥐가 울어댔지.

十生九死到官所,　　　구사일생으로 관사에 도착했는데

幽居默默如藏逃.　　　한갓진 데서 말없이 지내니 숨어 도망친 것 같았네.

下牀畏蛇食畏藥,⁸　　　침상 내려오면 뱀이 두렵고 밥 먹으면 독이 두려웠으며

海氣濕蟄熏腥臊.⁹　　　바다 기운 축축하여 비린내가 났네.

昨者州前搥大鼓,¹⁰　　　얼마 전에 주의 청사 앞에서 큰 북을 쳤는데

嗣皇繼聖登夔皐.¹¹　　　새 황제께서 성명함을 계승하여 기와 고요를 등용하셨다지.

赦書一日行萬里, 사면장이 하루에 만 리를 달려
罪從大辟皆除死.12 사형의 죄를 지은 자들 모두 죽음을 면하게 되었다지.
遷者追迴流者還,13 좌천된 이가 돌아가고 유배된 이가 돌아갔으니
滌瑕蕩垢淸朝班.14 과오를 닦고는 조정의 반열을 깨끗이 하겠지.
州家申名使家抑,15 하지만 자사는 우리 이름을 알렸으나 관찰사는 막았기에
坎軻祗得移荊蠻.16 다만 형주로 옮겨갈 수 있게 되어 실의하였지.
判司卑官不堪說,17 판관은 낮은 관직이니 감히 말도 못하고
未免捶楚塵埃間.18 먼지 가운데서 매질 당함을 면치 못하겠지.
同時輩流多上道,19 같은 때에 우리 무리가 대부분 길에 오르겠지만
天路幽險難追攀.20 하늘 길은 깊고 험하여 따라 오르기가 힘들구나.
君歌且休聽我歌, 그대는 노래를 잠시 멈추고 내 노래를 듣게나,
我歌今與君殊科.21 내 노래는 지금 그대와는 다르네.
一年明月今宵多, 일 년 중 밝은 달빛은 오늘 밤에 많고,
人生由命非由他, 인생은 운명에 따른 것이지 다른 것 때문이 아니니,
有酒不飮奈明何. 술이 있는데 마시지 않는다면 밝은 달을 어찌하리오.

주석

1) 張功曹(장공조) : 장서張署이다. '공조'는 주의 자사를 보좌하며 정무를 맡아보는 관직
   이다. 그는 한유와 함께 궁중에서 어사로 있다가 각각 침주郴州 임무령臨武令과 양산
   령으로 폄적되었다. 정원 21년(805) 정월 순종이 즉위하였고 2월 24일에 사면 받아
   각각 강릉江陵의 법조法曹와 공조工曹에 임명되었지만 즉시 가지 않고 침주에서 머무
   르며 다음 명령을 기다렸다. 8월 헌종이 즉위한 뒤 사면령을 내렸지만 이들에게는
   해당사항이 없었고, 이에 두 사람은 강릉으로 부임하였다.
2) 纖雲(섬운) : 가벼운 구름. 河(하) : 은하수를 가리킨다.
3) 聲影絶(성영절) : 소리와 그림자가 끊어지다. 만물이 움직이지 않고 고요하다는 뜻이다.
4) 屬(촉) : 권하다.

5) 酸(산) : 슬프다.

6) 洞庭(동정) : 동정호. 지금의 호남성 북동부에 있다. 九疑(구의) : 구의산. 지금의 호남성 영원현寧遠縣 남쪽에 있다.

7) 猩鼯(성오) : 성성이와 날다람쥐.

8) 藥(약) : 독약을 가리킨다. 남방 사람은 독으로 사람을 잘 해쳤다고 한다.

9) 濕蟄(습칩) : 축축한 기운. 또는 축축한 곳의 벌레. 腥臊(성조) : 비린내.

10) 搥大鼓(추대고) : 큰 북을 치다. 조정에서 일을 알리고자 하는 것이다. 여기서는 새 황제가 즉위하여 사면령을 내린 것을 가리킨다.

11) 嗣皇(사황) : 황위를 계승한 황제. 헌종을 가리킨다. 登夔皋(등기고) : 기와 고요皋陶를 등용하다. 기와 고요는 순 임금 때의 어진 신하이다.

12) 大辟(대벽) : 사형. 除死(제사) : 죽음을 면하다.

13) 追迴(추회) : 돌이켜 돌아가다. 복직하는 것을 말한다.

14) 滌瑕蕩垢(척하탕구) : 흠을 닦고 때를 씻다.

15) 州家(주가) : 자사를 가리킨다. 申名(신명) : 이름을 보고하다. 여기서는 사면할 대상자를 보고하는 것이다. 使家(사가) : 관찰사를 가리킨다. 당시 호남관찰사는 양빙楊憑이었다.

16) 坎軻(감가) : 실의하다. 또는 순조롭지 못하다. 荊蠻(형만) : 만 땅의 형주. 여기서는 강릉을 가리킨다. '만'은 남쪽 변방을 가리키고, 형주는 강릉의 옛 이름이다.

17) 判司(판사) : 관직명. 자사를 보좌하는 관직으로 한유가 맡은 법조法曹와 장서가 맡은 공조工曹를 가리킨다.

18) 捶楚(추초) : 매질이나 채찍질을 하다. 관원이 잘못하여 질책을 받는 것이다. 이와 달리 한유가 법조로서 매질 같은 험한 일을 하는 것으로 볼 수도 있다.

19) 輩流(배류) : 같은 무리. 한유와 같은 시기에 폄적 당한 이들을 가리킨다.

20) 天路(천로) : 조정으로 가는 길을 가리킨다.

21) 殊科(수과) : 종류가 다르다.

   이 시는 중추절 밤에 보름달을 구경하고 술을 한잔 마시면서 서로 회포를 풀다가 느낀
감회를 적은 것이다.

   첫 여섯 구는 밝은 달이 떠서 은하수도 보이지 않으며 바람과 소리가 잔잔하고 적막한
가운데 술을 차려놓고 노래를 부르는 상황을 묘사하였다. 하지만 장서의 노래가 너무 구슬퍼
서 눈물을 그칠 수가 없다고 하였다. 이하 열여덟 구는 모두 장서가 노래한 내용이다. 하지만
장서가 한유와 함께 궁중에서 근무하다가 같이 남쪽으로 폄적되었으며 사면령이 내렸지만
자신들은 궁중으로 돌아가지 못하고 여전히 지방관을 전전하게 되었기에 이러한 신세타령은
장서만의 것이 아니라 한유의 것이기도 하다. 특히 남방으로 폄적되는 길의 험난함과 남방
생활의 고달픔은 오히려 한유 자신의 경험으로 보인다. 마침 순종이 즉위하여 사면령이 내려
사형을 받은 자도 감형을 받게 되고 유배 간 이들도 모두 궁중으로 돌아가게 되었지만, 자신들
은 관찰사의 농간으로 궁중으로 돌아가지 못하게 된 상황을 적었다. 그리고 새로 가게 되는
강릉에서는 낮은 관직으로 인해 제대로 업무를 수행하지 못하고 고생만 하게 될 것임을
예상하였다. 사면을 고대하고 다시 궁중으로 돌아갈 것을 무척 기대했기에 그 실망감은 누구
보다도 컸을 것이다.

   이러한 장서의 노래를 듣고 한유는 위로의 노래를 부른다. 인생이란 운명에 따른 것이니
우리가 어찌할 수 없는 것이고, 오늘 같이 밝은 달이 뜬 날 즐기며 노니는 것이 어떻겠냐고.
고통스럽고 슬픈 것은 매한가지이지만 언제까지 슬퍼할 수만은 없다. 훗날 좋은 날이 반드시
올 것이니 마음을 추스르고 기다려보자. 하지만 여전히 인생의 쓴 맛을 보며 마음 아파하는
모습이 눈에 선하다.

   이 시는 정원 21년(805) 8월 보름에 지은 것이다.

20

譴瘧鬼[1]

학질 귀신을 꾸짖다

屑屑水帝魂,[2]	물의 황제의 영혼이 하찮으니
謝謝無餘輝.	떠나고 떠나 남은 광채가 없는데도,
如何不肖子,[3]	어찌하여 그 불초 아들은
尙奮瘧鬼威.	여전히 학질 귀신의 위엄을 떨쳐서,
乘秋作寒熱,	가을이 되면 오한과 열을 만들어
翁嫗所罵譏.[4]	늙은이가 욕을 하고 나무라는가?
求食歐泄間,[5]	토하고 설사한 곳에서 먹을 것을 구하니
不知臭穢非.[6]	악취가 나쁜 것임을 몰라서이지.
醫師加百毒,[7]	의사는 갖가지 독을 넣어서
熏灌無停機.[8]	훈증하고 달이는 일을 멈출 때가 없고,
灸師施艾炷,[9]	뜸뜨는 이는 쑥뜸을 시술하니
酷若獵火圍.[10]	독하기가 사냥불이 둘러싼 듯하며,
詛師毒口牙,[11]	무당은 입과 이로 독을 만들어
舌作霹靂飛.[12]	혀가 벼락이 나는 듯 빠르고,

符師弄刀筆,[13]	부적을 쓰는 이는 붓과 칼을 놀리니
丹墨交橫揮.[14]	붉은 색과 검은 색이 교차하며 마구 휘날린다.
咨汝之胄出,[15]	아아, 너 같은 후손이 나온
門戶何巍巍.[16]	그 가문은 얼마나 높다라냐?
祖軒而父頊,[17]	할아버지는 헌원씨이고 아버지는 전욱이어서
未沫於前徽.[18]	조상의 아름다움이 아직 없어지지 않았지만,
不修其操行,	품행을 닦지 않아
賤薄似汝稀.	천박하기가 너 같은 이가 드물다.
豈不忝厥祖,[19]	어찌 그 조상을 더럽히지 않겠는가?
靦然不知歸.[20]	뻔뻔스럽게도 돌아갈 줄을 모르는구나.
湛湛江水清,[21]	깊은 장강의 물이 맑으니
歸居安汝妃.	돌아가 살며 너의 부인을 편안케 하여라.
清波爲裳衣,	맑은 물결로 옷을 만들고
白石爲門畿.[22]	흰 돌로 문지방을 만들고는,
呼吸明月光,	밝은 달빛을 들이마시고
手掉芙蓉旂.[23]	손으로 부용깃발을 흔들어라.
降集隨九歌,[24]	내려가 모여서 〈구가〉를 따르며
飲芳而食菲.[25]	좋은 향기를 마시고 먹어라.
贈汝以好辭,	좋은 글을 너에게 주니
咄汝去莫違.[26]	쯧쯧, 너는 떠나가서 어기지 마라.

·주석·

1) 譴(견) : 꾸짖다. 瘧鬼(학귀) : 학질을 일으키는 귀신.

2) 屑屑(설설) : 하찮은 모양. 또는 힘들어 불안해하는 모양. 水帝(수제) : 전욱顓頊을 가리킨다. 그는 황제黃帝의 손자로 물의 덕으로 천하를 다스렸으며 죽어서 북방의 신이 되었다. 오행에서 북쪽은 물을 상징한다.

3) 不肖子(불초자) : 이들. 전욱의 아들 세 명이 모두 죽은 뒤 역귀疫鬼가 되었고 그중 하나가 장강에서 살며 학질 귀신이 되었다고 한다.

4) 翁嫗(옹구) : 늙은 남자와 여자. 罵譏(매기) : 욕하고 꾸짖다.

5) 歐泄(구설) : 구토와 설사.

6) 臭穢(취예) : 악취.

7) 醫師(의사) : 의관醫官 중 약을 처방하는 일을 담당한다. 당나라 태의서太醫署에 소속된 의관에는 의사, 침사針師, 안마사按摩師, 주금사咒禁師 등이 있었다. 毒(독) : 여기서는 병을 치료하기 위해 사용하는 것이다.

8) 熏灌(훈관) : 연기로 훈증하여 약을 만드는 것과 물에 끓여 약을 만드는 것.

9) 灸師(구사) : 뜸을 뜨는 사람. 艾炷(애주) : 쑥뜸.

10) 獵火(엽화) : 사냥 할 때 동물을 몰기 위해 놓은 불.

11) 詛師(저사) : 주술 하는 사람. 毒口牙(독구아) : 입과 이에서 독을 만들다. 독한 말을 만들어내는 것이다.

12) 霹靂(벽력) : 벼락. 천둥. 주술사의 저주가 매우 독함을 비유한 것이다.

13) 符師(부사) : 부적을 쓰는 술사. 刀筆(도필) : 칼과 붓. 옛날의 글 쓰는 도구이다. 칼은 잘못된 글자를 지우는 데 사용하였다.

14) 丹墨(단묵) : 붉은색 먹과 검은색 먹. 부적을 쓰는 것이다.

15) 胄出(주출) : 후사가 나오다.

16) 門戶(문호) : 여기서는 가문을 가리킨다. 巍巍(외외) : 높은 모양.

17) 軒(헌) : 황제黃帝 헌원씨軒轅氏. 頊(욱) : 전욱顓頊.

18) 沫(말) : 사라지다.

19) 忝(첨) : 더럽히다.

20) 靦然(전연) : 뻔뻔한 모양.

21) 湛湛(담담) : 물이 깊은 모양. 또는 깨끗한 모양.

22) 畿(기) : 문지방.

23) 芙蓉旗(부용기) : 부용깃발.

24) 降集(강집) : 강림하여 모이다. 九歌(구가) : 초사의 편명이다. 옛날 초나라 영郢 땅

사람들은 귀신을 믿고 제사 지내기를 좋아하는 풍속이 있었다. 굴원이 그들의 제사 의례와 가무 음악을 보고는 그 가사가 비루하기에 〈구가〉를 지었다고 한다.

25) 飮芳(음방) : 향기를 마시다. 食菲(식비) : 향기를 먹다.

26) 咄(돌) : 질타하는 소리.

[해설]

이 시는 학질 귀신을 꾸짖는 것이다. 영정 원년(805)에 지은 〈납량 연구納凉聯句〉에서 "소갈증과 굶주림이 여름에 더욱 심했고, 학질과 갈증이 가을에 더욱 잦았다.(痟饑夏尤甚, 瘧渴秋更數.)"라고 하였는데, 당시 학질이 번져 많은 사람들이 고생했기에 이를 퇴치하기 위해 지은 것으로 보인다. 이러한 역병을 막기 위해 시나 문장을 쓰는 것은 한유의 독창적인 생각일 수도 있다. 다른 사람들은 의사나 무당의 힘을 빌겠지만 한유는 자신의 특기를 발휘한 것이리라. 후에 조주潮州로 폄적되었을 때는 악어를 논리적으로 꾸짖는 〈악어문鰐魚文〉을 써서 악어를 쫓아내려고 하였다. 특히 이 시에서는 마지막 부분에서 초사의 표현을 많이 차용함으로써 민간 신앙적인 면을 부각시키고 있다.

첫 8구에서는 물의 황제 전욱의 아들인 학질 귀신이 위세를 떨치는 모습을 표현하였다. 특히 구토와 설사가 학질의 증세임에 착안하여 학질 귀신이 토한 것과 설사한 것에서 먹을 것을 구하기 위한 것이라고 하였다. 그 다음 8구에서는 학질을 물리치기 위해 다양한 방법을 사용하는 모습을 표현하였다. 하지만 한유가 생각하기에 이러한 것이 모두 미신에 불과하며 효과가 없는 것이다. 그러니 한유는 글을 써서 논리적으로 잘 타일러 학질 귀신을 제압하고자 하였다. "훌륭한 조상을 두었지만 품행을 잘 닦지 않아 비천한 일을 하고 있으니 이는 조상을 욕보이는 것이다. 그러니 너는 원래 살던 장강으로 다시 돌아가 남방 지역 사람들의 제사를 잘 받으면서 몸을 수양하도록 하거라. 내가 이 글을 줄 터이니 반드시 몸에 지니며 명심하고 어기지 말도록 하여라." 준엄하면서 격조가 있다.

학질 귀신을 꾸짖는다는 발상이 현재의 과학적인 관점에서 보면 엉뚱하고 터무니 없어 보이기도 하다. 그래서 이 시가 당시 권문세족의 후예로서 품행을 수양하지 않아 조상을 더럽히는 자들을 풍자하기 위해 지은 것으로 보기도 한다.

郴口又贈二首[1]

침구에서 또 주다 2수

제1수

山作劍攢江寫鏡,[2]	산은 검을 모아 이루었고 강은 거울 위에 쏟아지는데
扁舟斗轉疾於飛.[3]	작은 배가 갑자기 도니 나는 것보다 빠르네.
迴頭笑向張公子,[4]	머리 돌려 장공자를 향해 웃노라
終日思歸此日歸.	오래도록 돌아가고자 했는데 이날 돌아가기에.

제2수

雪颶霜翻看不分,[5]	눈과 서리가 날려 봐도 분명치 않고,
雷驚電激語難聞.	우레와 번개가 쳐 말해도 듣기 힘드네.
沿涯宛轉到深處,	물가 따라 감돌다가 깊은 곳에 이르니
何限靑天無片雲.	한 점 구름도 없는 푸른 하늘이 어찌 끝이 있으랴.

1) 郴口(침구) : 지명. 침주 서쪽에 있는 황잠산黃岑山에서 발원한 황수黃水가 뇌수耒水로 들어가는 곳이다.

2) 劍攢(검찬) : 검을 모아놓다. 뾰족한 봉우리가 많은 모습이다. 寫鏡(사경) : 거울 위에 쏟아지다. 강물이 맑고 그 흐름이 빠른 모습이다.

3) 扁舟(편주) : 작은 배. 斗(두) : 갑자기.

4) 張公子(장공자) : 장서를 가리킨다.

5) 颭(점) : 날리다.
   이하 두 구는 파도의 포말과 그 소리로 잘 보이지도 않고 잘 들리지도 않는 상황을 비유적으로 표현한 것이다.

해설

이 시는 침주를 떠나면서 느낀 감회를 쓴 것이며 장서張署에게 준 것으로 보인다. 그에 관해서는 19. 〈팔월 십오일 밤 장 공조에게 주다八月十五夜贈張功曹〉의 해설에서 자세히 설명하였다. 침주는 한유가 폄적 간 양산의 인근 지역이고 장서가 폄적 간 지역이다. 이들은 영정 원년(805)에 사면 받아 강릉으로 관직을 옮겼는데, 이 시는 이 때 지은 것이다. 그래서 폄적에서 풀려난 기분 좋은 감정을 속도감과 청량함으로 표현하였다.

제1수의 날 듯이 빠른 배는 자신들의 경쾌한 마음을 표현한 것이고 제2수의 맑은 하늘은 자신들의 미래를 꿈꿔본 것이다. 이러한 상쾌함과 즐거움 속에 검을 모아 이룬 듯한 산, 눈과 서리, 우레와 번개와 같은 경물들은 또한 험난한 자신들의 신세를 비유하기도 한다. 원래 이들은 조정으로 돌아갈 것을 바랐지만 여전히 지방을 떠돌고 있기 때문이다.

22

謁衡嶽廟遂宿嶽寺題門¹

형악묘를 배알하고 마침내 산의 절에서 묵다가 문루에 쓰다

五嶽祭秩皆三公,²	오악의 제례 등급은 모두 삼공의 수준인데,
四方環鎭嵩當中.³	사방으로 둘러 지키고 숭산이 가운데 있네.
火維地荒足妖怪,⁴	불타는 남방은 땅이 황량하여 요괴가 많으니
天假神柄專其雄.⁵	하늘이 신령한 권한을 빌려주어 그 씩씩함을 오롯이 했네.
噴雲泄霧藏半腹,⁶	구름과 안개를 뿜고 쏟아내어 산허리를 감추었으니
雖有絶頂誰能窮.	비록 꼭대기가 있다 해도 누가 끝까지 갈 수 있을까?
我來正逢秋雨節,	내가 오니 마침 가을비의 계절이어서
陰氣晦昧無淸風.⁷	음의 기운이 어둑하고 맑은 바람은 없기에,
潛心默禱若有應,⁸	마음을 다해 묵도하니 감응이 있는 것 같은데
豈非正直能感通.⁹	바르고 곧아 감응하여 통할 수 있는 것이 어찌 아니었겠는가?
須臾靜掃衆峰出,	잠깐 사이에 말끔히 걷혀 여러 봉우리가 드러났기에
仰見突兀撑靑空.¹⁰	위를 보니 우뚝 솟아 푸른 하늘을 받치고 있네.
紫蓋連延接天柱,¹¹	자개봉은 이어지며 뻗어서 천주봉과 닿았고
石廩騰擲堆祝融.¹²	석름봉은 날듯이 솟아오르며 축융봉과 겹쳤네.

森然魄動下馬拜,13 　　정신이 엄숙해져 말에서 내려 절을 하고는

松柏一逕趨靈宮,14 　　소나무 측백나무 외길 따라 신령한 사당으로 종종대며 가니,

粉牆丹柱動光彩,15 　　회칠한 벽과 붉은 기둥은 광채로 일렁이고

鬼物圖畫塡靑紅,16 　　괴이한 물상 그림은 붉은빛 푸른빛으로 채워져 있네.

升階傴僂薦脯酒,17 　　계단을 올라 허리 굽혀 고기와 술을 바쳤으니

欲以菲薄明其衷,18 　　소박한 음식으로 충심을 밝히고자 하였네.

廟令老人識神意,19 　　사당지기 노인은 신의 뜻을 알고 있기에

睢盱偵伺能鞠躬,20 　　눈을 크게 뜨고 살펴보면서 몸을 굽힐 줄 아는데,

手持杯珓導我擲,21 　　점 보는 옥을 손에 쥐고 내가 던지도록 이끌고는

云此最吉餘難同,22 　　"이는 가장 길한데 다른 것은 이와 같기 어렵다."고 말하네.

竄逐蠻荒幸不死,23 　　남쪽 황량한 지역으로 쫓겨났지만 다행히 죽지 않았으니

衣食纔足甘長終,24 　　옷과 음식이 충분하기만 하면 죽음도 달게 여길 것인데,

侯王將相望久絶, 　　왕후장상에 대한 기대는 끊은 지 오래되었고

神縱欲福難爲功. 　　신이 설령 복을 내리고자 하여도 실현되기 어렵겠지.

夜投佛寺上高閣, 　　밤에 절에서 묵다가 높은 누각에 오르니

星月掩映雲曈朧,25 　　별과 달이 언뜻언뜻 비치고 구름은 어둑한데,

猿鳴鐘動不知曙,26 　　원숭이 울고 종이 울리자 어느덧 날이 밝아오고

杲杲寒日生於東.27 　　환히 차가운 해가 동쪽에서 떠오르네.

· 주석 ·

1) 謁(알) : 배알하다. 衡嶽廟(형악묘) : 형악의 산신을 모신 사당. '형악'은 형산으로 중국 오악 중의 하나인 남악이다. 嶽寺(악사) : 형산에 있는 절인데 그 이름은 알 수 없다.

2) 祭秩(제질) : 제례의 등급. 三公(삼공) : 대체로 재상을 가리킨다. 이 구는 오악을 제사지낼 때 삼공에 준하는 예우로 했다는 뜻이다. 하지만 실제로 당나라 때는 오악의 신에게 왕의 칭호를 부여하였으니 이보다 더 높았다.

3) 環鎭(환진) : 둘러싸며 지키다. 嵩(숭) : 숭산. 오악 중 중악이다.

4) 火維(화유) : 불이 있는 모퉁이. 남방을 가리킨다. 오행에서 불은 남쪽을 상징한다.
   足(족) : 많다.

5) 神柄(신병) : 신령스런 권한. 專其雄(전기웅) : 그 씩씩함을 전유專有하다.

6) 泄霧(설무) : 안개를 쏟아내다. 半腹(반복) : 몸의 절반 정도에 위치하는 배. 여기서는
   산허리를 뜻한다.

7) 晦昧(회매) : 어둑한 모양.

8) 潛心(잠심) : 마음을 다하다.

9) 正直(정직) : 바르고 곧다. 한유의 마음을 가리킨다. 이와 달리 남악의 신령을 가리키는
   것으로 보는 설도 있다.

10) 突兀(돌올) : 우뚝 솟은 모양. 撑(탱) : 버티다. 받치다.

11) 紫蓋(자개) : 형산의 봉우리 이름. 天柱(천주) : 형산의 봉우리 이름.

12) 石廩(석름) : 형산의 봉우리 이름. 騰擲(등척) : 위로 날아오르는 모양. 祝融(축융) :
    형산의 주봉主峰.

13) 魄動(백동) : 혼백이 놀라다.

14) 趨(추) : 종종걸음으로 가다. 공경스런 모양이다. 靈宮(영궁) : 형악묘를 가리킨다.

15) 粉牆(분장) : 흰색으로 회칠한 담.

16) 鬼物圖畫(귀물도화) : 괴물의 그림. 묘당 안의 신상을 말한다.

17) 傴僂(구루) : 허리를 굽히다. 공손한 모양이다. 脯酒(포주) : 마른 고기와 술.

18) 菲薄(비박) : 소박하고 간단한 음식.

19) 廟令(묘령) : 오악의 사당을 지키는 관리. 당나라 때 한 명씩 두었으며 정구품正九品에
    해당했다.

20) 睢盱(휴우) : 눈을 부릅뜨고 보다. 鞠躬(국궁) : 몸을 굽히다. 예의를 갖춰 인사하거나
    공경스럽게 일을 하는 것을 뜻한다.

21) 杯珓(배교) : 점 보는 도구의 일종. 조개껍질이나 대나무 등으로 만들었으며, 둘로
    쪼개진 것을 합쳐서 공중에 던진 뒤 뒤집힌 양상을 보고 점을 본다.

22) 餘難同(여난동) : 다른 사람의 점괘는 이와 같기가 어렵다. 점괘가 좋다는 말이다.

23) 竄逐(찬축) : 쫓겨나 숨어 살다. 蠻荒(만황) : 남쪽의 황량한 곳. 한유가 폄적된 양산을

가리킨다.

24) 長終(장종) : 죽다.

25) 掩映(엄영) : 숨었다가 다시 비치다. 朣朧(동롱) : 어두운 모양. 또는 날이 밝으려고 하는 모양.

26) 曙(서) : 날이 새다.

27) 杲杲(고고) : 밝은 모양.

해설

이 시는 양산현령으로 폄적 당했다가 영정 원년(805) 사면을 받아 강릉으로 가던 도중 형산을 지나다가 악묘를 배알한 일을 적은 것이다.

첫 4구에서는 오악이 재상에 해당하는 예우를 받고 있는데 그 중 남악인 형산은 요괴가 많은 지역을 씩씩하게 잘 다스리고 있다고 하였다. 그 다음 4구에서는 당일 한유가 본 형산의 모습을 그렸는데 구름과 안개로 잘 보이지도 않고 비까지 내려서 올라갈 수가 없다고 하였다. 다음 6구에서는 진심을 다해 기도를 하니 영험함이 통해 맑아졌으며 형산의 여러 봉우리가 또렷하게 보인다고 하였다. 다음 6구에서는 형악묘의 모습을 서술하고 그곳을 소박하지만 경건하게 참배한 상황을 그렸다.

다음 4구에서는 형악묘의 관리가 한유의 점을 봐 준 이야기인데 그 관리는 형악의 신령함을 받들어 영험하다고 한 뒤 자신의 점괘가 아주 좋다고 하였다. 다음 4구에서는 그 점괘에 대한 한유의 태도이다. 비록 점괘가 좋아서 형산의 신령이 자신에게 큰 복을 내려준다고 할지라도 자신은 높은 관직에 대한 욕심은 없으니 자신에게는 별 소용이 없을 것이라고 하였다. 자신은 다만 험악한 양산에서 죽지 않고 살아남았으니 그것으로 이미 큰 복을 받은 것이고, 앞으로도 그저 춥고 굶주리지 않게 살기만 하면 된다고 하였다. 마지막 4구에서는 절에서 묵다가 누각에 올라가 본 경물을 묘사하였다. 별과 달이 언뜻언뜻 비치고 구름이 어둑하다가 날이 새고 태양이 솟아오르는 모습인데, 이는 한유의 새로운 희망을 비유한다.

형산이 안개와 구름으로 흐리다가 자신의 기도로 맑아졌고 점괘도 가장 좋은 것으로 나왔으니, 자신의 앞날에는 더 이상 괴로움과 좌절은 없을 것이다. 더구나 자신도 이제 욕심을 버리고 소박하게 살고자 하지 않는가? 그저 삼시세끼 먹고 춥지 않게 가족들과 오순도순 행복하게 살기만을 바랄 뿐이고, 형산의 신령도 그걸 허락하고 있는 듯하다.

23

岳陽樓別竇司直[1]

악양루에서 두 사직과 헤어지다

洞庭九州間,	동정호는 구주에서
厥大誰與讓.	그 크기를 누구에게 양보하겠는가?
南匯群崖水,	남쪽에서 뭇 기슭의 물을 모아
北注何奔放.	북쪽으로 쏟아 붓는데 얼마나 거센가?
瀦爲七百里,[2]	물이 모여서 칠백 리가 되었는데
吞納各殊狀.	각기 다른 모습을 삼켜 받아들였으니,
自古澄不淸,[3]	예로부터 맑게 해도 맑아지지 않고
環混無歸向.[4]	물결이 돌고 섞이며 귀착하는 곳이 없구나.
炎風日搜攪,[5]	뜨거운 바람이 매일 어지러이 부니
幽怪多冗長.[6]	음습한 요괴가 많지만 쓸모가 없으며,
軒然大波起,[7]	높이 큰 물결이 일면
宇宙隘而妨.[8]	우주가 좁아지고 막히는 듯하네.
巍峨拔嵩華,[9]	우뚝 솟아 숭산과 화산을 능가하고
騰踔較健壯.[10]	높이 튀어 올라 씩씩함을 다투는데,

聲音一何宏, 소리가 얼마나 큰지
轟輵車萬兩.[11] 꽈르릉 수레 만 대가 지나가는 듯.
猶疑帝軒轅,[12] 여전히 의심하나니, 헌원 황제가
張樂就空曠. 탁 트인 곳으로 나아가 음악을 펼쳐,
蛟螭露筍簴,[13] 교룡이 악기를 매단 틀에 드러나고
縞練吹組帳.[14] 하얀 비단이 아름다운 장막에서 펄럭이는 것인가?
鬼神非人世, 이는 인간의 것이 아니고 귀신의 것이어서
節奏頗跌踢.[15] 가락이 자못 기복이 심한데,
陽施見誇麗,[16] 양기가 펼쳐지면 아름다운 것이 드러나고
陰閉感悽愴. 음기가 닫히면 구슬픔을 느끼게 되네.
朝過宜春口,[17] 아침에 의춘구를 지날 때는
極北缺隄障.[18] 북쪽 끝까지 제방이 보이지 않았고,
夜纜巴陵洲,[19] 밤에 파릉주에 닻을 내릴 때
叢芮纏可傍.[20] 풀 무더기에 겨우 의지할 수 있었네.
星河盡涵泳, 은하수가 모두 물에 잠기었으니
俯仰迷下上. 굽어보고 올려다봐도 아래 위를 모르겠으며,
餘瀾怒不已, 넘치는 물결은 성내기를 멈추지 않아
喧豗鳴甕盎.[21] 시끄럽게 귀를 찌르며 동이를 울리는 듯하였네.
明登岳陽樓, 날이 밝아 악양루에 오르니
輝煥朝日亮.[22] 찬란하게 아침 해가 밝고,
飛廉戢其威,[23] 바람의 신인 비렴이 그 위세를 거두니
淸晏息纖纊.[24] 맑고 편안하여 가느다란 실 같이 잦아졌네.
泓澄湛凝綠,[25] 깊고 맑은 물에 푸른빛이 엉겨 잠겼으니
物影巧相況.[26] 물상과 그림자가 교묘하게 서로 비교되고,
江豚時出戲,[27] 복어가 때때로 나와 장난치면
驚波忽蕩漾.[28] 놀란 물결이 갑자기 출렁였네.

時當冬之孟,	이때는 초겨울이라
隙竅縮寒漲.29	바위의 구멍은 넘치는 한기로 쪼그라들었네.
前臨指近岸,	앞으로 내려다보면 가까운 물가를 가리킬 뿐이고
側坐眇難望.	아득하여 멀리보기 어려워 옆으로 앉아있지만,
滌濯神魂醒,30	깨끗이 씻어주어 정신은 깨어나고
幽懷舒以暢.	속마음은 펼쳐져 시원해졌네.
主人孩童舊,31	주인은 어릴 적 친구
握手乍忻悵.32	악수하니 갑자기 기쁘고도 슬픈데,
憐我竄逐歸,33	내가 쫓겨났다 돌아옴을 가련히 여겼지만
相見得無恙.34	만나보니 별고 없음을 알게 되었네.
開筵交履舃,35	연회를 여니 신발이 엇섞이고
爛漫倒家釀.	호탕하게 집에서 담근 술을 뒤집어 다 비우는데,
盃行無留停,	술잔을 돌리며 멈추지 않고
高柱送清唱.36	기러기발 높이 올려 맑은 노래를 보냈으며,
中盤進橙栗,37	쟁반에 담아 등자와 밤을 가져왔는데
投擲傾脯醬.38	집어던지다가 육장을 쏟았네.
歡窮悲心生,	즐거움이 다하면 슬픈 마음이 생기니
婉變不能忘.39	애틋한 정을 잊을 수 없네.
念昔始讀書,	생각건대 옛날 처음 책을 읽을 때는
志欲干霸王.40	패업과 왕도를 구하고자 함에 뜻을 두고,
屠龍破千金,41	용을 죽이려고 천금을 써서
爲藝亦云亢.42	기예를 이루었으니 또한 대단했지.
愛才不擇行,	재주를 아낄 뿐 좋은 행실을 택하지 않아
觸事得讒謗.43	일에 저촉되어 비방을 얻었는데,
前年出官由,	재작년에 관직에서 쫓겨난 것은
此禍最無妄.44	이러한 화로 인한 가장 의외의 일이었지.

公卿采虛名,[45]   공경이 내 허명을 인정하여

擢拜識天仗.[46]   발탁하고 관직을 주어 천자의 병장을 알게 되자,

姦猜畏彈射,[47]   간사하고 시기하는 이들이 쏴 맞힐까 두려워

斥逐恣欺誑.[48]   쫓아내려고 속임수를 자행했지.

新恩移府庭,   새로운 은혜로 강릉부의 관청으로 옮겼지만

逼側廁諸將.[49]   여러 장수들 사이에 끼여 핍박받을 터이니,

于嗟苦駑緩,[50]   아아 내 노둔함에 고생하면서

但懼失宜當.   다만 마땅히 해야 할 일을 못할까 두려워할 뿐이네.

追思南渡時,   남쪽으로 갈 때를 돌이켜 생각해보니

魚腹甘所葬.   물고기 뱃속에 장사지낼 것도 감수했지.

嚴程迫風帆,   엄정한 여정이라 바람 부는 돛을 재촉하며

劈箭入高浪.[51]   격렬한 화살처럼 높은 물결로 들어갔기에,

顚沈在須臾,[52]   뒤집어져 침몰하는 것이 순식간의 일이었으니

忠鯁誰復諒.[53]   충성스럽고 곧은 마음을 누가 다시 알아주겠는가?

生還眞可喜,   살아 돌아온 것 정말 매우 기쁜 일이니

剋己自懲創.[54]   자신을 이기며 스스로 경계해야 하리라.

庶從今日後,   바라노니 오늘 이후로는

粗識得與喪.   득과 실을 대략이라도 알아서,

事多改前好,   일은 대부분 예전 좋아하던 것을 바꾸고

趣有獲新尙.[55]   지향은 새로 숭상할 것을 얻어야지.

誓耕十畝田,   맹세하노니 십 묘의 밭을 갈 것이지

不取萬乘相.[56]   만승 천자의 재상은 되지 않으리라.

細君知蠶織,[57]   아내는 양잠과 길쌈을 알고

稚子已能餉.[58]   아이들은 이미 들밥을 보낼 수 있으니,

行當掛其冠,   장차 마땅히 관을 걸어놓고는

生死君一訪.[59]   반드시 그대를 한번 방문하리라.

1) 岳陽樓(악양루) : 악주岳州 서문西門의 누대로 동정호 가에 있다. 竇司直(두사직) :
   두상竇庠으로 자는 주경冑卿이다. 그와 그의 형 두모竇牟는 한유와 어릴 때부터 친하
   게 지냈다. 무창武昌을 진수鎭守하던 한고韓皐의 막료로 있다가 대리시大理寺 사직으
   로 승진하고 당시 악주자사 대리로 있었다. '사직'은 종육품상從六品上으로 범죄 사건
   의 조사를 담당했다.

2) 瀦(저) : 물이 모인 곳. 동정호를 가리킨다.

3) 澄不淸(징불청) : 맑게 해도 맑아지지 않다. 경지가 크고 넓어서 헤아리거나 어찌할
   수 없다는 뜻으로 여기서는 물의 기세가 넓고 크다는 말이다.

4) 無歸向(무귀향) : 돌아가는 데가 없다. 귀착되는 데가 없다는 뜻으로 물의 흐름이 광활
   하다는 뜻이다.

5) 搜攪(소교) : 어지럽히다. 소란스럽다.

6) 冗長(용장) : 번다하다. 쓸데없이 많다.

7) 軒然(헌연) : 높이 솟은 모양.

8) 隘(애) : 좁다.

9) 巍峨(외아) : 우뚝한 모양. 拔(발) : 능가하다. 嵩華(숭화) : 숭산과 화산. 둘 다 오악에
   속하는 높은 산이다.

10) 騰踔(등탁) : 높이 뛰어 오르다. 較(각) : 다투다.

11) 轟輵(굉갈) : 수레가 요란하게 지나가는 소리. 兩(량) : 수레를 헤아리는 단위. '량輛'과
    같다.

12) 軒轅(헌원) : 황제黃帝. 함지咸池의 음악을 동정의 들에서 펼쳤다는 기록이 있다.

13) 蛟螭(교리) : '교'와 '리'는 모두 용의 종류이다. 여기서는 악기의 장식을 가리키며 동정
    호의 높은 파도에서 연상된 것이다. 筍簴(순거) : 편종이나 편경 등을 매단 틀.

14) 縞練(호련) : 흰 비단. 동정호의 흰 파도에서 연상된 것이다. 組帳(조장) : 아름다운
    장막. '순거'와 함께 황제가 펼친 음악과 관련된 물품이다.

15) 跌踢(질탕) : 기복이 심하다. 높았다가 낮아지다.

16) 誇麗(과려) : 아름다움.

17) 宜春口(의춘구) : 동정호 남쪽의 포구 이름.

18) 隄障(제장) : 제방. 호수의 경계 부분.

19) 纜(람) : 닻줄을 내리다. 巴陵洲(파릉주) : 동정호에 있던 물섬의 이름.

20) 叢芮(총예) : 무더기로 난 풀. 여기서는 배를 정박할 수 있는 물가를 말한다.

21) 喧聒(훤괄) : 시끄러운 소리. 鳴甕盎(명옹앙) : 동이를 울리다. '옹'과 '앙'은 입이 좁고
배가 불룩한 항아리이다.

22) 輝煥(휘환) : 빛나는 모양.

23) 飛廉(비렴) : 바람의 신. 戢(집) : 거두다.

24) 纖纊(섬광) : 가느다란 실. 바람이 살랑살랑 부는 것을 시각적으로 비유한 것이다.
또는 바람에 이는 잔잔한 파문을 비유한 것으로 볼 수도 있다.

25) 泓澄(홍징) : 물이 깊고 맑은 것을 뜻한다.

26) 況(황) : 비교하다.

27) 江豚(강돈) : 복어. 바람이 불면 물위로 솟구쳐 오른다고 한다.

28) 蕩漾(탕양) : 파도가 일렁이는 모양.

29) 隙竅(극규) : 바위의 틈. 寒漲(한창) : 넘치는 한기.

30) 滌濯(척탁) : 깨끗이 씻다.

31) 主人(주인) : 연회를 베푼 이. 여기서는 두상을 가리킨다. 孩童舊(해동구) : 어릴 적
친구.

32) 乍(사) : 갑자기. 忻悵(흔창) : 기쁘고 슬프다.

33) 竄逐(찬축) : 쫓겨나다. 한유가 양산현령으로 폄적된 것을 말한다. 歸(귀) : 돌아가다.
한유가 사면되어 강릉으로 가는 것을 말한다.

34) 無恙(무양) : 별고 없다.

35) 履舃(이석) : 신발.

36) 高柱(고주) : 기러기발을 높이다. 현악기의 음을 조절하는 것이다.

37) 橙栗(등률) : 등자와 밤.

38) 脯醬(포장) : 고기를 썰어 넣어 만든 장.

39) 婉孌(완련) : 애틋한 정.

40) 干霸王(간패왕) : 패업과 왕도를 추구하다. 또는 패왕에게 간알하다.

41) 屠龍(도룡) : 용을 죽이다.

42) 爲藝(위예) : 기예를 이루다. 용 죽이는 기술을 터득하다. 亢(항) : 높다. 대단하다. 이상 두 구는 용을 죽이는 기예와 같은 큰 재능을 터득했다는 말이다. 하지만 주평만朱泙漫이 지리익支離益에게서 천금의 가산을 탕진하여 삼년 만에 용 잡는 기술을 배웠지만 용이 실재하지 않아서 쓸모가 없었다고 하는 이야기가 있는데, 이로 보면 결국 한유의 재주가 쓸모없음을 암시하고 있다.

43) 讒謗(참방) : 참언과 비방.

44) 無妄(무망) : ≪주역≫의 괘 이름으로 대체로 예기치 않았던 일을 의미한다. 여기서는 양산현령으로 폄적된 것을 가리킨다.

45) 公卿(공경) : 여기서는 한유를 감찰어사에 천거한 어사중승 이문李汶을 가리킨다.

46) 天仗(천장) : 천자가 수렵할 때 사용하는 병장기. 여기서는 한유가 감찰어사가 되어 맡은 직분을 비유하는데, 아래 구절에서 '쏴 맞히다'의 의미와 연결된다.

47) 姦猜(간시) : 간사하고 시기하다. 여기서는 그러한 사람을 가리킨다. 彈射(탄석) : 탄환을 쏴 맞히다. 한유가 감찰어사 직분을 수행하며 관원의 잘못을 밝혀내는 것을 말한다.

48) 斥逐(척축) : 쫓아내다. 欺誑(기광) : 속임수.

49) 逼側(핍측) : 좁다. 핍박받다. 厠(측) : 섞이다. 이 구는 절도사의 관청에서 무인들 틈에 끼여 힘들게 생활하게 되었다는 말이다.

50) 于嗟(우차) : 탄식하는 소리. 駑緩(노완) : 노둔함.

51) 劈箭(벽전) : 격렬한 화살. 배가 아주 빨리 가는 것을 비유한다.

52) 顚沈(전침) : 거꾸로 침몰하다.

53) 忠鯁(충경) : 충성스럽고 곧은 마음. 諒(량) : 알아주다.

54) 懲創(징창) : 경계하다.

55) 獲新尙(획신상) : 새로 숭상하는 것을 얻다. 새로운 지취를 가지겠다는 뜻으로 아래 내용으로 보아 은일하며 살 것임을 말한다.

56) 萬乘相(만승상) : 만승을 보필하는 재상. '만승'은 병거 만 대라는 뜻으로 천자를 가리킨다.

57) 細君(세군) : 아내. 蠶織(잠직) : 양잠과 길쌈.

58) 餉(향) : 음식을 주다. 들밥을 나르는 것으로 보인다.

59) 生死(생사) : 죽으나 사나. 반드시.

─ 해설 ─

이 시는 악양루에 오른 뒤 두상과 헤어지는 감회를 적은 것이다. 한유는 양산 현령으로 폄적당했다가 사면 받아서 영정 원년(805) 10월 강릉부의 법조참군이 되어 부임하던 중 악양루를 들렀다. 이 시는 크게 두 부분으로 나누어지는데 앞부분에서는 동정호를 지나가며 본 광대한 경물과 악양루에 올라가서 본 경관을 적었으며, 뒷부분에서는 그간의 일을 회상하고 는 앞으로 은일하여 가족과 평온하게 살겠다는 뜻을 표현하였다.

첫 8구에서는 동정호의 광활함을 총체적으로 표현하여 이 시 전반부의 내용을 개괄하였다. 그 다음 8구에서는 동정호의 높은 파도에 관해 묘사하였으며 그 다음 8구에서는 헌원 황제가 음악을 펼쳤던 이야기를 연상하면서 동정호의 파도를 비유적으로 형용하였다. 다음 8구에서는 한나절동안 배를 탄 뒤 밤에 정박하면서 본 동정호의 모습을 서술하였고 그 다음 8구에서는 다음날 아침 물결이 잔잔해진 악양루에 올라 바라본 경관을 그렸으며 그 다음 6구에서는 이러한 경관을 바라보는 한유 자신의 모습과 심사를 표현하였다. 여기까지가 전반부에 해당한다. 그 다음 12구에서는 두상과 만나 연회를 펼쳐 흥겹게 노는 모습을 서술하였다. 그 이후로는 한유의 지난 이력을 서술하였다. 큰 뜻을 품고 훌륭한 재능을 연마하여 이를 펼치려고 하였지만 주위의 시기와 모함으로 인해 양산현령으로 폄적된 사실, 사면 받아 강릉부로 가게 되었지만 그곳에서도 고생할 것이라는 예상, 양산현령으로 내려갈 때 고생했던 일, 하지만 다시 살아오게 된 기쁨, 이러한 일을 경계로 삼아 앞으로는 관직에 연연하지 않고 가족과 평온하게 살겠다는 결심을 적었다.

앞부분의 서경에서는 동정호의 광활한 모습 속에 거세게 몰아치는 물결을 묘사한 뒤 이튿날 아침 악양루에서 잔잔해진 물결과 경관을 보면서 한유의 정신이 맑아졌음을 말하였다. 이는 후반부의 서사에서 여태까지의 험난했던 생애를 서술한 뒤 평온한 생활을 하겠다고 다짐하는 것과 비슷한 구조를 가지고 있다. 이를 통해 전반과 후반의 큰 두 단락을 구조적으로 연결하였다. 그리고 비유와 상상으로 거대경물을 자유자재로 묘사한 것에서 한유 특유의 기세를 확인할 수 있다.

永貞行[1]

영정행

君不見	그대는 보지 못했는가?
太皇諒陰未出令,[2]	태상황이 거상 중에 명령을 내리지 못할 때
小人乘時偸國柄.[3]	소인이 때를 틈타 나라의 권력을 훔쳤던 것을.
北軍百萬虎與貔,[4]	북군 백만 병사는 호랑이와 비휴이고,
天子自將非他師.	천자가 스스로 거느리니 다른 일반군대가 아니었지만,
一朝奪印付私黨,[5]	하루아침에 관인을 빼앗아 사사로운 무리에게 부여하는데
懍懍朝士何能爲.[6]	두려워하며 조정의 관원이 무엇을 할 수 있었는가?
狐鳴梟噪爭署置,[7]	여우가 울고 올빼미가 떠들썩하게 다투어 관직을 주니
睒睒跳踉相嫵媚.[8]	질시하고 펄쩍 뛰며 서로 좋아하였지.
夜作詔書朝拜官,	밤에 조서를 만들어 아침에 관직을 배수하는데,
超資越序曾無難.[9]	자격과 서열을 뛰어넘어도 아무런 어려움이 없었고,
公然白日受賄賂,[10]	공공연히 대낮에 뇌물을 받아
火齊磊落堆金盤.[11]	화제주가 가득히 금 쟁반에 쌓였지만,
元臣故老不敢語,[12]	원로대신은 감히 말도 못하고

晝臥涕泣何汍瀾.¹³　　　낮에 누워 눈물을 얼마나 줄줄 흘렸던가?

董賢三公誰復惜.¹⁴　　　동현의 삼공 자리를 누가 또 아깝게 여길 것인가?

侯景九錫行可歎.¹⁵　　　후경의 구석은 장차 찬미할 만했으리라.

國家功高德且厚,　　　하지만 국가가 공이 높고 은덕이 또 두터우니

天位未許庸夫干.¹⁶　　　천자의 자리는 용렬한 자가 침범함을 허락지는 않았지.

嗣皇卓犖信英主,¹⁷　　　계승한 황제는 탁월하고 진실로 빼어난 군주이시니,

文如太宗武高祖.　　　문은 태종과 같고 무는 고조와 같으신데,

膺圖受禪登明堂.¹⁸　　　하도에 응해 선양을 받아 명당에 오르시니

共流幽州鮌死羽.¹⁹　　　공공은 유주로 유배가고 곤은 우산에서 죽었네.

四門肅穆賢俊登,²⁰　　　조정이 엄숙해져 어질고 뛰어난 이가 등용되었는데,

數君匪親豈其朋.²¹　　　몇 사람은 친하지도 않았으니 어찌 그 무리였겠는가?

郞官淸要爲世稱,²²　　　낭관은 청요한 자리로 세상에서 칭송되는데,

荒郡迫野嗟可矜.²³　　　황량하고 궁박한 곳에서 긍지를 탄식하게 되었네.

湖波連天日相騰,　　　호수의 물결은 하늘과 이어져 날마다 솟아오르고,

蠻俗生梗瘴癘烝.²⁴　　　남방의 풍속은 생경하며 장기가 찌는 듯하리라.

江氛嶺祲昏若凝,²⁵　　　강과 고개의 음습한 기운은 엉긴 듯 어둑하고,

一蛇兩頭見未曾.　　　두 머리의 뱀은 일찍이 보지 못한 것이며,

怪鳥鳴喚令人憎,　　　괴상한 새가 울어 사람을 증오하게 만들고,

蠱蟲群飛夜撲燈.²⁶　　　취고가 떼 지어 날며 밤에 등을 칠 것이리라.

雄虺毒螫墮股肱,²⁷　　　사나운 독사가 팔과 다리에 떨어져 독으로 물고,

食中置藥肝心崩.　　　밥에 약을 넣었을까봐 간과 심장이 무너질 것이며,

左右使令詐難憑,　　　좌우의 사령은 의지하기 어려울 정도로 잘 속이니,

愼勿浪信常兢兢.²⁸　　　삼가 함부로 믿지 말고 항상 조심해야 하리라.

吾嘗同僚情可勝,　　　나는 일찍이 동료였으니 그 정을 어찌 이길 수 있으리?

具書目見非妄徵.²⁹　　　직접 본 것을 갖추어 썼으니 망령된 말이 아니라네.

嗟爾旣往宜爲懲.　　　아아 그대들은 지난 일을 마땅히 경계로 삼아야 하리라.

1) 永貞(영정) : 정원 21년(805) 8월 순종이 헌종에게 제위를 물려주고 태상황으로 있을 때의 연호로 그해 12월까지 5개월 동안 사용하였다. 行(행) : 시가의 한 형식인 가행체를 뜻한다.

2) 太皇(태황) : 순종이 헌종에게 양위한 뒤의 칭호인 태상황太上皇. 여기서는 헌종이 즉위하기 전의 순종을 가리킨다. 諒陰(양음) : 황제가 거상居喪하는 것을 말한다. 대체로 거상 기간에는 정사를 처리하지 않는 것이 원칙이다. 당시 순종은 덕종의 상을 치르고 있었으며, 즉위한 뒤 병으로 인해 왕비王伾를 우산기상시右散騎常侍에 임명하고 왕숙문王叔文을 호부시랑戶部侍郎 및 탁지염철전운사度支鹽鐵轉運使에 임명하여 이들을 통해 정사를 처리했다.

3) 小人(소인) : 왕비와 왕숙문을 가리킨다. 國柄(국병) : 국가의 권력.

4) 北軍(북군) : 북아北衙의 금군禁軍. 수도와 궁을 경비하는 군대이다. 貔(비) : 비휴. 호랑이와 비슷한 맹수이며, 용맹한 군사를 비유한다.

5) 奪印(탈인) : 관인을 빼앗다. 정원 21년(805) 5월 왕숙문과 왕비는 금오대장군金吾大將軍 범희조范希朝를 좌우신책경서제성진행영절도사左右神策京西諸城鎭行營節度使로 삼고 탁지낭중度支郎中 한태韓泰를 그 행군사마行軍司馬로 삼았다. 私黨(사당) : 사사로운 무리. 여기서는 한태를 가리킨다. 범희조는 원로여서 실무를 담당하지 않았으며 한태가 모든 일을 장악하였다.

6) 懍懍(늠름) : 두려워하는 모양.

7) 狐鳴梟噪(호명효조) : 여우가 울고 올빼미가 떠들썩하다. 사악한 무리가 전횡을 일삼는 것을 비유하였다. 署置(서치) : 관청에 두다. 관리 선발을 뜻한다.

8) 睗睒(석섬) : 질시하는 모양. 跳踉(도량) : 펄쩍펄쩍 뛰다. 함부로 날뛰다. 嫵媚(무미) : 치켜세우다. 비위를 맞추다.

9) 超資越序(초자초서) : 자격과 서열을 뛰어넘다. 당시 왕숙문이 권력을 장악한 뒤 먼저 위집의韋執誼를 재상으로 삼고 평소 교유하던 자들 중에서 하루에 수 명씩 발탁하였다고 한다.

10) 賄賂(회뢰) : 뇌물.

11) 火齊(화제) : 화제주火齊珠. 보물의 일종이다. 磊落(뇌락) : 많은 모양.

12) 元臣故老(원신고로) : 원로대신. 여기서는 당시 재상을 지내던 두우杜佑, 고영高郢, 정순유鄭珣瑜 등을 가리킨다.

13) 汍瀾(환란) : 눈물을 줄줄 흘리는 모양. 이 구는 당시 원로대신인 정순유, 가탐賈耽 등이 불만을 품고 사직한 것을 말한다.

14) 董賢(동현) : 한나라 애제哀帝의 총애를 받아 22세에 삼공의 지위에 올랐다.

15) 侯景(후경) : 북위北魏에서 처음 관원이 되었으며 후에 남조 양梁나라를 섬기다가 간문제簡文帝를 폐하고 예장왕豫章王 소동蕭棟을 세웠다. 후경은 소동의 조서를 꾸며서 자신에게 구석九錫의 예를 더했다. 후에 반란을 일으켜 건강建康을 함락시키고는 스스로 황제라 칭했다. 九錫(구석) : 천자가 제후나 중신에게 내리는 아홉 가지 기물로 신하에 대한 최고의 예우이다.
이상 두 구는 왕비와 왕숙문이 앞으로 전권을 장악하고 마음대로 해도 신하들이 이에 동조할 뿐일 것이라는 말이다.

16) 庸夫(용부) : 용렬한 자. 왕비와 왕숙문을 가리킨다.
이상 두 구는 당 황실이 견고하여 왕비와 왕숙문에게 넘어가게 내버려두지는 않았다는 말이다.

17) 嗣皇(사황) : 황위를 계승한 황제. 헌종을 가리킨다. 卓犖(탁락) : 탁월하다.

18) 膺圖(응도) : 하도河圖에 응하다. 천명을 받아 황제가 되는 것을 뜻한다. 복희가 천하의 왕이 되었을 때 용마가 황하에게 나왔는데 그 등에 무늬가 있었으며 이를 '하도'라고 하였다. 受禪(수선) : 선양을 받다. 明堂(명당) : 제왕이 정교를 펴는 건물.

19) 共(공) : 공공共工. 그는 환두驩兜, 삼묘三苗, 곤鯀과 함께 요순시대 때 흉악한 네 변방 부족의 우두머리였다. 순임금이 공공을 유주幽州로 내쫓았다. 鯀(곤) : '곤鯀'이라고도 한다. 우임금의 아버지로 순임금이 치수를 명령하였지만 9년 동안 성과가 없자 순임금이 그를 우산羽山에서 죽였다. 이 구는 헌종이 즉위한 뒤 왕비를 개주사마開州司馬로 폄적시키고 왕숙문을 유주사호渝州司戶로 폄적시킨 것을 말한다. 후에 왕비는 개주에서 병으로 죽었고 왕숙문은 자살하도록 명이 내려졌다.

20) 四門(사문) : 명당 사방의 문. 여기서는 조정을 뜻한다.

21) 數君(수군) : 몇 명의 인물. 당시 왕숙문의 개혁에 동참한 유우석, 유종원 등을 가리킨다. 이 구는 이들이 왕비와 왕숙문과 친하지 않았는데 어찌 그들과 한 무리가 될 수 있었겠냐는 뜻으로 이들의 무고함을 말하는 것이다.

22) 郎官(낭관) : 낭중郎中, 원외랑員外郎 등의 직함을 가진 관원을 가리킨다. 당시 폄적된 여러 사람이 이에 해당되기는 하지만, 이 시에서는 둔전원외랑으로 있다가 연주連州 자사로 폄적된 유우석과 예부원외랑으로 있다가 소주邵州 자사로 폄적된 유종원을 가리킨다. 淸要(청요) : 지위가 높고 직책이 중요하며 일이 간명한 것을 뜻한다.

23) 荒郡迫野(황군박야) : 황량한 지방과 궁박한 들.

24) 蠻俗(만속) : 남방의 풍속. 瘴癘(장려) : 장기. 남방의 더운 기운을 말한다.

25) 嶺祲(영침) : 산고개의 나쁜 기운.

26) 蠱蟲(고충) : 독충인 취고吹蠱 등을 두고 한 말이다.

27) 雄虺(웅훼) : 고대 전설에 나오는 큰 독사. 毒螫(독석) : 독으로 해치다. 墮股肱(타고굉) : 허벅지와 팔뚝에 떨어지다. '墮'를 '휴'로 읽으면 '훼손시키다'는 뜻이 되어 독사에게 물린 허벅지와 팔뚝을 절단하는 것을 가리킨다.

28) 浪(랑) : 함부로. 兢兢(경경) : 조심하는 모양.

29) 妄徵(망징) : 함부로 징험徵驗하다. 근거 없이 말하는 것을 뜻한다.

해설

정원 21년(805) 정월 덕종이 죽고 순종이 왕위를 이어받았지만 병이 들어 집정하기 어려웠다. 이에 왕비와 왕숙문을 중용하였는데, 이들은 한때 한유와 함께 감찰어사로 있었던 유우석과 유종원 등을 기용하여 정치 개혁을 벌였다. 하지만 8월 병약한 순종을 대신하여 황위에 오른 헌종은 왕비와 왕숙문 및 그들이 기용한 사람들을 내쫓았다. 한유는 양산현령으로 폄적되었다가 이해 사면을 받아 강릉부의 법조참군으로 옮겼다. 당시 한유는 폄적가던 유우석과 유종원을 만났는데 이 때 이 시를 지어 준 것으로 보인다.

첫 14구에서는 왕비와 왕숙문이 조정의 일을 전횡하면서 권력을 사사로이 사용하였으며 이에 대해 원로대신과 조정의 신하들이 제재하지 못했음을 말하였다. 그 다음 6구에서는 헌종이 왕위에 올라 이들을 쫓아내게 된 과정을 서술하였다. 그 이하에서는 유우석과 유종원은 왕비, 왕숙문과 친하지 않았는데 그 아래에서 일을 했다는 명목으로 억울하게 쫓겨나게 되었음을 말하고는 남방의 험악한 풍토와 기후에 관해 이야기하면서 조심할 것을 당부하였다. 한유 역시 모함과 시기로 험악한 남방으로 폄적된 경험이 있으며 이것이 이들의 현재 상황과 유사하기에 한유는 더욱더 이들에 대해 애틋한 감정을 가지고 있었을 것이다. 더구나 한유는 폄적되었다가 사면 받아서 살아 돌아왔으니 이들에게 희망을 주고 싶기도 했을 것이다.

春雪間早梅

봄눈 사이의 이른 매화

梅將雪共春,1	매화와 눈이 봄을 함께 하고 있지만
彩豔不相因.	그 빛과 화려함은 서로 관계가 없는데,
逐吹能爭密,2	눈은 바람을 좇으며 빽빽함을 다툴 수 있고
排枝巧妒新.3	매화는 가지에 늘어서서 교묘하게 새 빛을 질투하네.
誰令香滿座,	누가 향기가 자리에 가득하게 하였는가?
獨使淨無塵.	눈이 유독 깨끗한 모습에 먼지가 없게 하였네.
芳意饒呈瑞,4	향기로운 뜻은 상서로움 드러냄을 풍부하게 하고
寒光助照人.	차가운 빛은 사람 비추는 일을 도와주네.
玲瓏開已遍,	영롱하게 이미 두루 피어 있는데
點綴坐來頻.5	점점이 엮느라고 자꾸 내리네.
那是俱疑似,6	어찌 모두 비슷한 것이라고 의심하겠는가?
須知兩逼眞.	이 둘이 진정 닮았음을 알아야 하리라.
熒煌初亂眼,7	반짝이며 처음에는 눈을 어지럽히다가
浩蕩忽迷神.8	아득하여 홀연 정신을 까마득하게 만드네.

未許瓊華比,9	경화와 나란히 할 걸 기대하지 않았는데
從將玉樹親.10	내버려두니 옥수와 친해지네.
先期迎獻歲,11	먼저는 새해맞이를 기약했는데
更伴占茲辰.12	다시 이 좋은 때를 짝하여 차지했기에,
願得長輝映,	오래도록 빛날 수 있기를 바라노니
輕微敢自珍.13	경미한 존재가 어찌 감히 스스로 진귀할 수 있겠는가?

· 주석 ·

1) 將(장) : ~와.

2) 逐吹(축취) : 바람을 좇다. 눈이 바람 따라 날리는 것이다. 爭密(쟁밀) : 나무에 빽빽하게 붙는 것을 매화와 다툰다는 뜻이다.

3) 排枝(배지) : 가지에 늘어서 있다. 매화꽃이 핀 모습이다. 新(신) : 매화꽃이 핀 가지에 새로 봄눈이 하얗게 붙은 것을 가리킨다.

4) 呈瑞(정서) : 상서로움을 드러내다. 신년에 내리는 눈을 서설瑞雪이라고 한다.

5) 點綴(점철) : 점점이 엮다. 눈이 매화를 더 돋보이게 하는 것이다.

6) 疑似(의사) : 비슷하다고 의심하다. 다른 것이라고 생각한다는 뜻이다.

7) 熒煌(형황) : 밝게 빛나는 모양.

8) 浩蕩(호탕) : 아득한 모양.

9) 瓊華(경화) : 옥으로 만든 꽃. 아주 아름다운 꽃을 비유한다.

10) 從(종) : 내버려두다.

11) 先(선) : 먼젓번. 작년 납월에 〈눈을 기뻐하며 배 상서께 바치다喜雪獻裴尙書〉를 지었다. 獻歲(헌세) : 새해가 되다. 정월을 뜻한다.

12) 占茲辰(점자신) : 이 시기를 차지하다. 새해 봄인 현재의 시점을 가리킨다.

13) 輕微(경미) : 미미한 존재. 눈을 가리킨다.

　이 시는 이른 봄 매화가 피어있는데 봄눈이 오는 것을 보고 지은 것이다. 하얀 매화에 흰 눈이 내려 더욱 아름다워 보이는 경관을 서술하면서 눈과 매화를 교묘하게 엇갈리게 배치하였는데, 매화와 눈이 구분되지 않으며 융화된 상황을 구조적으로 잘 표현하였다.

　제1·2구에서는 비록 매화와 눈이 봄에 함께 있기는 하지만 각각이 가진 빛과 화려함은 서로 관계가 없다고 하였다. 하지만 서로 관계없는 두 존재가 결국 잘 어울리게 되었으니 그 조화는 더욱 고귀한 것이라고 할 수 있다. 제3·4구에서는 눈이 바람 따라 날아와서 매화나무 가지에 붙으니 어느 것이 매화꽃이고 어느 것이 눈인지 분간이 되지 않는 상황을 표현하였다. 비록 '다툰다' '질투한다'는 말을 했지만 이것은 선의의 경쟁일 것이다. 제5·8구에서는 매화와 눈의 상승작용을 표현하였다. 매화가 향기롭기는 하지만 눈이 오면 더욱 그 향기가 가득해지고 매화가 깨끗하기는 하지만 눈이 내리니 그것이 더욱 깨끗하고 고결해졌다. 봄에 내리는 눈은 풍년을 예고하는 서설인데 매화의 향기와 함께 온 땅에 퍼지니 그 상서로움이 더욱 풍부해지고, 사람을 환히 비추는 매화는 하얀 눈으로 인해 더욱 깨끗하고 고결하게 보인다.

　그러니 매화가 이미 온 사방에 피어있지만 이를 더욱 아름답게 꾸미기 위해서 눈이 자꾸자꾸 내린다. 같은 흰 색이라고 비슷하게만 생각할 것이 아니라 둘은 진정 같은 뜻을 가진 일심동체임을 알아야 할 것이다. 처음에는 그 모습에 눈이 어지럽기도 했지만 자꾸 보노라니 정신을 까마득하게 할 정도이다. 처음에는 눈이 내려서 이렇게 매화와 잘 어울릴 것이라고 기대하지 않았는데 점차 서로 융화되어 옥수가 되어버렸다.

　마지막 4구에서는 경물 묘사에서 벗어나 자신의 이야기를 하고 있다. 작년 연말에 〈눈을 기뻐하며 배 상서께 바치다〉를 쓰면서 새해에 좋은 일이 생길 것이라고 말을 했는데, 지금 또 매화와 봄눈이 어우러져 멋진 경관을 선사하고 좋은 징조를 보여주고 있다. 눈은 원래 미미한 존재이니 어찌 스스로 존귀해 질 수 있겠는가? 모름지기 매화와 같이 있으니 이렇게 아름다워질 수 있지 않았는가? 부디 이러한 모습이 오래도록 지속되기를 바란다.

　마지막에 말한 미미한 존재는 아마도 한유 자신을 비유할 것이고 그렇다면 매화는 배 상서를 비유할 것이다. 매화에 흰 눈이 내려 잘 조화를 이룬 모습은 아마도 배 상서가 한유를 잘 이끌어주어 함께 큰 뜻을 펼치는 상황을 비유한 것이리라.

　이 시는 원화 원년(806) 정원 강릉 법조로 있을 때 지은 것이다.

李花贈張十一署[1]

자두꽃 – 장서에게 주다

江陵城西二月尾,	강릉성 서쪽 이월 말,
花不見桃惟見李.	복숭아꽃은 보이질 않고 자두꽃만 보이네.
風揉雨練雪羞比,[2]	바람이 주무르고 비가 누였으니 눈도 견주기가 부끄럽겠고,
波濤翻空杳無涘.[3]	물결이 공중에 드날리는데 아득히 끝이 없네.
君知此處花何似,	그대는 아는가? 이곳의 꽃이 어떠한지를.
白花倒燭天夜明,[4]	흰 꽃이 거꾸로 비추면 하늘이 밤에도 밝아
群雞驚鳴官吏起.	여러 닭이 놀라 울어 관리들이 일어난다네.
金烏海底初飛來,[5]	금빛 태양이 바다 밑에서 갓 날아와,
朱輝散射靑霞開.[6]	붉은 빛이 흩어지며 쏘아 푸른 구름이 열릴 때에는,
迷魂亂眼看不得,	정신과 눈이 어지러워져서 볼 수 없으니
照耀萬樹繁如堆.	만 그루 나무에 무더기처럼 쌓인 많은 꽃을 비추기 때문이지.
念昔少年著游燕,[7]	생각해보니 옛날 젊었을 때 노닐며 즐김에 집착했는데
對花豈省曾辭杯.[8]	꽃을 대하고서 어찌 일찍이 술잔을 사양했던가.
自從流落憂感集,[9]	하지만 떠돌면서부터는 근심과 감회가 모여

欲去未到先思迴.	구경 가려다가도 도착하기 전에 돌아갈 생각을 먼저 하네.
祇今四十已如此,	이제 겨우 나이 마흔에도 이미 이와 같은데
後日更老誰論哉.	훗날 더욱 늙으면 누가 논하겠는가?
力攜一尊獨就醉,	힘껏 술 항아리 하나 들고 홀로 가서 취하노니
不忍虛擲委黃埃.10	헛되이 던져져 누런 먼지 속에 버려짐을 참지 못해서라네.

·주석·

1) 張十一署(장십일서) : '장서'는 19. 〈팔월 십오일 밤 장 공조에게 주다八月十五夜贈張功曹〉의 해설에서 자세히 설명하였다. '십일'은 친척형제 중의 순서이다.

2) 風揉雨練(풍유우련) : 바람이 주무르고 비가 누이다. 바람과 비로 인해 자두꽃이 깨끗해졌다는 뜻이다. '련'은 비단을 삶아 하얗게 하는 것이다.

3) 波濤(파도) : 자두꽃이 많이 핀 것을 비유한다. 無涘(무사) : 끝이 없다.

4) 倒燭(도촉) : 거꾸로 비추다.

5) 金烏(금오) : 금빛 까마귀. 태양을 가리킨다. 까마귀는 태양의 정령이다.

6) 靑霞(청하) : 푸른 노을. 여기서는 구름을 가리킨다.

7) 著游燕(착유연) : 즐기고 노니는 일을 탐닉하다.

8) 省曾(생증) : 일찍이.

9) 流落(유락) : 떠돌다. 중앙 관직에서 쫓겨나 양산 현령이 되었다가 지금 강릉 법조로 있는 것을 가리킨다.

10) 虛擲(허척) : 헛되이 던져지다. 버려지다. 委(위) : 버려지다. 黃埃(황애) : 누런 먼지.

해설

이 시는 자두꽃이 핀 것을 보고 든 감회를 적어 장서에게 준 것이다.

첫 4구에서는 봄 강릉성 서쪽에 자두꽃이 하얗게 끝없이 핀 정경을 묘사하였다. 원래 복숭아꽃과 자두꽃은 같은 시기에 피는데 복숭아꽃은 안 보이고 자두꽃만 보인다고 한 것은 아마도 밤이라서 하얀 자두꽃이 더 잘 보였기 때문일 것이다. 다음 6구에서는 하얀 자두꽃이 밝게 핀 모습을 과장하여 표현하였다. 흰 자두꽃이 밤에도 환해서 닭이 아침이 온 줄 알고 울어서 관리들이 일어날 정도이며, 아침에 해가 떠서 자두꽃을 비추면 그 빛이 어지러워서 제대로 보지 못할 정도라고 하였다.

이렇게 좋은 경관을 보고 있다가 문득 옛날 생각이 난다. 한창 때는 노는 것을 좋아하여 꽃이 피면 어디라도 가서 구경하며 술을 마시고 놀았다. 하지만 양산으로 쫓겨나고 강릉을 전전하다보니 더 이상 꽃구경하러 다닐 기분이 나지 않는다. 신나게 즐길 생각보다는 걱정과 근심이 앞선다. 그래서 가려다가도 다시 돌아갈 생각만 하였다. 이제 나이 마흔밖에 되지 않았는데도 이렇다면 나중에 정작 늙었을 때는 누가 나더러 같이 꽃구경하자고 권하겠는가? 그러니 이제라도 다시 기운을 내서 신나게 노닐어야 할 것이다.

이런 생각에 힘을 내어 이번 자두꽃 구경에 나섰던 것이다. 그래서 홀로 술을 마시고 취하는데, 정작 즐거움보다는 서글픔이 밀려온다. 조금 있으면 이 꽃이 또 떨어져서 땅바닥에서 뒹굴게 될 터인데 차마 그 꼴을 볼 수 없을 것이다. 그래서 또 한잔 마신다. 그런데 떨어져 먼지 속에 뒹굴게 되는 모습이 왠지 자신의 신세와 비슷하다. 관직에서 밀려나 지방의 낮은 관직을 전전하고 있으니. 그래서 또 한잔 마신다. 장서도 한유와 같은 시기 폄적되었다가 사면되어서 지금 강릉부에서 같이 근무하고 있다. 그 역시 한유와 같은 신세이다. 그러니 두 사람이 만나 또 한잔 해야 할 것이다.

이 시는 원화 원년(806) 봄 강릉에서 법조참군으로 있을 때 지은 것이다.

感春四首

봄을 느끼다 4수

제2수

皇天平分成四時,	하늘이 공평하게 나눠 사계절을 이루었지만,
春氣漫誕最可悲.1	봄기운 만연할 때가 가장 슬프네.
雜花粧林草蓋地,	갖가지 꽃이 숲을 단장하고 풀이 땅을 덮었다가
白日座上傾天維.2	흰 태양이 자리 위에 있다가 하늘에서 기울면,
蜂喧鳥咽留不得,	벌이 시끄럽고 새가 울어도 붙잡을 수 없어
紅萼萬片從風吹.	붉은 꽃잎 만 조각이 바람 따라 날려서이지.
豈如秋霜雖慘冽,	어찌 같겠는가? 가을서리가 비록 매서워서
摧落老物誰惜之.3	늙은 사물을 쇠락하게 해도 애석해하는 이가 없는 것과.
爲此徑須沽酒飮,	이 때문에 곧장 술을 사다 마시고는
自外天地棄不疑.4	스스로 천지를 도외시하며 버려두고는 의심하지 않아야지.
近憐李杜無檢束,5	가까이 하며 좋아하는 이백과 두보는 얽매이지 않아서
爛漫長醉多文辭.6	흐드러지게 늘 취해서 시를 많이 썼지만,
屈原離騷二十五,	굴원은 〈이소〉 등 스물다섯 편에서

不肯餔啜糟與醨.7   술지게미와 묽은 술을 먹고 마시려하지 않았지.

惜哉此子巧言語,   안타깝구나, 이 분은 말을 교묘하게 하면서도

不到聖處寧非癡.8   성인의 경지에 도달하지 못했으니 정녕 바보가 아닌가?

幸逢堯舜明四目,9   다행히 요순이 사방을 밝게 보는 때를 만나서

條理品彙皆得宜.10   조리와 분류가 모두 합당함을 얻었네.

平明出門暮歸舍,   날 밝으면 문을 나갔다가 저녁에 집으로 돌아오는데

酩酊馬上知爲誰.11   고주망태가 되어 말위에 있는 자가 누구인지 알겠지.

· 주석 ·

1) 漫誕(만탄) : 만연하다. 가득하다.

2) 天維(천유) : 하늘의 그물. 하늘을 의미한다.

3) 摧落(최락) : 시들게 하다.

4) 棄不疑(기불의) : 버려두고 의심하지 않다. 세상일에 관심을 두지 않겠다는 뜻이다.

5) 李杜(이두) : 이백과 두보. 檢束(검속) : 얽매이다.

6) 爛漫(난만) : 흐드러지다. 술에 취해 구속받지 않는 모습이다.

7) 餔啜(포철) : 먹고 마시다. 糟與醨(조여리) : 술지게미와 묽은 술. 굴원의 〈어부〉에
   따르면, 굴원이 "온 세상이 흐려도 나는 홀로 맑을 것이고, 뭇 사람들이 모두 취해도
   나는 홀로 깨어있겠다(擧世皆濁我獨淸, 衆人皆醉我獨醒.)"라고 하니 어부가 "세상 사
   람들이 다 탁한데 어째서 그 진흙탕을 휘저으며 그 물결을 드날리지 않고, 뭇 사람들이
   다 취했는데 어째서 그 지게미를 배불리 먹고 그 묽은 술을 마시지 않는가?(世人皆濁,
   何不漏其泥而揚其波. 衆人皆醉, 何不餔其糟而歠其醨.)"라고 하였다.

8) 聖處(성처) : 성인이 있는 곳. 성인의 경지. 옛날 사람들이 청주淸酒를 성인이라고
   하고 탁주濁酒를 현인이라고 한 것에 근거하여 술을 비유하는 것으로 보기도 한다.

9) 明四目(명사목) : 사방을 밝게 바라보다. 어진 군주가 세상의 정세를 바르게 살피거나
   인재를 알아보고 불러들이는 것을 의미한다.

10) 品彙(품휘) : 사물을 분류하다. 인재를 합당하게 선발하는 것을 말한다. 또는 '만물'의

뜻으로 보면 이 卦는 "만물을 나스리는데 언제나 합당하디"라는 말이 된다.
11) 酩酊(명정) : 크게 취한 모양.

(해설)

　이 시는 봄날 느낀 바를 적은 것으로 봄날을 즐기지 못하고 흘러가는 세월 속에 쇠락해가는 자신을 안타까워하는 마음을 표현하였다. 대체로 원화 원년(806) 봄 강릉부에 있으면서 지은 것으로 보는데, 당시 양산으로 폄적 갔다가 사면을 받았지만 여전히 지방의 말단관직을 맡고 있었기에 이러한 심사를 표출한 것으로 보인다.

　제2수 역시 비슷한 감정을 노래하였다. 봄이 와서 온 세상이 꽃과 풀로 아름답지만 시간이 지나면 이 꽃은 다 떨어지고 말 것이다. 가을에 만물이 쇠락하는 것은 자연의 이치상 그러하니 누구나 원망하거나 슬퍼하는 이가 없지만 만물이 생성하는 봄에 떨어지며 쇠락하는 모습을 보니 슬픔을 금하지 않을 수 없다.

　하지만 이 역시 자연의 이치이니 슬퍼할 필요는 없다. 그저 내버려두고 보는 수 밖에. 한유가 좋아하던 시인으로는 이백과 두보가 있다. 이들은 외물에 얽매이지 않아서 마음껏 취한 뒤에 훌륭한 시를 지었다. 하지만 굴원은 세상과 함께 변하지 못하고 자신의 고결함을 지키다가 결국 죽고 말았다. 말은 교묘하게 잘 했지만 결국 성인의 경지에는 도달하지 못했으니 바보나 다름없지 않았는가? 나는 그렇게 살지 않겠다. 자연의 이치를 받아들이고 세상의 추이에 맞추어 살아가야겠다. 지금 세상은 어떠한가? 훌륭한 황제가 올바른 정사를 베풀고 어진 인재를 살펴서 잘 가려 뽑지 않으신가. 이제 나도 곧 조정으로 선발되어 갈 것이다. 그러니 내가 할 일은 무엇인가? 그저 하루 종일 노닐며 술을 마시는 것뿐이다.

　어찌 보면 여태까지 한유의 삶은 바로 굴원의 삶과 같았다. 그렇게 살아서는 결국 자신의 몸과 정신을 피폐하게 만들고 죽음에 이르게 할 것이다. 그러니 내 뜻을 고집하며 살 필요가 없다. 그저 지금을 즐기며 술을 마시고 시를 쓰는 것이 참된 삶을 얻는 방법이다. 하지만 당시 조정의 혼란은 여전했고 한유가 언제 다시 조정으로 돌아갈지는 아무도 모르는 상황이었으니 이 시의 이면에는 어찌할 수 없는 현실에 대한 자조가 섞여 있다.

28

鄭羣贈簟[1]

정군이 대자리를 주다

蘄州簟竹天下知,[2]	기주의 점죽은 천하가 다 아는 것이고,
鄭君所寶尤瓌奇.[3]	정군이 애지중지하는 것은 더욱 진귀한데,
攜來當畫不得臥,	가지고 와서는 낮에 눕지도 못하고
一府傳看黃琉璃.	온 관청에 누런 유리 같은 자리를 돌리며 보여주었네.
體堅色淨又藏節,[4]	본체는 단단하고 빛은 깨끗하며 또 마디는 숨겨져
盡眼凝滑無瑕疵.[5]	아무리 봐도 매끈매끈하니 하자가 없네.
法曹貧賤衆所易,[6]	법조인 나는 가난하여 뭇 사람들이 깔보는데
腰腹空大何能爲,	허리와 배만 쓸데없이 크니 뭔들 잘하겠는가?
自從五月困暑濕,	한여름인 오월이 되면서 더위와 습기에 힘들어하여
如坐深甑遭蒸炊.[7]	깊은 찜통에 앉아서 끓는 증기를 쐬는 것 같았으니,
手磨袖拂心語口,[8]	손과 소매로 닦으며 마음속으로 말하기를
慢膚多汗眞相宜.[9]	"물렁살에 땀이 많으니 정말 딱 맞겠다."라고 했네.
日暮歸來獨惆悵,	해가 저물어 돌아갈 때 홀로 쓸쓸해하며
有賣直欲傾家資.[10]	파는 이가 있으면 곧장 집안 재산을 다 쏟으려 하였는데,

誰謂故人知我意,　　　누가 생긱했겠는가? 친구인 그내가 내 뜻을 알고서
卷送八尺含風漪.¹¹　　바람 머금은 물결 같은 여덟 척 대자리를 말아 보냈을 줄을.
呼奴掃地鋪未了,　　　하인을 불러 땅을 쓸고는 미처 다 펴기도 전에
光彩照耀驚童兒.　　광채가 번쩍거려 아이를 놀라게 하였으며,
靑蠅側翅蚤蝨避,¹²　　쉬파리가 날개를 기울이고 이와 벼룩이 도망쳤으며
蕭蕭疑有淸飆吹.¹³　　서늘하게 맑은 회오리바람이 부는 듯 했네.
倒身甘寢百疾愈,　　몸을 눕혀 달게 자면 온갖 병이 다 나을 듯하니
卻願天日恒炎曦.¹⁴　　도리어 하늘의 태양이 항상 뜨겁기를 바라네.
明珠靑玉不足報,¹⁵　　명월주와 푸른 옥으로도 보답하기에 충분치 않으니
贈子相好無時衰.¹⁶　　그대에게 사그라지지 않는 호의를 주네.

주석

1) 鄭羣(정군) : 자가 홍지弘之이다. 진사로 이부吏部에 발탁되어 정자正字 등을 역임했다. 호현위鄠縣尉로 있다가 감찰어사가 되었으며, 후에 강릉에서 배균裴均을 보좌하여 전중시어사殿中侍御史로 있었다. 그가 죽었을 때 한유는 그의 묘지명을 써주었다. 簟(점) : 대자리.

2) 蘄州(기주) : 지금의 호북성 기춘현蘄春縣 북서쪽. 대나무 산지로 유명하다. 簟竹(점죽) : 대나무의 일종. 대자리를 만들기에 좋다.

3) 瓌奇(괴기) : 진귀하다.

4) 藏節(장절) : 마디를 숨기다. 대나무의 마디가 툭 튀어나오지 않고 매끈하다는 뜻이다.

5) 盡眼(진안) : 눈길을 다해 보다. 凝滑(응활) : 매끈하다.

6) 所易(소이) : 쉽게 여기다. 얕잡아 보다.

7) 甑(증) : 찜통. 蒸炊(증취) : 불을 때서 찌다.

8) 心語口(심어구) : 마음이 입에게 말하다. 혼자 속으로 말하는 것을 뜻한다.

9) 慢膚(만부) : 원래는 윤택한 피부라는 뜻이지만 여기서는 기름기가 많아 번들거리는 피부를 말한다.

10) 傾家資(경가자) : 집안의 재산을 다 사용하다.

11) 漪(의) : 물결.

12) 側翅(측시) : 날개를 기울이다. 두려워하여 피해서 나는 것이다. 蚤蝨(조슬) : 이와 벼룩.

13) 蕭蕭(숙숙) : 시원한 모양. 또는 바람 부는 소리.

14) 炎曦(염희) : 불 같은 태양 볕.

15) 明珠靑玉(명주청옥) : 명월주明月珠와 청옥안靑玉案. 장형張衡의 〈네 가지 근심四愁詩〉에 "고운 님이 나에게 담비 가죽 옷을 주셨으니, 무엇으로 보답할까? 명월주로 해야겠지.(美人贈我貂襜褕, 何以報之明月珠.)", "고운 님이 나에게 비단 신발을 주셨으니, 무엇으로 보답할까? 청옥으로 만든 책상으로 해야겠지.(美人贈我錦繡段, 何以報之靑玉案.)"라는 구절이 있다.

16) 無時衰(무시쇠) : 사그라질 때가 없다. 결코 사그라지지 않다.

해설

이 시는 정군이 한유에게 좋은 대자리를 선물하자 이에 대한 고마움을 전달하기 위해 지은 것이다.

첫 6구에서는 정군이 애지중지하는 기주의 대자리를 관청에 가져와서는 자신이 미처 누워 보지도 못한 채 관원들에게 구경시켜주었으며, 한유가 직접 보니 정말 훌륭한 것이었다는 말을 하였다. 그 다음 6구에서는 한유가 몸집이 커서 무더운 여름을 특히 견디기 어려워하는 사정을 말하면서 자신에게 딱 맞는 물건이라고 하였다. 자신의 신체적인 결함을 이렇게 아무렇지도 않게 표현하는 것에서 한유 특유의 유머 감각을 엿볼 수 있다. 그리고 이러한 핍진한 표현을 통해 한유가 이 대자리를 정말로 갖고 싶어 했음을 알 수 있다. 그 다음 10구에서는 뜻밖에 정군이 자신에게 이 대자리를 선물로 주었기에 집에 가서 펼쳐보고 사용해보는 상황과 감회를 적었다. 번쩍거리고 빛나면서도 시원한 바람을 일으킨다고 하였는데, 파리가 제대로 날지 못하고 이와 벼룩이 도망간다는 표현이 재미있다. 그리고 오히려 더위를 싫어했던 한유가 계속 이 대자리에 눕고 싶은 마음에 햇볕이 계속 쨍쨍 내리쬐기를 바란다는 말에서도 한유의 즐거움을 짐작할 수 있다. 마지막 2구에서는 정군에게 선물에 대한 보답으로 사그라지지 않는 호의를 보낸다고 하였는데, 그 증거가 이 시일 것이다.

다양한 비유를 통해 사물을 형상화하는 것은 한유의 다른 시에서도 쉽게 발견할 수 있다. 이 시에서는 한유가 대자리를 얻지 못해 시무룩해하다가 대자리를 얻어 진심으로 좋아하는 장면을 통해 인간 심리에 대한 예리한 포착과 묘사를 확인할 수 있다. 한유의 이 시가 지금까지 남아서 정군의 마음씀씀이를 많은 사람이 기억하게 되었으니, 대자리에 대한 보답으로는 이보다 더 클 수 없을 것이다.

이 시는 원화 원년(806) 5월 강릉부의 법조로 있을 때 지은 것이다.

29

醉贈張秘書¹

취해서 장 비서에게 주다

人皆勸我酒,	사람들이 모두 내게 술을 권해도
我若耳不聞.	나는 마치 귀가 안 들리는 것처럼 했지만,
今日到君家,	오늘 그대의 집에 와서
呼酒持勸君.	술을 가져오라 하여 그것을 그대에게 권하는 것은
爲此座上客,	이 자리의 손님들이
及余各能文.	나에 필적할 정도로 각기 문장에 능해서라네.
君詩多態度,²	그대의 시에는 모습이 다양하여
藹藹春空雲.³	가득한 봄 하늘 구름과 같고,
東野動驚俗,⁴	맹동야는 걸핏하면 세속을 놀라게 하여
天葩吐奇芬.⁵	하늘의 꽃이 기이한 향기를 뿜는 것과 같고,
張籍學古淡,⁶	장적은 예스러움과 담박함을 배웠으니
軒鶴避雞群.⁷	수레의 학이 뭇 닭을 피하는 것과 같네.
阿買不識字,⁸	아매는 글자는 알지 못해도
頗知書八分.⁹	팔분체는 꽤나 쓸 줄 알아,

詩成使之寫,　　　　시가 이루어져 그더러 쓰게 하면
亦足張吾軍.10　　　또한 우리 군대의 기세를 펼치기에 충분하네.
所以欲得酒,　　　　그러니 술을 얻고자 하는 것은
爲文俟其醺.11　　　그 취기를 기다렸다가 문장을 짓기 위함이라네.
酒味旣冷冽,12　　　술맛이 이미 청량하고
酒氣又氛氳.13　　　술기운이 또 진하여,
性情漸浩浩,　　　　성정이 점점 넓어지고
諧笑方云云.14　　　우스갯소리가 한창 많은데,
此誠得酒意,　　　　이것이야말로 진정 술의 뜻을 얻은 것이니
餘外徒繽紛.15　　　이외의 행위는 그저 어지러운 짓일 뿐이라네.
長安衆富兒,　　　　장안의 많은 부자들은
盤饌羅羶葷.16　　　접시 음식으로 좋은 요리를 늘어놓았지만,
不解文字飮,17　　　문장을 지으며 술 마실 줄은 모르고
惟能醉紅裙.　　　　다만 붉은 치마 여인에 취할 줄만 아니,
雖得一餉樂,18　　　비록 잠깐의 즐거움을 얻더라도
有如聚飛蚊.　　　　마치 모여 날아다니는 모기와 같네.
今我及數子,　　　　지금 나와 몇몇 사람들은
固無蕕與薰.19　　　본래 악취와 향내의 구분에는 관심이 없어,
險語破鬼膽,　　　　험악한 말을 하면 귀신의 간담을 부수고
高詞媲皇墳.20　　　고아한 말을 하면 삼황의 전적과 짝하는데,
至寶不雕琢,　　　　모두 지극한 보물이어서 조탁하지 않아도 되고
神功謝鋤耘.21　　　신령스런 공력이어서 다듬기를 사양하네.
方今向泰平,　　　　바야흐로 지금은 태평시대이니
元凱承華勛.22　　　어진 신하가 요순을 받들고 있기에,
吾徒幸無事,　　　　우리 무리는 다행히 아무 일이 없어
庶以窮朝曛.23　　　아침저녁 시간 다 보내기를 바라네.

1) 張秘書(장비서) : 장서張署를 가리킨다. 일찍이 비서성秘書省 교서랑校書郞을 지냈으며, 한유와 같이 감찰어사로 있다가 함께 남쪽으로 폄적되었다. 이후 사면 받아 강릉에 있다가 원화 원년(806) 장안으로 들어와 경조부京兆府 사록司錄이 되었다.

2) 態度(태도) : 기세. 자태. 풍정風情.

3) 藹藹(애애) : 가득한 모양.

4) 東野(동야) : 맹교孟郊. 동야는 그의 자이다. 정원 12년(796) 진사에 급제하였다. 한유와 친하였으며 시풍이 비슷해 '한맹'으로 병칭되었다. 한유는 그가 죽은 뒤 〈정요선생 묘지명貞曜先生墓誌銘〉을 지었다. 動(동) : 걸핏하면. 툭하면.

5) 天葩(천파) : 하늘의 꽃.

6) 張籍(장적) : 정원 14년(798) 변주汴州에서 한유와 처음 만났다. 그해 11월 변주에서 진사 시험을 볼 때 한유가 감독을 했다. 장적은 한유의 추천을 받아서 경사로 갔고, 이듬해 과거에 급제한 뒤 태상시太常寺 태축太祝이 되었다. 후에 국자조교國子助敎, 비서랑秘書郞, 국자박사國子博士, 수부원외랑水部員外郞, 국자사업國子司業을 역임했다.

7) 軒鶴(헌학) : 수레를 타고 있는 학. 춘추시대 위衛 의공懿公은 학을 좋아하여 수레에 학을 태웠다고 한다. 이로부터 총애 받는 이를 뜻하였는데 여기서는 출중한 인물을 뜻한다.

8) 阿買(아매) : 누구인지 확실치 않다. 不識字(불식자) : 글자를 알지 못하다. 학식이 깊지 않다는 말이다.

9) 八分(팔분) : 서체 이름. 전서와 예서의 중간이다.

10) 吾軍(오군) : 우리 군대. 한유와 그 문하인이 쓴 글을 비유한다.

11) 醺(훈) : 취하다.

12) 冷冽(냉렬) : 청량하다.

13) 氛氳(분온) : 기운이 성한 모양.

14) 云云(운운) : 분분하다.

15) 繽紛(빈분) : 많아서 어지러운 모양.

16) 盤饌(반선) : 그릇에 담은 음식. 羶葷(전훈) : 고기와 훈채. 여기서는 좋은 요리를 가리킨다.

17) 解(해) : 이해하다. 할 줄 알다.

18) 一餉(일향) : 짧은 시간을 가리킨다.

19) 蕕與薰(유여훈) : 좋지 않은 냄새와 향기로운 냄새.

20) 媲(비) : 짝하다. 비견되다. 皇墳(황분) : 삼분三墳. 삼황三皇이 지었다고 전해지는 고대의 서적.

21) 鋤耘(서운) : 밭을 매다. 글을 다듬는 것을 말한다.

22) 元凱(원개) : 어진 신하. 華勛(화훈) : 요임금과 순임금. '화훈華勳과 같으며, 요임금을 방훈放勳이라고 하고 순임금을 중화重華라고 한다.

23) 窮朝曛(궁조훈) : 아침과 저녁을 다하다. 하루 종일을 보내다.

해설

제목에서는 술에 취해서 장서에게 준다고 했지만 정작 장서에 관한 이야기는 별로 없다. 대체로 한유가 장서, 맹교, 장적 등과 함께 모여 술을 마시면서 문학 창작을 하는 모습을 묘사하였으며, 자신들의 문학 창작이야말로 진정한 풍취를 즐기는 것이라고 자부하였다. 한유는 당시 가문의 지원을 받지 않고 오로지 자신의 실력만으로 관직에 올랐는데, 문벌이 막강한 힘을 발휘하던 당시 정계에서 한유가 자신의 입지를 확보할 수 있었던 것은 문학 동호회의 명목을 통해 자신의 영향력과 관계망을 넓혀나갔기 때문이다. 한유 문단의 가장 대표적인 인물들이 바로 이 시에 언급된 사람들이고, 이 시에 나타난 문학 창작 태도가 이들이 추구했던 문학적 풍격이었다.

첫 6구에서는 평소 한유가 술을 잘 마시지는 않지만 장서의 집에 와서 술을 마시는 건 여기 모인 사람들이 모두 문장을 잘 짓기 때문이라고 하였다. 여기서 술과 문학을 언급하여 문학과 술의 관계에 관한 의론을 준비하였다. 그 다음 10구에서는 장서, 맹교, 장적, 아매의 문학적 풍격에 대해 칭송하였다. 그 다음 14구에서는 문학 창작에 있어서 술의 역할에 대해서 말하였는데, 술을 마시는 목적은 그 취기를 이용해서 문장을 지으려는 것일 뿐이라고 하였다. 이는 다른 부호가들이 술을 마시면서 향락만을 즐기고 문장 짓는 것에는 관심이 없는 것을 풍자하기 위한 목적이 다분하다. 다음 6구에서는 자신들의 문학적 창작 특징을 언급하였는데, 아름다운 것과 추한 것에 대한 구분의 틀을 뛰어넘었으며, 한편으로는 다른 사람들을 놀라게 하고 다른 한편으로는 옛 사람들의 창작 기풍에 기반하고 있기에 더 이상의 조탁은 필요 없다고 하였다. 이러한 원칙 아래에서 한유 문단의 기험한 시들이 창작되었고 고문운동의 모태가 발생했다고 할 수 있을 것이다. 마지막 4구에서는 현재가 태평성세이니 자신들은 하루종일 평온하게 시문 창작에만 몰두하겠다고 하였다. 이는 당시의 현실 정치와 거리를 두겠다는 말도 되지만, 다른 한편으로는 어지러운 정쟁에 대한 비판의 뜻도 가지고 있다.

이 시는 원화 원년(806) 6월 한유가 강릉에서 장안으로 들어와 국자박사國子博士로 있을 때 지은 것이다.

南山詩¹

남산

吾聞京城南,	내가 듣기에 장안성 남쪽
玆維群山囿.²	이곳에 뭇 봉우리가 모여 있는데,
東西兩際海,	동과 서 양쪽으로 바다까지 닿았기에
巨細難悉究.	거대함과 세밀함을 모두 살펴보기 어렵다네.
山經及地志,	산에 관한 책과 지리지의 내용은
茫昧非受授.	직접 보고 적은 것이 아니라 모호하기에,
團辭試提挈,³	내가 말을 모아서 한번 제시해 보려고 하니
挂一念萬漏.⁴	한 가지를 언급하면 만 가지를 빠뜨릴 것 같지만,
欲休諒不能,	그만 두려 해도 진실로 그럴 수 없어
粗敍所經觀.⁵	다니며 본 바를 대충이나마 적어보네.
嘗昇崇丘望,	일찍이 높은 언덕에 올라 바라보니
戢戢見相湊.⁶	빽빽이 서로 모여 있는 것이 보이는데,
晴明出棱角,⁷	맑게 갠 날에는 모서리가 선명하게 드러나고
縷脈碎分繡.⁸	실 같은 산맥은 수놓은 비단을 부숴 흩어놓은 듯하였네.

蒸嵐相澒洞,9   끓어오르는 남기가 서로 자욱하다가
表裏忽通透.   겉과 속이 홀연 훤히 드러나고,
無風自飄簸,10   바람이 없는데도 절로 휘날리며 요동치다가
融液煦柔茂.11   융화되어 부드럽고 무성한 초목을 따뜻하게 하였네.
橫雲時平凝,   가로지른 구름이 때때로 고르게 엉기면
點點露數岫.   점점이 몇 개의 산봉우리가 드러나는데,
天空浮脩眉,12   하늘에 긴 눈썹이 떠있고
濃綠畫新就.13   짙은 녹음이 새로운 작품을 그린 듯하였으며,
孤撐有巉絶,14   외로운 봉우리는 깎아지른 듯 높은데
海浴褰鵬噣.15   바다에서 목욕하며 붕새가 부리를 들고 있는 듯하였네.
春陽潛沮洳,16   봄의 태양이 저습지에 잠겨
濯濯吐深秀.17   반짝반짝 깊숙이 있던 싹을 토해내니,
巖巒雖崒崪,18   높은 산이 비록 뾰족하지만
軟弱類含酎.19   술기운을 머금은 듯 연약해지네.
夏炎百木盛,   여름의 더위에 온갖 나무가 무성해져서
蔭鬱增埋覆.20   울창한 그늘로 덮어주는 곳이 늘어나게 하니,
神靈日歊歔,21   신령은 매일같이 기운을 뿜어
雲氣爭結構.   구름 기운이 다투어 엉기네.
秋霜喜刻轢,22   가을의 서리는 각박하게 굴기를 잘해서
礌卓立癯瘦.23   우뚝하지만 수척하게 서 있게 하니,
參差相疊重,   들쭉날쭉 서로 겹쳐진 채
剛耿陵宇宙.   굳세고 빛나며 우주를 능멸하네.
冬行雖幽墨,   겨울의 운행이 비록 적막하지만
冰雪工琢鏤.   얼음과 눈이 조각을 잘하니,
新曦照危峨,24   새로 뜬 햇빛이 높은 산을 비추면
億丈恒高袤.25   억만 장 높이가 항상 높고 넓네.

明昏無停態,　　　　밝거나 어둡거나 고정된 모습이 없어서

頃刻異狀候.　　　　시시각각 그 모습과 상황을 달리 하네.

西南雄太白,26　　　남서쪽에 있는 웅장한 태백봉은

突起莫間篌.27　　　불쑥 일어나 그 사이에 버금가는 것이 없네.

藩都配德運,28　　　수도를 보위하며 성덕의 운세와 짝하기에

分宅占丁戊.29　　　집을 나누어 종남산을 남쪽 가운데에 두고서는,

逍遙越坤位,30　　　소요하며 곤의 지위를 넘어가고

詆訐陷乾竇.31　　　꾸짖으며 건의 자리를 차지했네.

空虛寒兢兢,32　　　빈 하늘에는 한기가 심하고

風氣較搜漱.33　　　바람 기운은 다투며 불어대니,

朱維方燒日,34　　　남쪽 지역에는 한창 태양이 불타도

陰霰縱騰糅.35　　　산 북쪽의 싸라기는 제멋대로 날아올랐네.

昆明大池北,36　　　큰 곤명지의 북쪽에

去覯偶晴晝.37　　　가서 보니 때마침 맑게 갠 낮이었네.

縣聯窮俯視,38　　　쭉 이어진 모양을 끝까지 내려다보니

倒側困淸漚.39　　　거꾸로 기울어진 채 맑은 물속에서 시달리는데,

微瀾動水面,　　　　잔잔한 물결이 수면에 일렁이자

踴躍躁猱狖.40　　　펄쩍 뛰도록 원숭이를 불안하게 하기에,

驚呼惜破碎,　　　　놀라 소리치며 산이 부서진 것을 애석해하다가

仰喜呀不仆.41　　　올려다보고는 넘어지지 않았기에 기뻐하며 입을 벌렸지.

前尋徑杜墅,42　　　앞으로 경관을 찾아 두서를 지나는데

坌蔽畢原陋.43　　　먼지가 자욱하여 필원은 누추하였고,

崎嶇上軒昂,44　　　울퉁불퉁한 길로 높은 곳에 오르니

始得觀覽富.　　　　비로소 많은 곳을 둘러보게 되었네.

行行將逐窮,　　　　가고 또 가서 끝까지 가려하니

嶺陸煩互走.　　　　고개와 언덕이 번다하게 서로 엇갈려 뻗어있기에,

勃然思坼裂,45　　　성을 내며 산을 쪼개버릴까 생각했으니

擁掩難恕宥.46　　　시선을 가린 것을 용서할 수 없어서였네.

巨靈與夸蛾,47　　　힘이 센 거령과 과아를

遠賈期必售.48　　　멀리서 판다면 반드시 이를 살 것을 바라겠지만,

還疑造物意,　　　또 의심이 들기를 조물주의 뜻이

固護蓄精祐.　　　굳게 지키려고 촘촘하게 보좌하도록 모아놓은 것이기에,

力雖能排斡,49　　　힘이 비록 고개와 언덕을 밀어내고 굴릴 수 있더라도

雷電怯呵詬.50　　　우레와 번개로 질책할까 겁이 났네.

攀緣脫手足,51　　　붙잡고 오르다가 팔다리가 빠지고

蹭蹬抵積甃.52　　　비틀거리다가 우물 벽처럼 가로막힌 곳에 이르렀는데,

茫如試矯首,　　　망연히 한번 고개를 들어보려 해도

塉塞生怐愗.53　　　꽉 막혀 멍청함만 생겨났네.

威容喪蕭爽,54　　　위의와 용모에 말쑥함은 없어지고

近新迷遠舊.　　　가까이 새 길로 가다가 지나온 먼 길을 잃어버렸는데,

拘官計日月,55　　　관무에 얽매였기에 날짜를 헤아려 보니

欲進不可又.　　　앞으로 가보고 싶어도 계속 갈 수 없었네.

因緣窺其湫,56　　　온 김에 그 소를 구경하니

凝湛閟陰罶.57　　　깊고 맑아서 음기의 동물을 숨기고 있는데,

魚蝦可俯掇.58　　　물고기와 새우는 고개 숙여 잡겠지만

神物安敢寇.　　　신령스런 사물은 어찌 감히 훔치겠는가?

林柯有脫葉,　　　수풀 가지에서 떨어지는 잎이 있어

欲墮鳥驚救.59　　　땅에 닿을라치면 새가 놀라서 낚아채는데,

爭銜彎環飛,60　　　빙빙 날다가 다투어 물고서

投棄急哺鷇.61　　　가저다 버리는 것을 새끼 머이는 것보다 급히 하였네.

旋歸道迴睇,62　　　돌아가다가 길을 되돌아보니

達枑壯復奏.63　　　우뚝하니 웅장한 모습이 또 앞에 서 있네.

吁嗟信奇怪,
峇質能化貿.64   아아 정말로 기괴하구나
   우뚝한 본질이 변화할 수 있으니.
前年遭譴謫,65   전년에 폄적을 당했을 때
探歷得邂逅.66   명승을 찾아가다 우연히 이 산을 만났는데,
初從藍田入,67   처음 남전에서 들어갈 때는
顧眄勞頸脰.68   좌우를 보느라 고개와 목이 힘들었네.
時天晦大雪,   이때 하늘이 어두워지고 큰 눈이 내려
淚目苦矇瞀.69   눈에 눈물이 나고 안 보여 고생했는데,
峻塗拖長冰,70   험한 길에는 긴 얼음이 펼쳐져
直上若懸溜.71   곧장 올라간 모습이 작은 폭포와 같았네.
褰衣步推馬,72   옷을 걷고는 걸으면서 말을 밀고
顚蹶退且復.73   넘어지며 물러났다가 또 앞으로 갔으니,
蒼黃忘遐眺.74   다급한 마음에 멀리 바라볼 생각을 잊어버려
所矚纏左右.75   보이는 것은 겨우 좌우의 것이었네.
杉篁咤蒲蘇,76   삼나무 대나무는 긴 창으로 꾸짖는 듯하고
杲耀攢介冑.77   번쩍번쩍 갑옷을 모아놓은 듯한데,
專心憶平道,   마음을 집중하여 평탄한 길만 생각하니
脫險逾避臭.78   험한 곳 벗어나는 것이 악취 피하는 것보다 더했네.
昨來逢淸霽,   어제께 왔을 때는 맑은 하늘을 만났으니
宿願忻始副.   오랜 바람과 비로소 들어맞았음을 기뻐했네.
崢嶸躋冢頂,79   높은 산꼭대기를 오르니
倏閃雜鼯鼬.80   뭔가 번쩍 지나가는데 날다람쥐와 족제비가 섞여있었고,
前低劃開闊,81   앞쪽은 낮아 갑자기 탁 트여서
爛漫堆衆皺.82   어지러이 주름 같은 많은 산줄기가 쌓여있었네.
或連若相從,   혹 이어지니 서로 따르는 듯
或蹙若相鬭.83   혹 쪼그라드니 서로 싸우는 듯,

或妥若弭伏,⁸⁴　　혹 머물러 있으니 가만히 엎드린 듯

或竦若驚雊.⁸⁵　　혹 높이 솟으니 꿩이 놀라 우는 듯,

或散若瓦解,　　혹 흩어져 있으니 기와가 깨진 듯

或赴若輻輳.⁸⁶　　혹 한쪽으로 몰려가니 바퀴살이 모인 듯,

或翩若船遊,⁸⁷　　혹 날아가니 배가 떠가는 듯

或決若馬驟.⁸⁸　　혹 치달리니 말이 달리는 듯,

或背若相惡,　　혹 등지고 있으니 서로 미워하는 듯

或向若相佑.　　혹 마주보고 있으니 서로 돕는 듯,

或亂若抽筍,⁸⁹　　혹 어지럽게 있으니 죽순이 나오는 듯

或嶷若炷灸.⁹⁰　　혹 툭 튀어나와 있으니 뜸을 뜨는 듯,

或錯若繪畫,　　혹 교차하니 그림을 그려 놓은 듯

或繚若篆籀.⁹¹　　혹 얽혀있으니 전문과 주문을 써 놓은 듯,

或羅若星離,⁹²　　혹 널려 있으니 별이 흩어져 있는 듯

或蓊若雲逗.⁹³　　혹 모여 있으니 구름이 머물러 있는 듯,

或浮若波濤,　　혹 둥둥 떠 있으니 파도가 치는 듯

或碎若鋤耨.⁹⁴　　혹 부서져 있으니 호미로 김을 매는 듯,

或如賁育倫,⁹⁵　　혹 맹분과 하육의 무리가

賭勝勇前購.⁹⁶　　승리에 돈을 걸고는 용감히 판돈으로 나아가는 것 같이,

先强勢已出,　　앞선 쪽은 강하여 기세가 이미 드러났지만

後鈍嗔詬譑.⁹⁷　　뒤쳐진 쪽은 둔하여 꾸짖음에 말도 못하는 듯했네.

或如帝王尊,　　혹 제왕이 존귀하여

叢集朝賤幼.⁹⁸　　두루 모아서 비천한 자에게까지 조회 받는 것 같아서,

雖親不褻狎,⁹⁹　　비록 친해도 함부로 하지 않고

雖遠不悖謬.¹⁰⁰　　비록 멀어도 엇나가지 않는 듯했네.

或如臨食案,　　혹 밥상을 대할 때

肴核紛飣餖.¹⁰¹　　고기와 과일이 그릇에 많은 것과 같고,

又如遊九原,102 　　또 구원을 노닐 때

墳墓包槨柩.103 　　분묘가 외관과 관을 싸고 있는 것과 같았네.

或纍若盆甖,104 　　혹 쌓여 있으니 옹기와 같고

或揭若登豆.105 　　혹 높이 들려 있으니 제기와 같으며,

或覆若曝鱉,106 　　혹 덮고있으니 볕에 나온 자라와 같고

或頽若寢獸.107 　　혹 무너져 있으니 잠자는 짐승과 같으며,

或蜿若藏龍,108 　　혹 꿈틀거리니 숨어 있는 용과 같고

或翼若搏鷲.109 　　혹 날개를 펴니 퍼덕이는 독수리와 같으며,

或齊若友朋, 　　혹 가지런하니 친구 사이와 같고

或隨若先後.110 　　혹 따르니 동서 사이와 같으며,

或迸若流落,111 　　혹 흩어지니 외지를 떠도는 듯하고

或顧若宿留.112 　　혹 돌아보니 묵으며 머무르는 듯하며,

或戾若仇讎,113 　　혹 어긋나니 원수와 같고

或密若婚媾.114 　　혹 밀접하니 친지와 같으며,

或儼若峨冠,115 　　혹 엄연하니 높은 관과 같고

或翻若舞袖. 　　혹 휘날리니 춤추는 소매와 같으며,

或屹若戰陣,116 　　혹 우뚝하니 전쟁의 진과 같고

或圍若蒐狩.117 　　혹 둘러싸니 사냥하는 것 같으며,

或靡然東注,118 　　혹 순순하게 기울어져 동쪽으로 흘러가고

或偃然北首.119 　　혹 편안하게 누워서 북쪽을 향하며,

或如火熹焰,120 　　혹 불이 활활 타는 것과 같고

或若氣饙餾.121 　　혹 김이 펄펄 찌는 듯하며,

或行而不輟,122 　　혹 가면서 그치지 않고

或遺而不收. 　　혹 남겨두고서 거두지 않으며,

或斜而不倚, 　　혹 기울어도 기대지 않고

或弛而不彀.123 　　혹 느슨해도 당기지 않으며,

或赤若禿鬝,[124]	혹 휑해서 머리가 빠진 듯하고	
或燻若柴樵,[125]	혹 그을려서 장작을 태운 듯하며,	
或如龜拆兆,[126]	혹 거북이 등짝 갈라진 무늬와 같고	
或若卦分繇,[127]	혹 점괘의 나누어진 괘효와 같아서,	
或前橫若剝,[128]	혹 앞에서 '가로지르니' '박'괘와 같고	
或後斷若姤,[129]	혹 뒤에서 끊어지니 '구'괘와 같았네.	
延延離又屬,	쭉쭉 뻗으며 떨어졌다가 또 이어지고	
夬夬叛還遘.[130]	뚝뚝 끊어지며 헤어졌다가 또 만나며,	
喁喁魚闖萍,[131]	뻐끔뻐끔 물고기가 개구리밥에 머리를 내밀고	
落落月經宿.[132]	홀로 달이 별자리 사이를 지나가는 듯하였네.	
誾誾樹牆垣,[133]	높다랗게 담장을 세우고	
巇巇架庫廄.[134]	큼직하게 창고와 마구간을 만들었으며,	
參參削劍戟,[135]	기다랗게 검과 창을 깎아 놓았고	
煥煥銜瑩琇.[136]	번쩍번쩍 옥을 물고 있으며,	
敷敷花披萼,[137]	넓게 퍼져 꽃이 꽃받침을 펼치고	
闟闟屋摧霤.[138]	내리꽂혀 지붕에서 낙숫물받이가 꺾였네.	
悠悠舒而安,	유유자적 느긋하면서 편안하고	
兀兀狂以狃.[139]	울뚝불뚝 미쳐 뻐기며,	
超超出猶奔,[140]	우뚝우뚝 솟다가도 여전히 치달리고	
蠢蠢駭不懋.[141]	꿈틀꿈틀 놀라더라도 열심이지 않네.	
大哉立天地,	크구나 하늘과 땅에 서서	
經紀肖營腠.[142]	조리가 살아있는 몸을 운영하는 것과 같네.	
厥初孰開張,	그 처음에 누가 열어 펼쳤으며	
儵俛誰勸侑.[143]	열심히 변화하라고 누가 권했는가?	
創茲朴而巧,[144]	이를 만들어 놓으니 크고 공교로운데	
戮力忍勞疚.[145]	힘을 합하며 수고로움을 참았으리라.	

得非施斧斤,146	어씨 도끼를 쓴 것이 아니겠는가?
無乃假詛呪,147	어찌 주술을 빌린 것이 아니겠는가?
鴻荒竟無傳,148	혼돈 시대의 일이 결국 전해지지 않으니
功大莫酬僦,149	공이 커서 보답할 수가 없네.
嘗聞於祠官,150	일찍이 제사 관리에게 듣건대
芬苾降歆齅,151	좋은 향기를 종남산의 신령이 내려와 맡으신다니,
斐然作歌詩,152	아름답게 시를 지어서
惟用贊報酧,153	이로써 보답하는 일에 돕노라.

· 주석 ·

1) 南山(남산) : 종남산. 장안 남쪽에 길게 뻗어있는 산맥으로 특히 그 가운데 있는 산을 지칭하기도 한다.

2) 囿(유) : 모여 있다.

3) 團辭(단사) : 말을 모으다. 提挈(제설) : 제시하다. 요점을 들어 보이는 것을 뜻한다.

4) 挂(괘) : 언급하다.

5) 經覷(경구) : 지나가며 보다.

6) 戢戢(집집) : 빽빽한 모양. 湊(주) : 모이다.

7) 棱角(능각) : 물체 끄트머리의 모난 부분.

8) 縷脈(누맥) : 실 같이 길게 뻗은 산줄기.

9) 蒸嵐(증람) : 끓어오르는 남기. 산기운이 솟아오르는 것을 가리킨다. 澒洞(홍동) : 자욱한 모양.

10) 飄簸(표파) : 휘날리며 요동치다.

11) 煦(후) : 따뜻하게 하다. 윤택하게 하여 만물을 성장시키는 것이다. 柔茂(유무) : 부드러운 것과 무성한 것. 초목이 나서 자라는 것을 말한다.

12) 脩眉(수미) : 긴 눈썹. 멀리 있는 산의 능선을 비유한 것이다.

13) 新就(신취) : 새로운 성취.

14) 孤撑(고탱) : 외로운 기둥. 홀로 높이 솟은 봉우리나 벼랑을 비유한다. 巉絶(참절) : 매우 높다.

15) 褰(건) : 들다. 펼치다. 噣(주) : 새의 부리.

16) 沮洳(저여) : 저습지.

17) 濯濯(탁탁) : 빛나는 모양. 깨끗한 모양. 秀(수) : 싹.

18) 巖巒(암만) : 높은 산. 崒崒(율줄) : 높은 모양. 여기서는 날카롭고 웅장한 모양을 뜻한다.

19) 含酎(함주) : 술을 머금다. 술에 취하다.

20) 蔭鬱(음울) : 그늘이 울창해지다. 埋覆(매복) : 덮다.

21) 歊歔(효허) : 기운을 뿜다. 찌는 듯한 기운이 상승하는 것을 말한다.

22) 刻轢(각력) : 얕보다. 각박하게 굴다.

23) 磔卓(책탁) : 우뚝한 모양. 癯瘦(구수) : 깡마른 모양.

24) 新曦(신희) : 새벽의 햇빛. 危峨(위아) : 산세가 높다.

25) 高袤(고무) : 높고 넓다.

26) 太白(태백) : 종남산 서쪽 끝에 있는 산. 종남산 산맥의 주봉主峯으로 무공현武功縣 남쪽에 있다.

27) 箃(추) : 버금가다.

28) 藩都(번도) : 도읍에 울타리가 되다. 도읍을 보호한다는 뜻이다.

29) 丁戊(정무) : 남쪽 가운데. '정'은 남쪽이며, '무'는 가운데이다.

30) 坤位(곤위) : 곤의 자리. 팔괘에서 '곤'은 남서쪽을 가리킨다.

31) 詆訐(저알) : 꾸짖으며 비방하다. 乾竇(건두) : 건의 구멍. 팔괘에서 '건'은 북서쪽을 가리킨다.

32) 兢兢(경경) : 강하고 씩씩한 모양. 또는 두려운 모양.

33) 較(각) : 다투다. 搜漱(수수) : 바람이 부는 소리. 또는 차가운 모양.

34) 朱維(주유) : 남쪽. 오행에서 붉은 색은 남쪽을 상징한다.

35) 霰(산) : 싸라기. 騰糅(등유) : 섞여 날아오르다.

36) 昆明(곤명) : 곤명지. 장안 남서쪽에 있는 못으로 주위가 40리이다.

37) 覿(적) : 보다.

38) 縣聯(면련) : 종남산의 산세가 이어져 있는 모양.

39) 淸漚(청구) : 맑은 물거품. 곤명지의 물을 가리킨다.

40) 躁(조) : 불안해하다. 猱狖(노유) : 원숭이.

41) 呀(하) : 입을 벌리다. 仆(부) : 넘어지다.

42) 杜墅(두서) : 두릉杜陵. 지금의 섬서성 서안시 삼조촌三兆村 남쪽에 있다. 장안에서
   종남산으로 가는 도중에 있다.

43) 坌蔽(분폐) : 먼지가 덮다. 畢原(필원) : 주나라 문왕과 무왕을 묻은 곳. 지금의 섬서성
   서안시 서쪽에 있다.

44) 崎嶇(기구) : 길이 울퉁불퉁한 모양. 軒昂(헌앙) : 높이 솟은 모양.

45) 勃然(발연) : 발끈하는 모양. 坼裂(탁열) : 산을 갈라서 찢다. 높은 산을 갈라 길을
   내려는 것이다.

46) 擁掩(옹엄) : 가리다. 산이 가로 막고 있는 것이다. 恕宥(서유) : 용서하다. 용납하다.

47) 巨靈(거령) : 황하의 신. 산이 황하를 가로막아 굽어 흐르자 이 산을 쳐서 중간을 쪼개
   물길을 똑바로 하였다고 한다. 夸娥(과아) : 전설에 나오는 아주 힘이 센 신.

48) 售(수) : 사다.

49) 排斡(배알) : 밀어내고 굴리다. 길을 내기 위해 산을 옮기는 것이다.

50) 呵詬(가후) : 질책하다. 욕하다.

51) 攀緣(반연) : 붙잡고 오르다.

52) 蹭蹬(층등) : 발을 잘못 디디다. 抵(저) : 이르다. 積甃(적추) : 우물 벽돌을 쌓은 곳.
   여기서는 우물 벽처럼 가파르고 깊은 골짜기를 비유한다.

53) 堛塞(벽색·핍색) : 꽉 막히다. 길이 없는 상황 또는 마음이 답답한 상황이다. 怐愗(구
   무) : 우매하다.

54) 蕭爽(소상) : 말끔함. 말쑥함.

55) 拘官(구관) : 관무官務에 얽매이다. 관직에 있기에 오래 노닐지 못한다는 뜻이다.

56) 湫(추) : 계곡 가운데 물이 깊은 곳. 탄곡추炭谷湫를 가리킨다.

57) 凝湛(응담) : 깊고 맑다. 閟(비) : 숨기다. 陰矞(음휼) : 음기의 동물. 용 같은 동물을
   가리킨다.

58) 俯掇(부철) : 고개 숙여 잡다.

59) 欲墮(욕타) : 떨어져 땅에 닿으려고 하다. 驚救(경구) : 놀라며 낚아채다. 새가 낙엽을 재빠르게 물어 잡는 것이다. 연경산燕京山에 있는 천지天池에 대나무껍질이 물 위에 떨어지면 비취색 새가 날아와 물어가서 물이 항상 맑고 깨끗했다고 한다.

60) 彎環(만환) : 빙빙 도는 모양.

61) 哺㲉(포구) : 새끼 새를 먹이다.

62) 旋歸(선귀) : 돌아가다. 迴睨(회예) : 돌아보다.

63) 達枿(달얼) : 우뚝한 모양. 奏(주) : 앞서 나가다. 또는 모여 있다.

64) 峙質(치질) : 우뚝 솟은 본질. 종남산의 우뚝 솟아 있는 성질. 化貿(화무) : 바뀌다.

65) 譴謫(견적) : 폄적 당하다.

66) 探歷(탐력) : 명승지를 찾아가며 지나가다.

67) 藍田(남전) : 지명으로 종남산 북동쪽에 있다.

68) 顧眄(고혜) : 좌우를 보다. 경치를 완상하는 것이다. 頸脰(경두) : 고개와 목.

69) 淚目(누목) : 눈에 눈물이 나다. 矇瞀(몽무) : 눈이 보이지 않다.

70) 峻塗(준도) : 험한 길. 拖(타) : 끌다. 펼쳐져 있다는 뜻이다.

71) 懸溜(현류) : 작은 폭포.

72) 褰衣(건의) : 옷을 걷다.

73) 顚蹶(전궐) : 넘어지고 발을 헛디디다.

74) 蒼黃(창황) : 급하여 정신이 없다. 遐睎(하희) : 멀리 바라보다. 먼 곳을 구경하는 것이다.

75) 矚(촉) : 보다.

76) 杉篁(삼황) : 삼나무와 대나무. 咤(타) : 꾸짖다. 또는 자랑하다. 蒲蘇(포소) : 긴 창.

77) 杲耀(고요) : 빛나는 모양. 攢(찬) : 모으다. 介胄(개주) : 갑옷.

78) 逾(유) : 능가하다. 避臭(피취) : 악취를 피하다. 사람에게 악취가 심하면 가족이나 형제도 같이 살 수 없다는 말이 있다.

79) 崢嶸(쟁영) : 높이 솟은 모양. 躋(제) : 오르다. 冢頂(총정) : 산꼭대기.

80) 倏閃(숙섬) : 갑자기 번쩍하고 뭔가 지나가다. 鼯鼬(오유) : 날다람쥐와 족제비.

81) 劃(획) : 갑자기.

82) 皺(추) : 주름.

83) 蹙(축) : 수축하다.

84) 妥(타) : 머물러 있다. 편안하다. 弭伏(미복) : 가만히 엎드려 있다.

85) 竦(송) : 높이 솟다. 雊(구) : 꿩이 울다.

86) 赴(부) : 한 방향으로 움직이는 것이다. 輻輳(복주) : 바퀴살이 한 곳으로 모이다.

87) 翩(편) : 날아가다.

88) 決(결) : 치달리다. 제방이 터진 듯 빠르게 지나간다는 말이다. 驟(취) : 말이 달리다.

89) 抽筍(추순) : 죽순이 나다.

90) 嵲(얼) : 돌출하다. 炷灸(주구) : 뜸을 뜨다.

91) 繚(료) : 휘감다. 篆籀(전주) : 전문과 주문. 글자체의 종류이다.

92) 星離(성리) : 별이 흩어져 있다.

93) 蓊(옹) : 모이다. 逗(두) : 멈추다.

94) 鋤耨(서누) : 호미로 땅을 파서 흙덩이를 깨고 김을 매다.

95) 賁育(분육) : 맹분孟賁과 하육夏育. 전국시대의 장사이다.

96) 賭勝(도승) : 이기는 자에게 돈을 걸다. 前購(전구) : 현상금을 향해 나아가다. 현상금이
    걸린 대상에게 나아가다.

97) 嗔(진) : 화를 내다. 詯譸(투누) : 말을 더듬거리다. 말을 하지 못하다.

98) 賤幼(천유) : 비천하고 어리다. 낮은 봉우리를 비유한다.

99) 褻狎(설압) : 친압하다. 예의를 갖추지 않고 함부로 행동하는 것이다.

100) 悖謬(패류) : 어그러지다. 관계가 엇나가는 것이다.

101) 肴核(효핵) : 육류와 과일. 飣餖(정두) : 음식을 쟁반에 담아 상을 차리다.

102) 九原(구원) : 춘추시대 진晉나라 경대부卿大夫의 장지葬地. 후에는 일반 묘지를 뜻하
    게 된다.

103) 槨柩(곽구) : 곽과 관. '곽'은 관을 덧싸는 외관外棺이다.

104) 纍(류) : 쌓다. 盆甖(분앵) : 동이와 옹기.

105) 揭(게) : 높이 들다. 豋豆(등두) : 등과 두. 모두 제기祭器이다.

106) 覆(부) : 덮다. 曝鱉(포별) : 볕을 쬐는 자라.

107) 頹(퇴) : 무너지다.

108) 蜿(완) : 꿈틀거리다. 또는 서려있다.

109) 搏鷲(박취) : 날개를 퍼덕이는 독수리.

110) 先後(선후) : 동서. 형제의 부인들 사이.

111) 迸(병) : 흩어지다.

112) 宿留(숙류) : 묵으면서 머물다.

113) 戾(려) : 어긋나다.

114) 婚媾(혼구) : 결혼하다. 인척을 가리킨다. '구'는 겹사돈 관계를 뜻한다.

115) 峨冠(아관) : 높은 관.

116) 屹(흘) : 산이 높이 솟은 모양.

117) 蒐狩(수수) : 봄 사냥과 겨울 사냥.

118) 靡然(미연) : 풀이 바람에 따라 쓰러져 있는 모양. 순순하게 엎드려 있는 모양.

119) 偃然(언연) : 편안하게 누운 모양. 北首(북수) : 북쪽으로 머리를 두고 있다. 사람이
죽었을 때 묻혀 있는 모습과 같다는 말이다.

120) 熹焰(희염) : 활활 불타다.

121) 饙餾(분류) : 밥을 찌는 모습. 김이 펄펄 나는 모양.

122) 輟(철) : 그치다.

123) 弛(이) : 느슨하다. 彀(구) : 활시위를 당기다.

124) 赤(적) : 초목이 없는 모습이다. 秃鬝(독간) : 머리털이 빠지다.

125) 柴燎(시유) : 장작을 쌓아 놓고 태우다.

126) 龜拆兆(구탁조) : 거북 등짝이 갈라진 무늬. 갈라진 무늬를 보고 점을 친다.

127) 卦分繇(괘분주) : 점괘의 나누어진 괘효卦爻. '주'는 '주籒'와 같으며 점 칠 때의 문사文
辭이나, 여기서는 괘효를 뜻한다.

128) 剝(박) : 괘의 이름. ䷖

129) 姤(구) : 괘의 이름. ䷫

130) 夬夬(쾌쾌) : 과단성이 있는 모양. 여기서는 뚝뚝 끊어진 모양을 가리킨다. 遘(구)
: 만나다.

131) 喁喁(옹옹) : 붉고기가 물 밖으로 입을 뻐끔거리는 모양. 闖(틈) : 머리를 내밀다.

132) 落落(낙락) : 우뚝한 모양. 고고한 모양. 큰 산의 모습을 형용한다.

133) 誾誾(은은) : 높은 모양. 牆垣(장원) : 담장.

134) 巘巘(헌헌·언언) : 우뚝 솟은 모양. 험준한 모양. 높은 모양을 뜻하는 '얼얼 轞轞'의 잘못이라는 설이 있다. 庫廐(고구) : 창고와 마구간.

135) 參參(심심) : 긴 모양.

136) 煥煥(환환) : 번쩍이는 모양. 瑩琇(영수) : 영과 수. 둘 다 옥처럼 아름다운 돌이다.

137) 敷敷(부부) : 넓게 펼쳐진 모양. 萼(악) : 꽃받침.

138) 闒闒(탑탑) : 아래로 떨어지는 모양. 屋摧霤(옥최류) : 지붕에서 낙숫물받이가 꺾이다.

139) 兀兀(올올) : 높이 솟은 모양. 狃(뉴) : 뻐기다. 마음대로 날뛴다는 말이다.

140) 超超(초초) : 높이 있는 모양.

141) 蠢蠢(준준) : 꿈틀거리는 모양. 駭(해) : 놀라다. 懋(무) : 노력하다. 열심히 하다.

142) 肖(초) : 같다. 營腠(영주) : 생체를 영위하다.

143) 俛俛(민면) : 열심히 하다. 勸侑(권유) : 권하다.

144) 朴(박) : 크다.

145) 勠力(육력) : 힘을 합치다. 힘을 다하다. 勞疚(노구) : 수고로움과 고통.

146) 得非(득비) : 어찌 아니겠는가?

147) 無乃(무내) : 어찌 아니겠는가? 詛呪(저주) : 주술.

148) 鴻荒(홍황) : 우주가 처음 만들어질 때의 혼돈한 모습.

149) 酬儆(수추) : 보수를 치르다.

150) 祠官(사관) : 종남산에 대한 제사를 관장하는 관리.

151) 芬苾(분필) : 아름다운 향기. 歆齁(흠후) : 귀신이 흠향하다.

152) 斐然(비연) : 무늬가 아름다운 모양.

153) 贊(찬) : 돕다. 또는 참여하다. 報酧(보유) : 보답하다. 여기서는 신에게 보답하는 제사를 뜻한다.

　　이 시는 종남산에 대해 읊은 것으로 총 204구의 장편이다. 같은 운목의 글자를 전편에
걸쳐 사용하여 한유의 창작 능력을 한껏 과시한 작품이다. 하지만 시적인 운치보다는 산문적
인 풍격이 우세하고 부체賦體의 나열하는 방식을 운용하고 있다.

　　이 시는 크게 여섯 단락으로 나뉜다. 첫 번째 단락인 첫 10구에서는 이 시를 지은 이유를
적었는데, 종남산의 거대함과 세밀함에 대해 기록된 것이 없기에 부족하나마 자신이 직접
보고 느낀 것을 적어 남긴다고 하였다.

　　두 번째 단락은 '聳昇' 구에서 '頃刻' 구까지의 32구로 멀리서 바라본 종남산의 모습을 적었
다. 이는 또 두 개의 작은 단락으로 나뉘는데, 14구에서는 언덕에 올라 바라본 종남산의
전체적인 모습을 묘사하였고, 18구에서는 봄, 여름, 가을, 겨울에 보이는 종남산의 모습을
각각 4구씩 묘사하고 마지막 2구로 총괄하였다.

　　세 번째 단락은 '西南' 구에서 '峙質' 구까지의 52구로 처음 종남산을 유람했던 경험을 적었
다. 첫 10구에서는 종남산의 시작이라고 할 수 있는 태백봉의 기세에 대해 추상적으로 서술하
였고, 그 다음 8구에서는 곤명지에 비친 종남산의 모습을 그렸다. 그 다음 22구에서는 종남산
으로 들어가서 체험한 것을 적었는데 험한데다 길을 제대로 찾을 수 없어서 고생만 하다가
결국 포기했음을 말하였다. 중간에 거령과 과아를 사다가 길을 확 뚫어버리겠다고 생각했지
만 조물주의 뜻을 어기는 것 같아서 그만 두었다는 데서 한유의 호기를 확인할 수 있다.
다음 8구에서는 탄곡추를 구경하면서 그곳의 맑고 신령한 모습에 감탄했음을 적었다. 마지막
4구에서는 돌아가는 길에 또 새롭게 보이는 종남산의 웅장함에 놀랐음을 말했다.

　　네 번째 단락은 '前年' 구에서 '脫險' 구까지의 16구로 정원 19년(803) 양산으로 폄적을
가다가 종남산을 지나갈 때의 경험을 적었다. 당시에는 눈이 내리고 얼음이 많아서 길을
가느라 고생했기에 멀리까지 보는 구경은 하지 못하고 그저 가까이의 삼나무와 대나무만
구경했다고 하였다.

　　다섯 번째 단락은 '昨來' 구에서 '蠢蠢' 구까지의 80구로 폄적 갔다가 다시 장안으로 돌아온
뒤 며칠 전에 종남산을 유람한 경험을 적었다. 첫 6구에서는 마침 맑은 날씨라서 구경하기에
좋았으며 산꼭대기에 오르자 앞이 탁 트여 수많은 산줄기를 볼 수 있게 되었다고 히였다.
이하 74구에서 다양한 비유와 묘사를 통해 그 산줄기의 모습을 표현하였다. 대체로 두 개의
묘사가 하나의 쌍을 이루어서 서로 상반되는 상황을 표현하였는데, 그 상상력에 한국말의

번역이 미처 따라가지 못하는 아쉬움이 있을 정도이다. 비유를 제시하는 방법으로 처음에는 각 구마다 '或'자를 제시하다가 중간에 '或如賁育倫'과 '或如帝王尊', '或如臨食案'과 '又如遊九原'에서는 각각 4구와 2구에 걸쳐 비유를 제시하였다. 그 뒤로는 '或○若○○'의 형식을 유지하면서 중간 중간에 약간의 변형을 시도하였으며, 마지막에는 각 구마다 첩어를 사용하여 비유를 제시하였다. 이러한 다양한 비유를 통해 종남산의 변화무쌍한 모습을 표현하였는데, 다소 관념적이고 추상적인 면이 있어 그 비유가 핍진하게 다가오지 않는 단점도 있다. 하지만 영물에 있어 한유의 독보적인 능력을 한껏 발휘했다는 점에서는 모든 사람이 인정할 수밖에 없다.

마지막 여섯 번째 단락은 '大哉' 구에서 끝까지의 14구로 이러한 종남산이 만들어 진 것에 대해 경탄하면서 그 공덕에 이 시를 지어 보답한다고 말하였다.

이 시는 원화 원년(806)의 가을 장안에 있을 때 지은 것으로 추정된다.

31

短燈檠歌[1]

짧은 등잔대를 노래하다

長檠八尺空自長,　　　　　　팔 척 긴 등잔대는 쓸데없이 길고,
短檠二尺便且光.　　　　　　두 척 짧은 등잔대는 편리하고 밝네.
黃簾綠幕朱戶閉,　　　　　　누런 주렴과 푸른 장막의 붉은 문은 닫혀 있고
風露氣入秋堂涼.　　　　　　바람과 이슬의 기운 들어와 가을의 당은 서늘한데,
裁衣寄遠淚眼暗,　　　　　　멀리 보낼 옷을 지을 때 눈물 흘린 눈이 어두워
搔頭頻挑移近床.[2]　　　　비녀로 심지를 자주 돋우면서 침상 가까이로 옮기네.
太學儒生東魯客,[3]　　　　태학의 유생은 동로 출신 나그네인데
二十辭家來射策.[4]　　　　나이 스물에 집을 떠나와 과거 시험을 준비하네.
夜書細字綴語言,　　　　　　밤에 조그만 글씨를 쓰고 말을 엮어 낸다고
兩目眵昏頭雪白.[5]　　　　두 눈은 눈곱으로 침침하고 머리는 눈처럼 희네.
此時提携當案前,　　　　　　이 때 등잔대를 가져다가 책상 앞에 앉아서
看書到曉那能眠.　　　　　　책을 보는데 새벽이 되어도 어찌 잠들 수 있으랴?
一朝富貴還自恣,　　　　　　하루아침에 부귀를 누리게 되면 또 절로 방자해져
長檠高張照珠翠.[6]　　　　긴 등잔대를 높이 설치하고 진주와 비췻깃의 여인을 비추네.

吁嗟世事無不然,　　아아 세상의 일이란 게 그렇지 않은 것이 없으니
牆角君看短檠棄.7　　벽 구석에 그대 보게나 짧은 등잔대가 버려진 것을.

주석

1) 燈檠(등경) : 등잔대.
2) 搔頭(소두) : 비녀. 挑(조) : 돋우다.
3) 東魯(동로) : 지금의 산동성 곡부曲阜 일대이다.
4) 射策(석책) : 책을 알아맞히다. 과거 시험의 한 방식이다. '책'은 대나무 조각인데 여기에 문제를 적어 놓고 여러 개를 엎어놓은 뒤 과거 응시자가 골라 답한다.
5) 眵(치) : 눈곱.
6) 珠翠(주취) : 진주와 비취. 여인의 장식품이다.
7) 牆角(장각) : 벽 모퉁이.

해설

이 시는 등잔대에 관해 읊은 것이다. 짧은 편폭이지만 네 개의 단락으로 나뉜다.

첫째 단락은 첫 2구로 긴 등잔대는 길지만 쓸모가 없다고 하였고 짧은 등잔대는 편리하고 밝다고 하였다. 이를 통해 부유한 집에서 사용하는 긴 등잔대보다는 가난한 집안에서 사용하는 짧은 등잔대가 훨씬 가치가 있음을 말하였는데, 이 시의 주지를 총괄하며 이끄는 역할을 하고 있다.

두 번째 단락은 그 다음 4구인데 여인이 멀리 떠나간 임을 위해 옷을 만드느라 등잔대를 가까이하는 모습을 표현하였다. 세 번째 단락은 그 다음 6구인데 동로에서 온 태학의 유생이 과거 공부를 하기 위해 밤늦게까지 등잔불을 켜놓고 열심히 공부하는 장면을 묘사하였다. 네 번째 단락은 마지막 4구로 부귀해지면 짧은 등잔대는 버려두고 긴 등잔대를 갖추고서 환락만 추구하는 세태를 비판하였다.

두 번째 단락과 세 번째 단락이 내용상 연결되어 있지 않지만 네 번째 단락의 내용을 통해 충분히 연상할 수 있다. 즉 가난한 선비가 멀리 장안으로 떠난 뒤 이를 위해 여인이

고생하며 뒷바라지하는 모습과 그 선비가 장안에서 열심히 과거 공부를 하는 모습이다. 그리고 이 두 사람이 사용한 등잔대는 짧은 등잔대였을 것이다. 하지만 과거에 급제하고 난 뒤에 남자는 자신을 위해 헌신했던 여인을 버리고 또 열심히 공부하던 초심을 버리고 다른 여인과 환락에 빠진 상황을 말하였는데, 이는 짧은 등잔대를 버리고 긴 등잔대를 가까이 하는 상황으로 표현하였다.

결국 이 시의 요지는 힘들고 어려울 때의 초심을 잊지 말자는 것이다. 나아가 권세를 잡은 뒤에도 어려운 상황에 처한 백성들의 고통을 잊지 말자는 뜻도 함축하고 있다. 태학이 언급된 것으로 보아 이 시는 원화 원년(806) 국자박사로 있을 때 지은 것으로 보인다.

薦士

선비를 추천하다

周詩三百篇,[1]	주나라의 시 삼백 편은
雅麗理訓誥.[2]	아정하고 아름답고 훈계의 뜻을 다루고 있으며,
曾經聖人手,[3]	일찍이 성인인 공자의 손을 거쳤으니
議論安敢到.	어찌 감히 의론을 하겠습니까?
五言出漢時,	오언시는 한나라 때 나왔는데
蘇李首更號.[4]	소무와 이릉이 처음으로 이름을 바꾸었고,
東都漸瀰漫,[5]	동한 때에는 점점 충만해져서
派別百川導.	유파가 나뉘어 백 줄기로 이끌었습니다.
建安能者七,[6]	건안 시기에 능통한 이는 일곱 명으로
卓犖變風操.[7]	탁월하게 풍격을 바꾸었고,
逶迤抵晉宋,[8]	구불구불하게 진나라와 송나라에 이르러서는
氣象日凋耗.[9]	기상이 나날이 시들었지만,
中間數鮑謝,[10]	중간에 포조와 사령운을 헤아릴 만하니
比近最淸奧.[11]	비유가 근사하여 가장 맑고 오묘하였습니다.

齊梁及陳隋,	제량시기와 진나라 수나라에는
衆作等蟬噪.12	여러 작품들이 매미 소리와 같았고,
搜春摘花卉,	봄을 찾아다니며 꽃을 따듯이
沿襲傷剽盗.13	흉내 내고 도둑질로 망쳤습니다.
國朝盛文章,	우리 왕조 당나라는 문장이 성하였는데
子昂始高踏.14	진자앙이 처음에 높이 내디뎠고,
勃興得李杜,15	발흥하여 이백과 두보를 얻었으니
萬類困陵暴.16	만물이 모욕을 받아 힘들었으며,
後來相繼生,	그 후로 서로 계승하여 일어나
亦各臻閫隩.17	또한 각자 깊은 경지에 이르렀습니다.
有窮者孟郊,	곤궁한 자 맹교는
受材實雄驁.18	타고난 재주가 실로 씩씩한 준마와 같습니다.
冥觀洞古今,19	깊은 통찰로 고금에 통달하여
象外逐幽好.	물상의 바깥에서 오묘함과 아름다움을 좇는데,
橫空盤硬語,20	허공을 가로지르며 강경한 표현을 즐기고
妥帖力排奡.21	편안히 있어도 그 힘은 오를 밀어 낼 정도입니다.
敷柔肆紆餘,22	부드러움을 펼치면 다양한 변화를 다하고
奮猛卷海潦.23	맹렬함을 떨치면 바닷물을 말아 올리며,
榮華肖天秀,24	아름다움은 하늘의 꽃을 닮았고
捷疾逾響報.25	민첩함은 메아리가 답하는 것보다 빠릅니다.
行身踐規矩,26	몸가짐에서는 본보기를 실천하고
甘辱恥媚竈.27	욕됨을 달게 여기고 아첨함을 부끄러워합니다.
孟軻分邪正,	맹자는 사악함과 올바름을 구분하려고
眸子看瞭眊.28	눈동자에서 깨끗함과 흐릿함을 살폈는데,
杳然粹而精,	맹교는 아득히 순수하고 깨끗하여
可以鎮浮躁,29	경박함과 조급함을 누를 수 있습니다.

酸寒溧陽尉,30	고생스럽고 기난한 율양 현위 맹교는
五十幾何耄,31	오십 세인데 얼마나 늙었습니까?
孜孜營甘旨,32	부지런히 맛있는 음식을 부모님께 바치느라
辛苦久所冒.	오래도록 고생을 무릅썼지만,
俗流知者誰,	세속 사람들 중에 알아주는 자가 누구입니까?
指注競嘲傲.33	손가락질하며 다투어 조롱하고 깔봅니다.
聖皇索遺逸,34	황제께서 빠트린 인재를 찾으시니
髦士日登造.35	빼어난 선비가 매일같이 등용되어 나아갔고,
廟堂有賢相,	조정에는 어진 재상이 있어
愛遇均覆燾.36	사랑하고 대우하며 고르게 덮어주셨습니다.
況承歸與張,37	하물며 맹교가 귀숭경과 장건봉을 받들 때
二公迭嗟悼.38	두 분이 차례대로 안타까워했습니다.
靑冥送吹噓,39	푸른 하늘로 입 기운을 불어 보내는 것이
强箭射魯縞.40	강력한 화살로 노땅의 비단을 뚫는 것과 같은데,
胡爲久無成,	어찌하여 오래도록 추천의 성과가 없어서
使以歸期告.	맹교가 돌아갈 기일을 알리게 했을까요?
霜風破佳菊,41	서리와 바람이 아름다운 국화를 피우고
嘉節迫吹帽.42	좋은 절기에 모자 날릴 일이 다가왔는데,
念將決焉去,	장차 맹교가 결연하게 떠날 것을 생각하니
感物增戀嫪.43	사물에 탄식하며 아쉬움을 늘어나게 합니다.
彼微水中荇,44	저 미미한 물속의 마름도
尙煩左右芼.45	오히려 번거롭게 좌우에서 취했고,
魯侯國至小,	노나라 제후는 나라가 지극히 작더라도
廟鼎猶納郜.46	묘당의 솥으로 오히려 고나라의 것을 받아들였습니다.
幸當擇珉玉,47	다행히 옥돌과 옥을 가리는 때가 되었으니
寧有棄珪瑁.48	어찌 규와 모와 같은 인재를 버리겠습니까?

悠悠我之思,49	아득한 저의 생각은
擾擾風中纛.50	바람 속 깃발처럼 어지러운데,
上言愧無路,	주상께 아뢸 방도가 없음을 부끄럽게 여기고는
日夜惟心禱.	밤낮으로 마음으로 기도할 뿐입니다.
鶴翎不天生,51	학의 깃털은 하늘이 절로 주는 것이 아니라
變化在啄菢.52	그 변화함은 껍질을 쪼고 부화시키는 데 있습니다.
通波非難圖,	물결과 통하는 것은 하기 어려운 일이 아니니
尺地易可漕.53	조그만 땅만 바꾸면 쉽게 물길로 갈 수 있습니다.
善善不汲汲,54	좋은 인재를 잘 대하는 일에 서둘지 않으면
後時徒悔懊.55	훗날 공연히 후회하며 한스러워할 터인데,
救死具八珍,56	죽은 이를 구하는 데 많은 진귀한 음식을 갖추는 것은
不如一簞犒.57	대그릇 하나의 음식으로 위로함만 못합니다.
微詩公勿誚,58	미천한 이 시를 공께서 꾸짖지 않으신다면
愷悌神所勞.59	즐겁고 평안한 군자를 신령이 위로할 것입니다.

주석

1) 三百篇(삼백편) : ≪시경≫을 가리킨다.

2) 訓誥(훈고) : '훈'과 '고'는 ≪상서≫의 문체로 일반적으로 훈계와 면려의 내용을 담은 전아典雅한 문장을 뜻한다.

3) 聖人(성인) : 공자를 가리킨다. 주나라의 노래 삼천여 편 중에서 선정하여 ≪시경≫을 엮었다고 전해진다.

4) 蘇李(소리) : 한나라의 소무蘇武와 이릉李陵. 오언시 최초의 작자로 알려져 있다. 更號 (경호) : 명칭을 바꾸다. ≪시경≫의 사언시에서 오언시로 시 창작 형식을 개창했다는 말이다.

5) 東都(동도) : 낙양. 여기서는 낙양에 도읍을 정한 동한을 가리킨다. 瀰漫(미만) : 물이 가득하다. 충만하다.

6) 建安(건안) : 동한 헌제獻帝의 연호. 당시 조조曹操 삼부자와 건안칠자의 문학이 유명했으며, 이들의 풍격을 건안풍골이라고 한다.

7) 卓犖(탁락) : 출중하다.

8) 逶迤(위이) : 구불구불한 모양. 시가 창작 양상에 변화가 많은 것을 의미한다.

9) 凋耗(조모) : 시들다.

10) 鮑謝(포사) : 포조鮑照와 사령운謝靈運. 남조 송나라의 유명한 시인이다.

11) 比近(비근) : 비유가 근사하다.

12) 蟬噪(선조) : 매미 울음소리. 시의 내용보다는 형식에 치중된 것을 비유한다.

13) 剽盜(표도) : 표절하다.

14) 子昂(자앙) : 초당 시기의 진자앙陳子昂. 시가를 혁신하여 고풍을 회복하고자 하였다.

15) 勃興(발흥) : 성대히 일어나다. 갑자기 흥성하다. 李杜(이두) : 이백李白과 두보杜甫.

16) 陵暴(능포) : 경시하고 모욕하다.

17) 臻(진) : 도달하다. 閫隩(곤오) : 방의 깊숙한 곳. 깊은 경지를 비유한다.

18) 雄驁(웅오) : 씩씩한 준마.

19) 冥觀(명관) : 깊은 통찰.

20) 盤(반) : 즐기다. 硬語(경어) : 강경한 말. 또는 생경한 말.

21) 妥帖(타첩) : 편안하고 안정되다. 奡(오) : 하夏나라 한착寒浞의 아들. 힘이 매우 세서 육지에서 배를 끌 수 있었다고 한다.

22) 敷柔(부유) : 부드러움을 펼치다. 肆(사) : 맘대로 하다. 紆餘(우여) : 다양한 변화.

23) 奮猛(분맹) : 맹렬함을 떨치다. 海潦(해료) : 큰 바닷물.

24) 天秀(천수) : 하늘의 꽃.

25) 捷疾(첩질) : 민첩하다. 響報(향보) : 메아리로 답하다.

26) 規矩(규구) : 컴퍼스와 곱자. 모범.

27) 甘辱(감욕) : 낮은 직위에 있는 것을 달게 여긴다는 뜻이다. 媚竈(미조) : 부엌 신에게 잘 보이다. 권력자의 비위를 맞추는 것을 뜻한다.

28) 眸子(모자) : 눈동자. 瞭眊(요모) : 깨끗함과 흐릿함. ≪맹자·이루상離婁上≫에 "가슴 속이 바르면 눈동자가 깨끗하고 가슴 속이 바르지 않으면 눈동자가 흐릿하다.(胸中正,

則眸子瞭焉, 胸中不正, 則眸子眊焉.)"라고 하였다.

29) 浮躁(부조) : 경박하고 조급하다.

30) 溧陽尉(율양위) : 율양 현위. 맹교는 50세에 비로소 율양 현위가 되었다.

31) 耄(모) : 칠십 세의 노인. 또는 팔십 세의 노인. 늙었다는 뜻이다.

32) 孜孜(자자) : 부지런한 모양. 甘旨(감지) : 맛있는 음식. 부모님께 공양하는 음식을 가리킨다.

33) 指注(지주) : 손가락질하며 질책하다. 嘲傲(조오) : 조롱하며 업신여기다.

34) 聖皇(성황) : 헌종을 가리킨다. 遺逸(유일) : 빠트린 인재. 재야의 인재.

35) 髦士(모사) : 빼어난 선비. 登造(등조) : 등용되다.

36) 覆燾(부도) : 덮어주다. 은혜를 베풀거나 보호해주는 것을 의미한다.

37) 歸與張(귀여장) : 귀숭경歸崇敬과 장건봉張建封. 귀숭경은 공부상서工部尙書와 병부상서兵部尙書 등을 역임하고 정원 15년(799)에 죽었고, 장건봉은 우복야右僕射로 있다가 정원 16년(800)에 죽었다. 맹교는 이들의 막부에 있었다.

38) 迭(질) : 차례대로. 嗟悼(차도) : 안타까워하다.

39) 送吹噓(송취허) : 입 기운을 불어 보내다. 추천하며 도와주는 것을 말한다.

40) 魯縞(노호) : 노 땅의 비단. 아주 얇고 부드럽다고 한다. 강력한 쇠뇌가 멀리 날아가 힘을 다하면 화살이 노 땅의 비단도 뚫을 수 없다는 말이 있는데, 여기서는 이를 뒤집어 사용하였다. 센 화살이 얇은 비단을 뚫는다는 것은 매우 쉽고 간단한 일이라는 말이다.

41) 破(파) : 꽃을 피우다.

42) 嘉節(가절) : 좋은 절기. 여기서는 중양절을 가리킨다. 吹帽(취모) : 모자를 날리다. 진晉나라 환온桓溫이 중양절에 막료들과 함께 용산龍山에서 잔치를 하였는데 마침 바람이 불어 맹가孟嘉의 모자를 날려 떨어뜨렸다. 맹가는 술에 취해 이를 알지 못했다. 맹가가 잠시 자리를 비웠을 때, 환온은 손성孫盛에게 맹가를 비웃는 글을 짓게 하여 맹가의 자리에 그의 모자와 함께 놓아두었다. 맹가가 돌아와서 그 글을 보고는 즉석에서 답을 지었는데, 그 문장이 아주 아름다워서 모든 사람들이 찬탄하였다.

43) 戀嫪(연로) : 아쉬워하다. 미련을 가지다.

44) 荇(행) : 마름.

45) 左右芼(좌우모) : 좌우에서 골라 취하다. ≪시경 · 관저關雎≫에 "들쑥날쑥한 마름을 좌우에서 골라 취한다.(參差荇菜, 左右芼之.)"라는 말이 있는데, 여기서는 미미한 존재라도 두루 채용한다는 뜻으로 사용되었다.

46) 廟鼎(묘정) : 묘당의 솥. 納郜(납고) : 고나라로부터 받아들이다. 송나라에 난리가 나자 노나라 환공桓公이 제齊, 진陳, 정鄭의 제후를 모아 난리를 평정하였다. 이에 송나라는 고나라의 큰 솥을 환공에게 선물로 주었고 환공은 이를 태묘에 두고 선조에 제사를 지내며 중요한 보물로 삼았다. 이는 작은 나라의 것이라도 보물로 삼아 소중히 여긴다는 뜻으로 작은 인재도 소중히 여겨야 함을 비유한다.

47) 珉(민) : 옥돌. 옥과 비슷하게 생긴 돌. 옥과 상대되는 개념으로 재능이 뛰어나지 않은 사람을 비유한다.

48) 珪瑁(규모) : '규'와 '모'는 모두 옥으로 만든 기물로 뛰어난 인재를 비유한다. 여기서는 맹교를 가리킨다.

49) 悠悠(유유) : 근심하는 모양.

50) 擾擾(요요) : 어지러운 모양. 纛(도) : 군대나 의장대의 큰 깃발이나 소꼬리로 만든 수레 장식품. 여기서는 대체로 바람에 나부끼는 물체를 뜻한다.

51) 鶴翎(학령) : 학의 깃털.

52) 啄菢(탁포) : 부리로 치고 알을 품다. 모두 알이 부화될 때 외부에서 도와주는 행위이다.

53) 尺地(척지) : 조그만 땅. 짧은 거리. 漕(조) : 수로로 운행하여 수송하다.

54) 汲汲(급급) : 서두르는 모양.

55) 悔懊(회오) : 후회하며 한탄하다.

56) 八珍(팔진) : 진귀한 음식을 만드는 여덟 가지 요리 방법. 진귀한 음식을 가리킨다.

57) 一簞(일단) : 하나의 대나무 그릇. 하찮은 음식을 가리킨다. 犒(호) : 음식을 주어 위로하다.

58) 誚(초) : 꾸짖다.

59) 愷悌(개제) : 즐겁고 평안하다. 위 구의 '공'을 칭송하는 말이다.

이 시는 선비를 추천하는 것인데, 구체적으로는 당시 재상에서 물러나 태자빈객太子賓客으로 있던 정여경鄭餘慶에게 맹교孟郊를 추천하기 위한 것이다. 크게 네 개의 단락으로 나뉜다.

첫 번째 단락은 24구까지로 주나라의 ≪시경≫에서부터 당나라 때까지의 시가 창작 변천 양상을 서술하였다. 이는 시가 발전에 대한 한유의 견해를 알 수 있는 좋은 자료이기도 하다. 중국의 시는 ≪시경≫에서 시작되며 이는 성인인 공자가 산술한 것이라 감히 언급할 수 없다. 이후 소무와 이릉으로부터 오언시가 시작되어 동한을 거치며 많은 유파가 생겨났는데, 특히 건안칠자의 풍격이 출중하였다. 이후 남조시기를 지나면서 기상이 시들고 화려한 수식만 추구하게 되었지만 그래도 포조와 사령운이 맑고 오묘한 시풍을 가지고 있었다. 당나라에 들어와서는 진자앙이 특출하였고 이백과 두보가 발흥하여서 온갖 사물이 곤욕을 당할 정도로 우수한 시를 창작하였다. 마지막에 이러한 풍격을 계승하여 이후로 깊은 경지에 도달한 자들이 많았다고 하였는데, 결국 맹교가 이러한 대열에 들어가는 자임을 말하고자 한 것이다.

두 번째 단락은 '有窮' 구에서 '可以' 구까지의 16구로 맹교의 문학적 재능과 인품을 칭송하였다. 그의 문학적 풍격을 칭송한 8구는 갖가지 비유를 사용하여 그의 시가 강경하고 힘차면서도 아름답고 편안하다고 하였다. 그리고 모범적인 행동과 순수한 눈빛을 지녀 경거망동하지 않고 윗사람에게 아첨하지 않는 품성을 칭송하였다.

세 번째 단락은 '酸寒' 구에서 '感物' 구까지의 20구로 맹교가 부모님을 모시기 위해 낮은 관직에서 고생하고 있지만 이를 알아주지 않는 상황과 예전에 막부에서 인정을 받았지만 추천을 받지 못해 관직에 오르지 못한 상황을 언급한 뒤 지금 중양절에 관직을 그만두고 떠나게 되었음을 말하였다.

네 번째 단락은 '彼微' 구에서 마지막까지의 20구로 맹교를 정여경에게 추천하는 말을 적었다. 미미한 존재라도 가려서 선발하여 등용하면 크게 쓰일 수 있는 법이어서 한유 자신이 맹교를 추천하고 싶지만 그럴 기회가 없어 안타까운 상황을 말한 뒤, 조금만 도움을 주면 맹교가 쉽사리 훌륭한 재능을 펼치게 될 것이라고 말하였다.

시의 주제에 비해 중국 시사를 아우르는 전반부가 너무 거창하게 느껴질 정도이지만 이러한 장중한 무게감이 바로 맹교를 추천하여 이끌고자 하는 한유 마음의 절박함이라고 할 수 있다. 맹교의 문학적 재능과 인품을 칭송한 부분에서는 맹교에 대한 한유의 관심과 애정이 돋보인다. 그리고 마지막에서 정여경에게 당부하는 부분에서는 인재 선발에 대한 냉정한 판단과 성여성에게 부탁하는 절박함과 공손함이 엿보인다. 전체적으로 맹교에 대한 한유의 애정을 확인할 수 있는 작품이다.

　이 시는 원화 원년(806) 가을 장안에서 국자박사로 있을 때 지은 것이다.

剝啄行¹

똑똑

剝剝啄啄,　　　　똑똑 똑똑

有客至門.　　　　손님이 문 앞에 왔는데,

我不出應,　　　　내가 나가서 대답하지 않으니

客去而嗔.　　　　손님이 떠나가면서 화를 내네.

從者語我,　　　　하인이 내게 말하기를

子胡爲然.　　　　"어르신은 왜 그러십니까?"라고 하네.

我不厭客,　　　　"내가 손님을 싫어해서가 아니고

困于語言.　　　　말에 곤욕을 당해서이니,

欲不出納,　　　　출입하지 않게 하여

以埋其源.²　　　　그 근원을 막고자 한다.

空堂幽幽,　　　　내가 있는 빈 방은 어두컴컴하고

有秸有莞.³　　　　볏짚방석과 부들방석이 있으며,

門以兩版,　　　　문은 두 장의 널빤지로 만들었고

叢書於間.　　　　그 안에는 책을 쌓아두었으니,

窅窅深塹,4	깊숙이 해자를 파고
其墉甚完.5	그 성벽이 매우 완벽하여도,
彼寧可隳,6	그것은 차라리 무너뜨릴지언정
此不可干.7	이곳은 범할 수가 없을 것이다."
從者語我,	하인이 내게 말하기를
嗟子誠難.	"아아 어르신 진실로 난감합니다.
子雖云爾,	어르신이 비록 이렇게 하더라도
其口益蕃.8	그들의 입은 갈수록 왕성해질 것입니다.
我爲子謀,	제가 어르신을 위해 계책을 드릴 터이니
有萬其全.	만전을 기할 수 있을 것입니다.
凡今之人,	무릇 요즘 사람들은
急名與官.	명성과 관직에 급급한데,
子不引去,	어르신은 떠나지 않고
與爲波瀾.9	그들과 함께 분란을 만드시니,
雖不開口,	어르신이 비록 입을 열지 않고
雖不開關.	비록 빗장을 열지 않아도,
變化咀嚼,10	그들은 말을 바꿔가며 참언을 할 터이니
有鬼有神.	마치 신들린 듯할 것입니다.
今去不勇,	지금 용감하게 떠나지 않으면
其如後艱.	훗날의 어려움을 어찌하겠습니까?"라고 하였다.
我謝再拜,	내가 감사하며 두 번 절하고는
汝無復云.	"자네는 다시 말하지 말게나.
往追不及,	지나간 일은 돌이킬 수 없고
來不有年.11	앞으로는 오래 살지도 않을 테니."라고 하였다.

1) 剝啄(박탁) : 문 두드리는 소리.

2) 堙(인) : 막다.

3) 秸(갈) : 볏짚. 莞(완) : 부들. 둘 다 여기서는 허름한 방석을 가리킨다.

4) 窅窅(요요) : 깊숙한 모양. 塹(참) : 웅덩이.

5) 墉(용) : 성벽. 完(완) : 완벽하다. 견고하다.

6) 彼(피) : 저것. 앞 두 구에 나온 성을 가리킨다. 隳(휴) : 훼손시키다.

7) 此(차) : 이것. 한유의 거처를 가리킨다.

8) 蕃(번) : 왕성하다.

9) 波瀾(파란) : 다른 사람과 분란을 일으키는 것을 말한다.

10) 變化(변화) : 참언과 비방의 내용이 바뀌는 것이다. 咀嚼(저작) : 씹어 먹다. 참언하고 비방하는 것이다.

11) 有年(유년) : 오래 살다.

· 해설 ·

이 시는 한유가 집에 손님이 와도 응대하지 않는 것을 본 하인과 나눈 문답이다. 하인이 그 이유를 물으니 한유는 사람들의 비방이 싫어서 만나지 않으려는 것이라고 하였다. 빈 방을 컴컴하게 해놓았으며 문은 널빤지로 막고 책을 쌓아두었으니, 깊은 해자와 높은 벽이 있는 성보다 더 견고할 것이라고 하였다. 이에 하인은 그러한 방법으로는 다른 사람들의 비방과 참언을 막을 수 없다고 하면서, 차라리 사람들과 상대하지 말고 영원히 떠나라고 하였다. 이에 한유는 지난 일은 어쩔 수 없고 앞으로 살 날도 얼마 남지 않았으니 더 이상 논쟁하지 말자고 하였다. 하지만 결국 하인의 주장에 설복 당했다. 그렇다고 해서 하인의 말처럼 이곳을 영원히 떠나려는 생각이 있는 것은 아니다. 한유가 평소 다른 시에서는 조정의 어지러움에 대해 환멸을 느끼고 비판을 하면서 자신은 은일하며 조용히 살고자 하는 뜻을 말했지만, 죽을 때가 되어서야 겨우 관직을 그만두고 현실 정치와 거리를 둘 수 있었다. 타인의 비방을 없애지도 못하고 그렇다고 완전히 피해 도망가지도 못한 채 한유는 남들보다 더 힘든 관직 생활을 했던 것이다.

문답의 형식을 가설하는 것은 한유의 문장에 자주 보이는 수법인데 시에서도 드물지 않게 보인다. 실제 있었던 일이 아닌 허구적인 일을 적으면서 평이한 구어체 표현을 많이 사용하여 소설이나 민담의 느낌도 주고 있다.

이 시는 대체로 원화 2년(807) 참언이 많아져 동도東都로 이직시켜달라고 할 때 지은 것으로 보인다.

34

嘲鼾睡二首[1]

코 골며 자는 것을 비웃다 2수

제1수

憺師畫睡時,	담 스님이 낮잠 잘 때
聲氣一何猥.[2]	소리와 기운이 하나같이 얼마나 큰가?
頑颸吹肥脂,[3]	거친 바람이 지방질 몸에 불 때
坑谷相嵬磊.[4]	골짜기와 계곡 같은 울퉁불퉁한 모양을 살펴보면,
雄哮乍咽絶,[5]	크게 나던 소리가 갑자기 막혀 끊어졌다가는
每發壯益倍.	소리가 다시 날 때마다 웅장하기가 배로 커지네.
有如阿鼻尸,[6]	마치 아비지옥의 시체가
長喚忍衆罪.	길게 소리 지르며 숱한 벌을 견디는 것과 같으니,
馬牛驚不食,[7]	우두마면의 옥졸이 놀라 먹지도 못하고
百鬼聚相待.	수많은 귀신이 모여 기다리고 있으리.
木枕十字裂,	목침이 십자로 갈라지고
鏡面生痱癗.[8]	거울에 두드러기가 돋으며,
鐵佛聞皺眉,	철로 만든 불상이 듣고는 눈썹을 찌푸리고

石人戰搖腿.9	석상이 두려워서 나리를 떠네.
孰云天地仁,	하늘과 땅이 인자하다고 누가 말했나?
吾欲責眞宰.	나는 조물주를 책망하고 싶구나.
幽尋虱搜耳,10	조용할 때는 이가 귓속을 지나가는 듯하다가도
猛作濤翻海.	맹렬할 때는 파도가 바다를 뒤집는 듯하니,
太陽不忍明,	태양은 차마 환히 밝히지 못하고
飛御皆惰怠.11	날아가는 용과 태양을 모는 희화가 모두 느릿느릿하네.
乍如彭與黥,12	정말로 마치 팽월과 경포가
呼冤受菹醢.13	고기절임 형을 받아 억울함을 호소하는 것과 같고,
又如圈中虎,	또 마치 우리 안의 호랑이가
號瘡兼吼餒.14	상처 입어 울면서 배고파 울부짖는 것과 같네.
雖令伶倫吹,15	비록 영윤으로 하여금 불게해도
苦韻難可改.	듣기에 괴로운 소리는 바꾸기 어렵고,
雖令巫咸招,16	비록 무함으로 하여금 불러오게 하여도
魂爽難復在.17	혼백은 다시 무사히 존재하기 어려우리라.
何山有靈藥,	어느 산에 신령한 약이 있는가?
療此願與採.	이 병을 고치려하니 캘 수 있게 해주기를 바라네.

・주석・

1) 鼾睡(한수) : 코를 골며 자다.

2) 猥(외) : 크다. 많다.

3) 頑飈(완표) : 거센 바람. 코 골 때의 숨소리를 가리킨다. 肥脂(비지) : 지방과 기름. 살진 몸을 가리킨다.

4) 坑谷(갱곡) : 골짜기와 계곡. 嵬磊(외뢰) : 울퉁불퉁한 모양.

5) 雄哮(웅효) : 큰 소리. 咽絶(열절) : 막혀서 끊어지다.

6) 阿鼻尸(아비시) : 아비지옥의 시체. 아비지옥은 불교의 팔대지옥 중 가장 괴로운 고통

을 받는 곳이다.

7) 馬牛(마우) : 우두마면牛頭馬面. 지옥을 지키는 졸개 귀신이다. 이들은 죄인을 물어뜯
고 찢어버린다고 한다.

8) 痱癗(비뢰) : 두드러기. 또는 종기.

9) 戰搖(전요) : 두려워서 벌벌떨다.

10) 幽尋(유심) : 조용한 곳을 찾다. 코골이 소리가 좀 작을 때를 말한다. 虱搜耳(슬수이)
: 이가 귓속을 돌아다니다. 코골이 소리가 가늘어졌을 때 소리의 크기를 비유적으로
표현한 것이다.

11) 飛御(비어) : 날아가고 몰다. 태양을 실은 수레를 끌며 날아가는 용과 그 수레를 모는
희화羲和를 뜻한다.

12) 彭與黥(팽여경) : 팽월彭越과 경포黥布. 한나라 때 팽월이 반란을 일으키려고 하자
고조는 그를 죽여 고기절임을 만들었다. 고조가 그 고기절임을 각 제후에게 보내니
모두 두려워하였고, 이에 회남왕으로 있던 경포가 반란을 모의했다가 결국 죽임을
당했다.

13) 呼冤(호원) : 억울함을 호소하다. 葅醢(저해) : 살을 저며 육장肉醬으로 만드는 형벌.

14) 號瘡(호창) : 상처를 입어 울부짖다. 吼餒(후뇌) : 굶주려서 울부짖다.

15) 伶倫(영윤) : 황제黃帝 때의 악관으로 음률을 정하였다고 한다.

16) 巫咸(무함) : 황제黃帝 때의 무당.

17) 魂爽(혼상) : 혼백.

해설

이 시는 담澹 스님이 심하게 코를 골기에 이를 놀리기 위해서 지은 것이다. 두 수 모두
갖가지 비유를 동원하여 담 스님의 코골이 소리를 과장되게 표현한 것이 특징이다. 담 스님은
속명이 제갈각諸葛覺 또는 제갈각諸葛珏인 것으로 보이며 후에 환속하였다. 원화 2년(807)
낙양에서 한유, 맹교 등과 교유하였다. 이 시가 본집에 수록되어 있지 않으며 불교 관련
시어가 있고 표현이 난삽하다는 이유로 한유의 시가 아니라는 설도 있지만 여러 가지 비유를
사용한 수법과 말을 조어하는 방식으로 봤을 때 한유의 시일 가능성이 높다.

두 수 중의 첫 번째인 이 시는 대체로 담 스님의 코골이 하는 모습과 코골이 소리가 큰 상황을 다양한 비유를 통해 표현하였으며, 마지막에서는 신령한 약을 구해다가 코골이를 치료해주고 싶다고 하였다. 아비지옥의 시체가 너무 크게 소리를 질러서 이들을 지키는 귀신이 시체를 잡아먹지 못한다고 하고, 또 태양을 몰고가는 용과 희화가 느릿느릿해진다고 하여 주위 사람들이 담 스님의 코골이 소리를 듣고 자신의 일을 제대로 하지 못하는 상황을 표현하였다. 또한 목침이 갈라지고 거울에 두드러기가 들고, 불상이 눈썹을 찌푸리고 석상이 다리를 떤다는 말에서 한유 특유의 상상력을 엿볼 수 있다.

　피리를 잘 부는 영윤이 와도 그 소리를 아름답게 만들지 못하고, 영혼을 잘 불러 위로하는 무함이 와도 코골이 소리로 넋이 나간 주위 사람들을 치유할 수 없으니, 이 코골이로 인한 폐해는 전혀 구제할 수 없다. 그저 이 시를 지으면서 위안을 삼을 뿐이다.

　코골이 소리와 같은 것이 시의 소재로 사용되는 것은 당시로서는 상당히 드문 일이었다. 하지만 한유는 이렇게 일상적이고 속된 소재를 시에 사용하곤 하였는데, 이에 대한 묘사가 상당히 현학적이어서 교묘한 대조를 이루고 있다. 이 또한 한유 시 풍격의 한 단면을 보여준다. 이 시는 원화 2년 낙양에서 국자박사를 하고 있을 때 지은 것으로 보인다.

陸渾山火和皇甫湜用其韻[1]

육혼의 산불 – 황보식에 화답하며 그 운을 사용하다

皇甫補官古賁渾,[2]
時當玄冬澤乾源.
山狂谷很相吐吞,[3]
風怒不休何軒軒.[4]
擺磨出火以自燔,[5]
有聲夜中驚莫原.
天跳地踔顚乾坤,
赫赫上照窮崖垠,[6]
截然高周燒四垣.[7]
神焦鬼爛無逃門,
三光弛隳不復暾.[8]
虎熊麋豬逮猴猿,
水龍鼉龜魚與黿,[9]

황보가 관직에 보임된 옛 육혼에,
때가 겨울이 되니 연못이 수원까지 말라 버렸네.
산은 미치고 골짜기는 흉포하여 서로 삼키고 뱉는데,
바람이 노하여 그치지 않으니 얼마나 날뛰는가?
마구 흔들어 불을 내고는 스스로를 태우는데,
그 소리에 밤중에 놀라 영문도 모르겠네.
하늘과 땅이 펄쩍 튀어 천지가 뒤엎어졌는데,
환히 위로 비추며 벼랑 끝까지 다하고,
자른 듯 뚜렷이 높이 빙 둘러 사방을 태웠네.
귀신이 타고 녹지만 도망갈 문은 없고,
해, 달, 별이 훼손되었지만 다시 밝아지지 않았네.
호랑이, 곰, 사슴, 돼지 및 원숭이,
물의 용, 악어, 거북이, 물고기와 자라,

鴉鵃雕鷹雉鵠鶂,10 까마귀, 올빼미, 독수리, 매, 꿩, 고니, 댓닭이
燖炰煨爐孰飛奔.11 삶기고 굽히고 재에 묻히니 누가 날아가고 도망갔으랴?
祝融告休酌卑尊,12 축융이 그만두고는 신분이 낮고 높은 이에게 술을 따르며,
錯陳齊玟闢華園,13 화원을 열어 화제주 매괴주를 어지러이 늘어놓았는데,
芙蓉披猖塞鮮繁.14 부용이 온통 피어 아름다움과 무성함으로 가득 메웠네.
千鐘萬鼓咽耳喧,15 천 개의 종과 만 개의 북으로 귀가 막히게 시끄럽고,
攢雜啾嗔沸簾塤.16 크고 작은 소리 잡다하게 모았으며 지와 훈이 들끓네.
彤幢絳旆紫虁旛,16 붉은 깃발, 진홍빛 깃발, 소꼬리 달린 자줏빛 깃발이 날리고,
炎官熱屬朱冠褌,17 불의 관원과 열의 관속은 붉은 관과 잠방이 차림이며,
糁其肉皮通骶臀,18 그 살과 피부엔 붉은 옻칠로 넓적다리와 볼기에 이어졌으며,
頹胸垤腹車掀轅,19 오므린 가슴과 불룩한 배는 수레의 끌채가 들린 듯하고,
緹顏緤股豹兩韉,20 붉은 비단의 얼굴, 붉은 가죽의 다리, 표범가죽 두 화살통.
霞車虹靷日轂輠,21 노을 수레에는 무지개 가죽끌개, 태양 바퀴와 흙받기,
丹葵練蓋緋繙帑.22 붉은 술, 분홍빛 덮개, 휘날리는 붉은 깃발.
紅帷赤幕羅脈膰,23 붉은 휘장과 빨간 장막에 날고기와 익힌 고기를 늘어놓으니,
盎池波風肉陵屯.24 피의 연못에는 물결이 일렁이고 고기 언덕은 높네.
餤呀鉅堅頗黎盆,25 크게 입을 벌려 거대한 골짜기 같은 붉은 수정 그릇,
豆登五山瀛四罇,26 제기는 오악처럼 높고 술동이는 사해처럼 넓네.
熙熙釂醻笑語言,27 즐겁게 술을 마시고 웃으며 담소하니,
雷公擘山海水翻,28 뇌공이 산을 쪼개서 바닷물이 뒤집어지는 듯하고,
齒牙嚼齧舌齶反,29 이로 씹고 뜯으니 혀와 잇몸이 뒤집어지고,
電光礔礰槙目暖.30 번갯빛 번뜩이며 붉은 눈이 커졌네.
頊冥收威避玄根,31 전욱과 현명은 위세를 거두고 북쪽 근거지로 피하는데,
斥棄輿馬背厥孫,32 수레와 말을 버려두고 그 손자를 등진 채,
縮身潛喘拳肩跟.33 몸을 웅크리고 몰래 헐떡이며 어깨와 발꿈치를 오므렸네.
君臣相憐加愛恩,34 임금과 신하가 서로 불쌍해하여 사랑과 은혜를 더해주고는,

命黑螭偵焚其元.35 검은 용에게 정탐하게 명했지만 그 머리가 불타 버렸네.
天關悠悠不可援, 하늘 관문은 아득하여 잡고 오를 수 없어서,
夢通上帝血面論, 꿈에 상제와 만나 피 묻은 얼굴로 말하고자하여,
側身欲進吡於閽.36 몸을 기울여 들어가려다가 문지기에게 꾸지람 당했네.
帝賜九河湔涕痕,37 상제가 아홉 황하 줄기를 내려주어 눈물 자국을 닦고는,
又詔巫陽反其魂,38 또 무양을 불러 그 혼을 돌아오게 하고서,
徐命之前問何冤.39 앞으로 나오라고 천천히 말한 뒤 무엇이 억울하냐고 물었네.
火行於冬古所存, "불이 겨울에 나는 것은 예로부터 있던 일인데,
我如禁之絶其飧.40 내가 만일 금지시켰다면 먹을 것이 끊어졌을 것이다.
女丁婦壬傳世婚,41 불의 여인은 물의 부인으로 대대로 혼인하였는데,
一朝結讎奈後昆.42 하루아침에 원수가 되면 후손을 어찌하겠는가?
時行當反愼藏蹲,43 때가 지나가면 역전될 때가 오니 삼가 숨어 웅크리다가,
視桃著花可小鴛.44 복숭아나무에 꽃이 달리는걸 보면 좀 날아올라도 되리라.
月及申酉利復怨,45 칠팔월에 이르면 원한을 갚는 데 이로울 것이니,
助汝五龍從九鯤,46 다섯 용이 아홉 곤을 데리고 너를 도와,
溺厥邑囚之崑崙.47 그 마을을 물에 잠기게 하고 그들을 곤륜산에 가두리라."
皇甫作詩止睡昏,48 황보가 시를 지은 것은 졸려 혼미함을 멈추려는 것인데,
辭誇出眞遂上焚. 말이 과장되어 진실을 벗어났기에 마침내 위로 태워버렸네.
要余和增怪又煩, 내게 화답을 요청하기에 기괴함을 더하고 또 번다해졌으니,
雖欲悔舌不可捫.49 비록 후회하려해도 혀를 붙잡을 수가 없었네.

· 주석 ·

1) 陸渾(육혼) : 지명. 또는 그곳에 있는 산의 이름. 皇甫湜(황보식) : 한유의 문하생이다.
원화 2년(807)에 현량대책과賢良對策科에 합격하였으나, 그 답안의 내용이 당시 황제
의 총애를 받아 권세를 누린 이들의 심기를 거슬렀기에 육혼 현위縣尉로 쫓겨났다.
2) 賁渾(육혼) : 육혼陸渾과 같다.

3) 很(흔) : 사납다.

4) 軒軒(헌헌) : 춤추는 모양. 날듯이 움직이는 모양.

5) 擺磨(파마) : 마구 흔들다. 燔(번) : 불타다.

6) 赫赫(혁혁) : 환한 모양. 崖垠(애은) : 벼랑 가장자리.

7) 截然(절연) : 경계가 뚜렷한 모양.

8) 弛隳(이휴) : 훼손되다. 暾(돈) : 밝다.

9) 鼉(타) : 악어. 黿(원) : 큰 자라.

10) 鴟(치) : 올빼미. 雕(조) : 독수리. 鵠(혹) : 고니. 鵾(곤) : 댓닭.

11) 燖(심) : 삶다. 炰(포) : 굽다. 煨(외) : 뜨거운 재 속에 넣어 굽다. 또는 약한 불로 오래도록 삶다. 爊(오) : 재 속에 넣어 굽다.

12) 祝融(축융) : 불의 신. 告休(고휴) : 관직을 그만두다. 여기서는 산불 내는 일을 중단하는 것인데, 다음에 있는 산불을 구경하며 연회를 여는 내용을 이끌어낸다.

13) 齊玫(제매) : 화제주火齊珠와 매괴주玫瑰珠. 모두 붉은색 보석이다.

14) 披猖(피창) : 어지럽게 많은 모양.

15) 啾嘄(추획) : 번다하게 시끄러운 모양. 크고 작은 소리. 沸篪塤(비지훈) : 지와 훈이 끓는다. 악기 소리가 요란스럽다는 말이다. '지'는 대나무로 만들어 부는 악기이고 '훈' 은 흙으로 구워 만들어 부는 악기이다.

16) 肜幢(동당) : 붉은 깃발. 絳旆(강전) : 붉은 깃발. 紫䲞旛(자독번) : 소꼬리나 꿩 깃털로 장식한 자줏빛 깃발.

17) 炎官(염관) : 불의 관원으로 축융의 부하를 가리킨다. 熱屬(열속) : 열의 관속. 염관의 부하이다. 褌(곤) : 잠방이. 여기서는 아랫도리를 가리킨다.

18) 㡛(휴) : 검붉은 옷칠을 하다. 髀臀(폐둔) : 넓적다리와 엉덩이.

19) 頹胸(퇴흉) : 웅크린 가슴. 垤腹(질복) : 불룩한 배. 車掀轅(거흔원) : 수레에서 끌채가 들려 올라가다. 수레가 말에 매여 있지 않고 풀어진 상태이다. 모두 관원들의 해이해진 모습을 표현한 것이다.

20) 緹顔(제안) : 붉은 비단 띠를 두른 얼굴. 靺股(매고) : 붉은 가죽을 맨 다리. 豹兩鞬(표량 건) : 표범가죽으로 만든 두 개의 화살통.

21) 虹靷(홍인) : 무지개 가죽끌개. 日轂(일곡) : 태양 수레바퀴. 轓(번) : 흙받기.

22) 丹蕤(단유) : 붉은 술. 수레나 깃발의 장식이다. 繉蓋(전개) : 분홍빛 수레 덮개. 緋繙帑
    (비번원) : 바람에 휘날리는 붉은 깃발.

23) 脤膰(신번) : 날고기와 익힌 고기.

24) 衁(황) : 피. 陵屯(능둔) : 언덕.

25) 嗛呀(함하) : 크게 입을 벌리다. 鉅壑(거학) : 큰 골짜기. 頗黎(파리) : 붉은색 수정.

26) 豆登(두등) : 나무로 만든 제기와 흙을 구워서 만든 제기. 瀛(영) : 사해를 가리킨다.

27) 熙熙(희희) : 즐거운 모양. 醹醻(조수) : 술을 마시고 권하다.

28) 擘(벽) : 쪼개다.

29) 嚼齧(작설) : 씹고 뜯다. 舌齶反(설악반) : 혀와 잇몸이 뒤집어지다. 게걸스럽게 먹는
    모양이다.

30) 礛碟(섬점) : 번뜩이는 모양. 䝠目(정목) : 붉은 눈. 暅(훤) : 큰 눈.

31) 頊冥(욱명) : 물의 황제인 전욱顓頊과 물의 신인 현명玄冥. 玄根(현근) : 현의 근원.
    '현'은 오행에서 겨울, 북쪽, 물 등을 뜻하여, 그 근원은 전욱과 현명의 본거지를 가리킨
    다.

32) 輿馬(여마) : 수레와 말. 孫(손) : 손자. 오행에 따르면 물이 나무를 생기게 하고 나무가
    불을 생기게 한다고 하였으니, 이에 따르면 불은 물의 손자이고, 전욱과 현명에게
    있어 축융이 그 손자인 셈이다.

33) 潛喘(잠천) : 숨죽여 헐떡이다. 跟(근) : 발꿈치.

34) 君臣(군신) : 임금과 신하. 전욱과 현명의 무리를 가리킨다.

35) 黑螭(흑리) : 검은 용. '리'는 뿔이 없는 용이다. 용은 물 속에서 사는 동물이며, 검은색은
    오행에서 물을 상징한다. 焚其元(분기원) : 그 머리가 불타다.

36) 叱於閽(질어혼) : 문지기에게 질책을 당하다.

37) 湔(전) : 닦다.

38) 巫陽(무양) : 전설에 나오는 무녀巫女. 죽은 이나 넋이 나간 이의 혼을 불러올 수 있다고
    한다.

39) 之前(지전) : 앞으로 나오다.

40) 我(아) : 싱제 자신을 가리킨다. 飧(손) : 밥. 음식.

41) 女丁婦壬(여정부임) : 불의 여인이 물의 부인이 되다. '정'은 불과 여자를 상징하고 '임'은 물과 남자를 상징한다.

42) 後昆(후곤) : 후손.

43) 藏蹲(장준) : 숨어서 웅크리다.

44) 小騫(소헌) : 조금 날아오르다. 약간 활개를 편다는 뜻이다.

45) 申酉(신유) : 각각 칠월과 팔월을 가리킨다. '신'에서 물이 생겨나고, '유'에서 불이 사라진다.

46) 五龍從九鯤(오룡종구곤) : 다섯 마리 용이 아홉 마리 곤을 따르게 하다. '용'과 '곤'은 모두 물과 관련된 동물이다. 도와줄 무리가 많다는 뜻이다.

47) 溺厥邑(익궐읍) : 그 마을을 물에 빠트리다. 축융 무리가 점령한 성읍을 물에 잠기게 한다는 말이다. 囚之崑崙(수지곤륜) : 곤륜산에 그들을 가두다. '곤륜'은 황하가 발원한다고 전해지는 산으로, 물의 근원이다.

48) 止睡昏(지수혼) : 졸려서 정신이 흐리멍덩해지는 것을 멈추게 하다.

49) 捫(문) : 붙잡다. 정지시키다.

해설

　이 시는 황보식이 육혼산의 산불에 관해 쓴 시에 대해 화답한 것이다. 시의 끝부분에 보면 황보식이 밤에 졸립고 혼망한 것을 쫓기 위해 산불에 대해 썼지만 표현이 과장되고 진실에서 벗어났기에 태워버렸다고 하였다. 하지만 오직 한유에게만 그 시를 보여주고 화답해달라고 요청했다. 하지만 한유의 시가 더욱 기괴하고 번다해졌기에 후회가 된다고 하였다. 이러한 내용으로 보아 이 둘의 시는 단순히 산불을 읊은 것만은 아닌 것으로 추정된다. 이에 대해 여러 주석가들은 황보식이 당시 우승유牛僧孺, 이종민李宗閔 등과 함께 시정時政을 비판하다가 육혼의 현위로 쫓겨난 것에 착안하여, 황보식의 시가 이러한 상황에 대한 불만의 뜻을 산불에 기탁한 것으로 추정하고, 또 한유의 이 시 역시 당시 권력자가 득세하였으며 이에 여러 무리가 들러붙어 있는 상황을 비유적으로 풍자한 것으로 보고 있다. 특히 전욱과 현명이 보낸 검은 용이 불에 머리가 타는 화를 당한 것은 우승유 등이 쫓겨난 것을 비유하고 상제가 위로하는 말은 앞으로 좋은 날이 올 것이라고 위로하는 말로 보고 있다.

이 시는 크게 네 단락으로 나뉘어진다.

첫 번째 단락은 첫 15구로 육혼에 산불이 크게 일어난 모습을 묘사하였다. 겨울에 물이 다 말랐고 바람이 세차게 불어 산불이 크게 났지만 그 이유를 알 수 없으며, 모든 동물과 해와 달이 다 타버렸다고 하였다. 두 번째 단락은 '祝融' 구부터 '電光' 구까지의 20구로 축융의 무리가 연회를 펼치는 장면을 묘사하였다. 축융은 불의 신이니 그의 일당이 성대하게 연회를 펼치는 것은 육혼의 산불이 크게 일어난 것을 의인화하여 표현한 것이다. 그들의 연회를 묘사하면서 유난히 붉은 색의 글자를 많이 사용하여 산불의 색을 형용하였으며, 난잡하고 어지러운 모습의 표현을 통해 산불의 광폭함을 드러내었다. 세 번째 단락은 '頊冥' 구에서 '溺厥' 구까지의 20구로 산불로 인해 도망한 물의 세력이 상제에게 하소연하니 상제가 위로했다는 내용이다. 전욱과 현명이 축융의 난리를 피해 북쪽으로 피한 뒤 검은 용을 정탐하게 보냈지만 머리가 타 버렸고, 그 억울함을 상제에게 고하러 가니 상제가 위로하면서 말하기를, "원래 불과 물은 혼인으로 맺어진 관계인데 원수가 되면 오행이 운행되지 않는다. 이후 물의 기운이 커지는 때가 오면 그들을 벌하도록 도와주겠다."고 하였다. 네 번째 단락은 마지막 4구로 이 시를 짓게 된 연유와 그 정황을 적었는데, 이를 통해 이들의 시가 정치적인 의미가 있는 것이 아니라 장난과 유희에 불과하다는 뜻을 밝혔다. 하지만 이러한 핑계가 더욱 이 시의 저의를 의심하게 만든다.

산불을 읊으면서 축융과 전욱의 싸움을 생각해내고 나아가 상제의 조화로운 중재로 이끌어 내었으니, 이러한 내용은 한유의 상상력으로 만들어낸 것이고 나아가 황보식을 아끼는 마음을 드러낸 것이다.

이 시는 낙양에서 국자박사로 재직하던 원화 2년(807) 겨울에 지은 것으로 보인다.

感春五首

봄에 느끼다 5수

제1수

辛夷高花最先開,¹	목련 높은 곳의 꽃이 가장 먼저 피니
靑天露坐始此迴.	푸른 하늘 야외에 앉는 일이 비로소 이제 돌아왔네.
已呼孺人戞鳴瑟,²	이미 부인을 불러 슬을 연주하게 하고
更遣稚子傳淸杯.	게다가 아이를 보내 맑은 술을 가져오게 하네.
選壯軍輿不爲用,	씩씩한 이를 선발하니 군대가 일어나도 기용되지 않고
坐狂朝論無由陪.³	미쳤다고 하기에 조정에서 논의해도 모실 도리가 없네.
如今到死得閑處,	이제 죽을 때까지 한가로운 거처를 얻었고
還有詩賦歌康哉.⁴	게다가 평안함을 노래하는 시가 있구나.

· 주석 ·

1) 辛夷(신이) : 목련.
2) 孺人(유인) : 부인. 戞(알) : 치다. 연주하다.
3) 坐(좌) : 때문에.

4) 歌康哉(가강재) : 평안함을 노래하다. ≪서경·익직益稷≫에 "고요가 이어서 노래하
   길, '머리가 밝고 팔다리가 좋으니 모든 일이 평안하리라.'고 하였다.(皐陶乃賡載歌曰,
   元首明哉, 股肱良哉, 庶事康哉.)"라는 말이 있는데 이로부터 '강재'는 태평성세를 칭송
   하는 말로 사용되었다.

[해설]

  이 시는 봄날 느낀 감회를 쓴 연작시이다. 봄이 왔지만 즐기지 못하는 안타까움에 관해
서술하였는데, 그 원인으로는 혼란한 정국과 홀로 지내는 외로움을 들고 있다. 대체로 원화
5년(810) 봄 하남령河南令으로 있을 때 지은 것으로 추정한다.

  제1수에서는 봄을 편안히 즐기는 상황을 표현하였다. 전반부에서는 봄날 야외에 나가 가족
과 함께 슬을 연주하고 술을 마시는 장면을 묘사하였다. 후반부에서는 군대를 일으키는 조정
의 논의에 자신은 참여하지 않고 그저 한가로이 태평성세만 노래할 수 있는 여유를 서술하였
다. 하지만 군대를 일으킨다는 사실과 평안함을 노래한다는 내용은 모순이며, 미쳤다고 할
정도로 자신이 조정에서 따돌림을 당하고 있는 상황 속에서 한가롭게 지낸다는 말은 억지스
럽게 느껴진다. 실제로 원화 4년(809) 겨울 성덕군절도사成德軍節度使 왕승종王承宗이 반란
을 일으켰으며 조정에서 사방의 번진에게 군사를 일으켜 토벌하도록 명령했지만 원화 5년
(810) 봄까지 평정하지 못했다. 이러한 상황에서 한유는 조정에서의 정쟁에 피로감을 느껴서
스스로 장안을 떠나 낙양으로 관직을 옮겨버렸다. 정국이 혼란스럽지만 자신이 적극적으로
나설 수 없으니, 그저 낙양에서 홀로 한가롭게 지내며 태평성세를 노래한다고 하면서 현실로
부터 일부러 눈을 돌리고 있었다. 하지만 그 속내는 여전히 답답했을 것이다.

月蝕詩效玉川子作¹

월식 - 옥천자의 작품을 본뜨다

元和庚寅斗插子,²	원화 연간 경인년 북두칠성이 북쪽에 꽂혔고
月十四日三更中.	그 달 열나흘 삼경,
森森萬木夜僵立,	빽빽한 만 그루 나무가 밤에 뻣뻣이 서 있고
寒氣霿眉頑無風.³	찬 기운 왕성하지만 바람은 전혀 불지 않는데,
月形如白盤,	달은 흰 쟁반처럼 생겨
完完上天東.	완전하게 하늘 동쪽에서 솟았네.
忽然有物來噉之,⁴	홀연 어떤 물체가 와서 달을 먹었는데
不知是何蟲.	무슨 벌레인지 알지 못하였다.
如何至神物,	어찌하여 지극히 신령한 사물에
遭此狼狽凶.	이런 흉악한 낭패가 생겼는가?
星如撒沙出,⁵	별은 마치 모래를 뿌려놓은 듯하여
攢集爭強雄.⁶	모여서 강성함을 다투니,
油燈不照席,	기름 등불이 자리를 비추지 않아도
是夕吐燄如長虹.⁷	이 밤에 긴 무지개처럼 불꽃을 내뿜었다.

玉川子,
옥천자가

涕泗下中庭獨行.8
눈물 콧물을 흘리며 뜰에서 홀로 거닐다가,

念此日月者,
생각하기를 "이 해와 달은

爲天之眼睛.
하늘의 눈동자인데,

此猶不自保,
이들이 그래도 스스로 보전하지 않으면

吾道何由行.
우리의 도는 무슨 수로 실행되겠는가?

嘗聞古老言,
일찍이 노인이 하는 말을 들었는데

疑是蝦蟆精.9
'아마도 이는 두꺼비의 정령이다'고 하였다.

徑圓千里納女腹,
직경이 천 리나 되는 달을 너의 뱃속에 넣었는데

何處養女百醜形.10
어디서 너의 온갖 추한 모습을 생기게 했는가?

杷沙脚手鈍,11
모래 위를 기어 다녀 다리와 손이 뭉툭한데

誰使女解緣靑冥.12
누가 너더러 푸른 하늘에 오를 수 있게 하였는가?

黃帝有四目,13
황제에게는 네 개의 눈이 있었고

帝舜重其明.14
순임금에게는 그 눈이 겹이었지만,

今天只兩目,15
지금 하늘에는 다만 두 개의 눈뿐인데

何故許食使偏盲.16
무엇 때문에 먹도록 허락하여 한쪽 눈이 멀게 했는가?

堯呼大水浸十日,17
요가 큰물을 불러 열 개의 태양을 잠기게 할 때

不惜萬國赤子魚頭生.18
만국의 아기에게 물고기 머리가 생겨도 애석해하지 않았는데,

女於此時若食日,
네가 그때에 만일 태양을 먹었다면

雖食八九無饞名.19
비록 여덟아홉 개를 먹어도 식탐의 악명은 없었을 것이다.

赤龍黑烏燒口熱.20
붉은 용과 검은 까마귀가 네 입을 태워 뜨겁고

翎鬣倒側相搪撑.21
깃털과 갈기가 뒤집히고 쏠려서 서로 엇갈리도록,

婪酣大肚遭一飽.22
탐욕스러운 큰 배로 한껏 포식했으면

飢腸徹死無由鳴.23
굶주렸던 창자가 죽을 때까지 소리 낼 리 없을 터인데,

後時食月罪當死.24
뒤늦게 달을 먹었으니 이는 죽을죄이고

天羅磕帀何處逃汝刑.25
하늘 그물로 둘러싸면 어디에서 너의 형벌을 피하겠는가?"

	라고 하였다.
玉川子立於庭而言曰,	옥천자가 뜰에 서서 말하길,
地行賤臣仝,	"지상에서 다니는 천한 신 노동이
再拜敢告上天公.	두 번 절하고 감히 천공에 고해 올립니다.
臣有一寸刃,	신에게 한 치의 칼날이 있어
可剒凶蟆腸.26	흉악한 두꺼비의 창자를 가를 수 있지만,
無梯可上天,	하늘에 오를 수 있는 사다리가 없어
天階無由有臣蹤.	하늘의 계단에 신의 종적을 남길 방법이 없습니다.
寄牋東南風,	동남풍에게 편지를 부치면서
天門西北祈風通.27	천문 서북쪽으로 바람이 통하기를 기원했고
丁寧附耳莫漏洩,28	간곡하게 귀에 대고 빠트리지 말라고 당부했지만
薄命正值飛廉慵.	박명이라 마침 바람신 비렴이 게을렀습니다."라고 하였다.
東方青色龍,29	동방의 푸른 용은
牙角何呀呀.30	이와 뿔이 얼마나 큰가?
從官百餘座,31	따르는 관원이 백여 자리여서
嚼啜煩官家.32	먹고 마시며 관가를 번거롭게 하느라,
月蝕女不知,	달이 먹혀도 네가 몰랐으니
安用爲龍窟天河.	뭣 하러 용이 되어 은하수에 굴을 파고 머물러 있느냐?
赤鳥司南方,33	남방을 맡은 붉은 새는
尾禿翅翮沙.34	꽁지가 짧고 날개는 활짝 펴고 있는데,
月蝕於女頭,	달이 먹힌 것이 너의 머리에서이지만
女口開呀呀.35	너의 입은 악악거리며 벌리고 있었구나.
蝦蟆掠女兩吻過,36	두꺼비가 너의 두 부리를 스쳐 지나갔지만
忍學省事不以女觜啄蝦蟆.37	어찌 건성을 배워 너의 부리로 두꺼비를 쪼지 않았는가?
於菟蹲於西,38	서쪽에 웅크린 호랑이는
旗旄衛毿毰.39	삼기와 묘수가 늘어서서 호위하는데,

既從白帝祠,⁴⁰	이미 백제를 따라 제사를 받고
又食於蜡禮有加.⁴¹	또 납월 제사가 더해져 얻어먹었는데,
忍令月被惡物食,	어찌 달이 사악한 사물에 먹히게 했는가?
枉於女口插齒牙.	너의 입에 이빨을 꽂은 것은 헛일이었구나.
烏龜怯姦怕寒,⁴²	검은 거북은 간악함과 추위에 겁나서
縮頸以殼自遮.⁴³	목을 움츠리고 껍데기로 스스로를 숨겼으니,
終令夸蛾抉女出,⁴⁴	끝내 과아가 너를 끌어내고
卜師燒錐鑽灼滿板如星羅.⁴⁵	복사가 뜨거운 송곳으로 온 껍데기에 별처럼 구멍을 내고 태우게 하리라.
此外內外官,⁴⁶	이외의 내외 관원들은
瑣細不足科.⁴⁷	자잘하여 판결할 만하지도 않다.
臣請悉掃除,⁴⁸	"신이 청하건대, 모두 쓸어버리고
愼勿許語令啾嘩.⁴⁹	삼가 말이 잡다하지 않게 하소서.
併光全耀歸我月,	빛을 모으고 광휘를 온전히 하여 우리 달을 되돌려놓고
盲眼鏡淨無纖瑕.⁵⁰	어두워진 눈이 거울처럼 깨끗하여 흠이 없게 하소서.
弊蛙拘送主府官,⁵¹	비열한 두꺼비를 담당 관리에게 잡아 보내
帝箸下腹嘗其膰.⁵²	천제의 젓가락으로 배를 집어서 그 흰 부분을 맛보소서.
依前使兎操杵臼,⁵³	예전처럼 토끼가 절구를 찧도록 하고
玉階桂樹閑婆娑.⁵⁴	옥 계단에 계수나무가 한가로이 너울거리며,
姮娥還宮室,⁵⁵	항아가 궁실로 돌아가
太陽有室家.⁵⁶	태양이 가정을 가지게 하소서."
天雖高,	하늘이 비록 높아도
耳屬地.	귀가 땅에 있어서,
感臣赤心,	신의 붉은 마음에 감응하시고는
使臣知意.	신으로 하여금 그 뜻을 알게 하셨는데,
雖無明言,	비록 분명한 말은 없었지만

潛喩厥旨.	몰래 그 요지를 깨우쳐주셨다.
有氣有形,	"기운이 있고 형체가 있는 것은
皆吾赤子.	모두 나의 자식인데,
雖忿大傷,	비록 큰 상해에 화가 나지만
忍殺孩稚.57	차마 어린 것을 죽이겠는가?
還女月明,	너희에게 밝은 달을 돌려주어
安行於次.58	원래의 궤도에서 편안히 운행할 것이며,
盡釋衆罪,	여러 죄인을 다 풀어주고
以蛙磔死.59	두꺼비는 찢어서 죽이리라."

·주석·

1) 月蝕(월식) : 지구 그림자에 의해 달이 가려지는 천문현상으로 대체로 보름달이 떴을 때 일어난다. 예로부터 두꺼비의 정령이 달을 삼켰다가 다시 뱉어내는 것으로 믿고 있었다. 玉川子(옥천자) : 노동盧仝의 자호. 일찍이 숭산嵩山의 소실산小室山에 머물다가 낙양으로 옮겼으며 평생 관직에 나아가지 않았다. 그의 시는 호방한 기운과 강직한 뜻이 담겨 있으며, 한유는 그의 시가 빼어나다고 칭찬했다.

2) 元和庚寅(원화경인) : 원화 연간의 경인년. 서기 810년이다. 斗插子(두삽자) : 북두칠성이 정북쪽에 꽂히다. 11월임을 의미한다.

3) 奰眉(비희) : 장대한 모양. 힘을 쓰는 모양.

4) 噉(담) : 먹다.

5) 撒沙(살사) : 모래를 뿌리다. 달이 사라진 뒤 많은 별이 사방으로 빛나는 것을 표현하였다.

6) 攢集(찬집) : 모여 있다.

7) 吐燄(토염) : 불꽃을 내뿜다. 밝게 빛나는 별빛을 가리킨다.

8) 涕泗下(체사하) : 눈물과 콧물을 흘리다.

9) 蝦蟆(하마) : 두꺼비. 예로부터 두꺼비가 달을 먹어 월식이 일어난다고 하였다.

10) 醜形(추형) : 못생긴 모양.

11) 杷(파) : 기어 다니다.

12) 解(해) : 할 줄 알다.

13) 黃帝(황제) : 고대 중국의 삼황오제三皇五帝 중의 한명. 역목力牧, 상선常先 등을 시켜 사방을 나누어 담당하게 하였고 그들을 황제의 네 눈이라고 하였다.

14) 帝舜(제순) : 순임금. 눈에 눈동자가 각각 두 개였다고 한다.

15) 兩目(양목) : 두 개의 눈. 태양과 달을 가리킨다.

16) 偏盲(편맹) : 한 눈이 멀다. 달이 사라진 것을 말한다.

17) 十日(십일) : 열 개의 태양. 요임금 때 열 개의 태양이 한꺼번에 나타나 초목이 말라죽자 요임금이 예羿를 시켜 아홉 개의 태양을 활로 쏴 떨어뜨리게 하였다고 한다. 하지만 요임금이 큰물을 불러 태양을 잠기게 했다는 이야기는 전해지지 않는다.

18) 赤子(적자) : 어린 아이. 백성을 의미한다. 魚頭生(어두생) : 사람의 머리가 물고기 머리로 바뀐 것을 말한다.

19) 讒名(참명) : 식탐이 있다는 악명.

20) 赤龍(적룡) : 붉은 용. 태양을 실은 수레를 용이 끈다고 한다. 黑烏(흑오) : 검은 까마귀. 태양 속에 있다는 삼족오三足烏를 가리키는 것으로 보인다.

21) 翎鬣(영렵) : 까마귀의 깃털과 용의 목덜미에 있는 털을 가리킨다. 搪撑(당탱) : 서로 지탱하다. 엇갈려 있는 상황이다.
   이상 두 구는 두꺼비가 태양을 먹을 때의 상황을 묘사한 것이다.

22) 婪酣(남감) : 탐욕스럽다.

23) 徹死(철사) : 죽을 때까지. 鳴(명) : 배가 고파 꼬르륵 소리가 나는 것이다.

24) 後時(후시) : 그 때를 놓치다.

25) 磕帀(개잡) : 두르다.

26) 刳(고) : 도려내다.

27) 風通(풍통) : 바람이 통하다. 음양가陰陽家의 설에 따르면 동남쪽을 손巽이라 하고 서북쪽을 건乾이라 하는데, 손은 지호地戶이고 건은 천문天門이다. 따라서 동남풍에게 편지를 부쳐 천문의 서북쪽으로 통하게 한다는 것은 지상에서 하늘로 전해주는 것을

의미한다.

28) 附耳(부이) : 귀에 대고 말하다. 漏洩(누설) : 빠트리다.

29) 靑色龍(청색룡) : 청룡. 동방 별자리를 가리킨다.

30) 呀呀(하하) : 높은 모양.

31) 從官(종관) : 속관. 예로부터 궁중의 여러 관직을 별자리에 해당시켰다.

32) 嚼啜(작철) : 먹고 마시다. 官家(관가) : 관청. 여러 별자리를 가리킨다.

33) 赤鳥(적조) : 남방 별자리를 가리킨다.

34) 尾禿(미독) : 꽁지털이 다 빠지다. 꽁지가 짧다는 말이다. 원래 동방 화조는 꽁지가 짧다. 翅觰沙(시다사) : 날개가 활짝 펴지다.

35) 呀呀(아아) : 새가 우는 소리. '하하'로 읽으면 입을 크게 벌린 모양을 뜻하는데, 30번 주석이 있는 구의 운과 중복된다.

36) 吻(문) : 입 주위 부분을 가리킨다. 노동의 〈월식〉에서 "월식이 조궁의 12도에서 일어났다(月蝕鳥宮十二度)"라고 하였는데, 남방 별자리 중 12도에 해당하는 것은 유수柳宿이며 이는 새의 부리를 상징한다. 이곳에서 월식이 일어났으므로 두꺼비가 새의 부리를 스쳐지나갔다고 한 것이다.

37) 省事(생사) : 일을 줄이다. 일을 편리에 따라 간단하게 처리하다. 觜(자) : 부리.

38) 於菟(오도) : 호랑이. 여기서는 서방 별자리인 백호白虎를 가리킨다. 蹲(준) : 웅크리다.

39) 旗旄(기모) : 삼기參旗와 묘수昴宿를 가리킨다. 삼기는 서방의 일곱 별자리 중 하나인 필수畢宿의 별로 무운武運을 주관한다. 묘수는 서방의 일곱 별자리 중 하나로 군대의 선봉군인 모두旄頭를 상징한다. 鬖毿(삼사) : 아래로 늘어뜨린 모양. 깃발의 모습이다. 또는 호랑이 털의 모습으로 보아 이 구를 기모가 백호를 호위하는 것으로 볼 수도 있다.

40) 白帝(백제) : 서방을 다스리는 신이다. ≪당육전唐六典≫에 따르면, 입추에 서쪽 교외에서 백제에게 제사를 지내는데, 서방의 삼신칠수三辰七宿도 함께 제사를 받는다고 한다.

41) 蠟禮(사례) : 한 해가 끝날 때 지내는 큰 제사이다. ≪예기・교특생郊特牲≫에 따르면, 천자의 사례에서는 여덟 신에게 제사를 지내는데 그 중 호랑이가 들어가며, 이는 밭을

해치는 멧돼지를 없애달라고 비는 것이다.

42) 烏龜(오구) : 검은 거북. 북방의 별자리인 현무玄武를 가리킨다. 怯姦(겁간) : 간악함을 겁내다.

43) 縮頸(축경) : 목을 움츠리다. 殼(각) : 껍데기.

44) 夸蛾(과아) : 전설상의 인물로 힘이 매우 세다. 抉(결) : 도려내다. 집어내다.

45) 卜師(복사) : 점치는 사람. 燒錐鑽灼(소추찬작) : 불에 달군 송곳으로 구멍을 뚫고 태우다. 거북점을 칠 때 송곳으로 구멍을 뚫어 불에 태운 뒤 갈라진 무늬를 보고 길흉을 판단하였다. 板(판) : 거북 껍데기를 가리킨다.

46) 此外(차외) 구 : 사방의 별자리 이외의 다른 별자리를 가리킨다. 노동의 〈월식〉 시에는 이외에도 세성歲星, 토성土星, 태백太白 등의 별에 대해서도 그 잘못을 지적하였다.

47) 瑣細(쇄세) : 자잘하다. 科(과) : 평가하다. 위법행위를 추궁하여 처벌하다.

48) 臣(신) : 한유를 가리킨다.

49) 啾嘩(추화) : 말이 잡다하고 시끄러운 모양.

50) 盲眼(맹안) : 어두운 눈. 사라진 달을 가리킨다. 纖瑕(섬하) : 조그만 하자.

51) 弊蛙(폐와) : 비열한 두꺼비. 主府官(주부관) : 부를 주관하는 관리. 다음 구의 내용을 보건대 여기서는 주방을 담당하는 관리를 말한다.

52) 皤(파) : 흰 부분. 두꺼비의 흰 배를 가리킨다.

53) 操杵臼(조저구) : 공이와 절구를 다루다. 토끼가 약초를 찧기 위해 절구질을 하는 것을 말한다.

54) 婆娑(파사) : 너울거리는 모양.

55) 姮娥(항아) : 신화에 나오는 달의 여신.

56) 有室家(유실가) : 가정을 가지다. 태양이 달을 아내로 맞이하는 것이다.

57) 孩稚(해치) : 어린 것. 두꺼비를 제외하고 월식과 관련된 모든 존재를 가리킨다.

58) 次(차) : 태양이 지나가는 길인 황도黃道. 여기서는 달이 지나가는 경로를 의미한다.

59) 磔死(책사) : 찢어 죽이다.

이 시는 노동이 지은 〈월식〉 시의 형식과 내용을 비슷하게 차용해서 지은 것이다. 노동의 〈월식〉 시는 1,600여자나 되는 장편시로, 월식이 일어나자 이에 대해 한탄하면서 하늘의 모든 별자리를 질책하고는 이를 상제에 호소하여 다시 원상 복귀했다는 내용을 적었다. 옛날 사람들은 일식이나 월식같은 천문현상은 혼란한 세태에 대한 하늘의 경고라고 생각했다. 원화 4년(809) 10월 항주恒州에서 성덕군成德軍 절도사 왕승종王承宗이 반란을 일으키자 헌종이 환관인 좌신책군호군중위左神策軍護軍中尉 토돌승최吐突承璀를 진주행영병마초토처치사鎭州行營兵馬招討處置使로 임명하여 토벌하게 하였지만 성과가 없었으며, 도리어 토벌군의 신책장神策將 역정진酈定進이 피살 되었고 사방의 절도사로 하여금 군사를 동원해 토벌하라고 지시했지만 듣지 않았다. 노동의 이 시는 당시 정치적인 혼돈 양상을 고발하고 이를 해결하지 못하는 조정의 무능을 풍자하기 위한 목적을 가지고 있었던 것으로 보인다.

한유가 지은 이 시는 대체로 다섯 단락으로 나눌 수 있다. 첫째 단락은 처음부터 '是夕' 구까지의 14구로 월식이 일어난 상황을 표현하였다. 온전한 모습으로 달이 떴지만 갑자기 어떤 벌레에게 잡아 먹혔으며 이로 인해 사방의 별이 환히 빛난다고 하였다. 천하를 환히 밝히는 천자의 기강이 사라지자 뭇 신하들이 활개 치게 되는 상황을 비유한 것으로 보인다.

두 번째 단락은 '玉川子' 구부터 '天羅' 구까지의 26구로 노동이 월식이 일어난 것에 대해 한탄하면서 그 원흉인 두꺼비를 죽여야 한다고 하였다. 원래 해와 달은 하늘의 눈동자인데 두꺼비가 달을 먹어버렸으니 하늘이 제대로 상황을 파악하지 못하게 되었다. 옛날 해가 열 개가 떴을 때 요가 그 태양을 없애려고 홍수를 나게 하자 많은 사람들이 다치게 되었는데, 만일 그때 두꺼비가 해를 먹었다면 이미 배가 불러 달을 먹지 않아도 되고 재앙을 없애서 좋은 평판을 얻었을 것이다. 하지만 지금 달을 먹어버렸으니 이는 죽을죄이고 하늘의 형벌을 피할 수 없을 것이다. 이러한 내용을 노동의 입을 빌려 말하여 그 잘못을 준엄하게 꾸짖었다.

세 번째 단락은 '玉川子立於庭' 구에서 '薄命' 구까지의 11구로 노동이 하늘의 천공에게 고하는 내용이다. 자신에게 두꺼비를 없앨 방도가 있지만 하늘에 올라가지 못했고 이를 실현하기 위해 바람의 신에게 자신의 말을 전해달라고 했지만 무산되었다고 하였다. 이에 노동은 무기력하게 가만히 있을 수밖에 없는 처지가 되었다.

네 번째 단락은 '東方' 구에서 '瑣細' 구까지의 24구로 월식을 방조한 사방의 별자리를 책망하는 내용이다. 노동의 〈월식〉 시에 이 부분은 사방의 별자리뿐만 아니라 세성, 토성, 태백성

등 여러 별에 관한 언급도 포함하고 있는데, 한유의 이 시에서는 사방의 네 별자리에 관해 요점만 제시하였다. 동방의 청룡은 백여 명의 속관을 거느리고 있지만 월식을 방조했으며, 남방의 주작은 바로 자신의 영역에서 월식이 일어났지만 아무런 조치를 취하지 않았다. 서방의 백호는 삼엄한 군대를 거느리고 여러 제사에 배향되지만 월식에 대해 별다른 일을 하지 못했으며, 북방의 현무는 추위와 무서움에 움츠리고만 있었다. 이러한 사방 별자리의 직무유기를 질책한 것은 당시 어지러운 정세에 있어 수수방관하고 있던 조정의 대신을 풍자한 것이다.

다섯 번째 단락은 '臣請' 구부터 마지막까지의 24구로 한유가 하늘에 기원한 내용과 이에 대한 하늘의 답변과 조치를 적었다. 두꺼비를 죽이고 달을 되돌려달라고 한유가 하늘에 청하니, 하늘이 이 말을 듣고 감응하여 그 뜻을 알려주었으며, 그 내용은 달을 돌려주고 두꺼비를 죽인다는 것으로 한유의 청과 동일하다.

마지막 단락인 한유와 상제의 대화는 노동의 〈월식〉 시에 나오지 않는 부분인데, 이는 노동의 시에서 마무리의 내용이 부족했던 것을 보충한 것으로 보인다. 시의 전체적인 내용은 1인칭과 2인칭 대명사를 사용하여 대체로 화자의 직접적인 서술을 구사하였는데, 이를 통해 더욱 생동감 있는 구조와 형식을 가지게 되었다. 네 번째 단락 역시 한유의 직접 화법으로 보아도 전혀 무리가 없다. 노동의 시가 괴팍한 언사와 방만한 느낌을 주는 반면에 한유의 이 시는 단정히 정리가 되었으며 주장이 뚜렷이 드러나 있다. 또한 노동의 시에는 당시의 구체적인 인명이 언급된 반면에 이 시는 전체적으로 우화의 성격을 띠고 있어서 직접적인 정치적 풍자의 성격은 누그러뜨리면서 문학적 성취도가 높아졌다.

이 시는 원화 5년(810) 11월 낙양에 있을 때 지은 것이다.

38

招揚之罘[1]

양지부를 부르다

柏生兩石間,	측백나무가 두 바위틈에 있어
萬歲終不大.	만년토록 끝내 크지 않았고,
野馬不識人,	야생마가 사람을 알아보지 못해
難以駕車蓋.	수레를 몰기 어려웠네.
柏移就平地,	측백나무는 평지로 옮기고
馬羈入廏中.	말은 굴레를 씌워 마구간에 넣으니,
馬思自由悲,	말은 자유를 그리워하며 슬퍼했고
柏有傷根容.	측백나무는 뿌리를 아파하는 모습이었네.
傷根柏不死,	뿌리를 아파해도 측백나무는 죽지 않아
千丈日以至.	천 장의 높이를 하루에 이르렀으며,
馬悲罷還樂,	말은 슬픔을 끝내고 다시 즐거워하여
振迅矜鞍轡.[2]	떨치며 안장과 고삐를 자랑했네.
之罘南山來,	양지부는 남산에서 왔는데
文字得我驚.	문장이 나를 놀라게 했기에,

館置使讀書,3	역참에 두고 책을 읽게 했지만
日有求歸聲.	날마다 돌아가길 청하는 소리를 하였네.
我令之罘歸,	내가 지부를 돌아가게 했으니
失得柏與馬.	측백나무와 말을 잃어버린 셈이고,
之罘別我去,	지부가 날 떠나갔으니
計出柏馬下.	그 계책은 측백나무와 말보다 못한 것이지.
我自之罘歸,	나는 지부가 돌아간 뒤부터
入門思而悲.	문에 들어서면 그리워하고 슬퍼하는데,
之罘別我去,	지부는 날 떠나간 뒤로
能不思我爲.	나를 그리워하지 않을 수 있겠는가?
灑掃縣中居,	현의 거처에 물 뿌리고 청소한 뒤
引水經竹間.	물을 이끌어 대나무 사이로 흐르게 하면,
囂譁所不及,4	세속의 시끄러움이 이르지 못하니
何異山中閒.	산속의 한가로움과 무엇이 다르겠는가?
前陳百家書,	앞에 백가의 책을 늘어놓았고
食有肉與魚.5	음식으로 고기와 생선이 있으니,
先王遺文章,	선왕이 남기신 문장을
綴緝實在余.6	엮는 일은 실로 우리에게 있네.
禮稱獨學陋,7	≪예기≫에서는 홀로 배우는 것이 비루하다고 하였고
易貴不遠復.8	≪역경≫에서는 멀리 가지 않아 돌아옴을 귀히 여기기에,
作詩招之罘,	시를 지어 지부를 부르면서
晨夕抱飢渴.	나는 아침저녁으로 굶주림과 목마름을 안고 있네.

· 주석 ·

1) 揚之罘(양지부) : 한유의 문하인. 종남산에 있다가 낙양으로 왔으며 원화 11년(816)에
진사가 되었다.

2) 振迅(진신) : 떨치다. 분기하다. 鞍轡(안비) : 안장과 고삐.

3) 館置(관치) : 역사. 또는 관사.

4) 囂譁(효화) : 세속의 시끄러움.

5) 食有(식유) 구 : 제나라 맹상군孟嘗君이 빈객을 좋아한다는 이야기를 풍훤馮諼이 듣고 그를 배알하니 맹상군은 그를 낮은 등급의 객사에 머물게 하였다. 열흘 후에 풍훤이 검을 두드리며 "긴 칼아 돌아가자꾸나. 생선 반찬도 없는데."라고 노래를 부르니 이를 들은 맹상군은 그를 좀 더 높은 등급의 객사에 머물게 하고 생선을 먹게 하였다. 닷새 후에 또 풍훤이 검을 두드리며 "긴 칼아 돌아가자꾸나. 타고 다닐 수레도 없는데."라고 노래를 부르니 좀 더 높은 등급의 객사에 머물게 하고 수레를 제공하였다.

6) 綴緝(철집) : 엮다.

7) 獨學陋(독학루) : ≪예기·학기學記≫에 "홀로 배우며 벗이 없으면 고루해지고 과문해진다.(獨學而無友, 則孤陋而寡聞.)"라는 말이 있다.

8) 不遠復(불원복) : ≪주역·복復≫에 "멀리가지 않고 돌아오니 후회하는 일이 없다.(不遠, 復, 无祗悔.)"라는 말이 있다.

해설

이 시는 한유의 문하생인 양지부가 고향으로 돌아가자 다시 부르며 지은 것이다. 스승이 떠나간 제자를 그리워하며 다시 부른다는 것은 스승의 자존심을 상하게 할 수도 있을 터인데 그만큼 한유가 제자를 사랑하고 아끼는 마음이 컸음을 짐작할 수 있다.

첫 12구에서는 측백나무와 말의 비유를 통해 제자를 데리고 와서 육성하는 상황을 표현하였다. 측백나무가 바위틈에서 자라지 못하다가 평지로 옮기니 처음에는 뿌리가 아프지만 이내 천 장 높이로 자라게 되었으며, 말이 사람을 알지 못해 쓰임을 받지 못하다가 굴레를 씌우니 처음에는 불편하였지만 이내 치달리며 사람을 태우고 수레를 끌게 되었다. 이를 통해 거친 재주를 가진 이를 한유의 문하생으로 들여놓고 교육을 시키면 처음에는 그 규율과 환경에 적응하지 못해 힘들지만 이내 훌륭한 선비가 될 수 있을 것임을 말하였다.

'之罘' 구에서 '能不' 구까지의 12구에서는 양지부가 뛰어난 자질을 가지고 있기에 한유가 문하에 두고 교육을 시켰지만 이내 고향으로 돌아가겠다고 하여 떠나보낸 상황을 서술하였다. 위의 비유와 연관하여 한유가 양지부를 놓친 것은 측백나무와 말을 잃어버린 것이고, 양지부가 떠나가겠다고 한 계책은 평지로 옮긴 측백나무와 굴레를 쓰게 된 말의 계책보다 못한 것이라고 하였다.

'灑掃' 구부터 마지막까지의 12구에서는 한유가 양지부의 거처를 새로 손질하고 학습할 여건을 더 잘 갖추어놓았으니 그가 돌아오기를 바란다는 말을 하였다. 대나무 숲과 개울물을 조성하고 여러 책을 갖추어놓았으며 고기와 생선 등으로 잘 대접하겠다고 하였으니 스승으로서는 학생을 위해 최고의 예우를 갖춘 셈이다. 게다가 아침저녁으로 밥도 먹지 않고 물도 마시지 않고 기다린다고 하였으니 이 시를 받은 양지부는 반드시 돌아왔을 것이다.

이 시는 원화 5년(810) 하남령으로 있을 때 지은 것이다.

李花二首

자두꽃 2수

제2수

當春天地爭奢華,¹	봄을 맞아 천지가 화려함을 다투는데
洛陽園苑尤紛拏.²	낙양의 정원이 특히 어지럽구나.
誰將平地萬堆雪,³	누가 평지의 만 무더기 눈을
剪刻作此連天花.	자르고 새겨 하늘과 이어진 이런 꽃을 만들었나?
日光赤色照未好,	태양의 붉은 빛이 비추면 아직 좋지 않지만
明月暫入都交加.⁴	밝은 달빛이 잠시 들어오면 모두 엇섞여 더해지네.
夜領張徹投盧仝,⁵	밤에 장철을 데리고 노동의 집에 가니
乘雲共至玉皇家.	구름을 타고 함께 옥황의 집에 이른 것 같네.
長姬香御四羅列,⁶	키 큰 여인 향내 나는 시녀가 사방에 나열하여
縞裙練帨無等差.⁷	흰 치마에 누인 수건이 하나같은데,
靜濯明粧有所奉,	깨끗하게 씻고 밝게 단장하여 받들려는 뜻이 있으나
顧我未肯置齒牙.⁸	나를 돌아보고는 말을 하려하지 않는구나.
淸寒瑩骨肝膽醒,⁹	맑고 서늘한 기운이 뼈에 사무쳐서 간담이 깨어나니

一生思慮無由邪.　　　일생토록 생각이 사악할 수 없겠구나.

주석

1) 奢華(사화) : 화려함.

2) 紛挐(분나) : 어지러운 모양. 성대한 모양.

3) 將(장) : ~을 가지고서. 萬堆雪(만퇴설) : 만 무더기의 눈. 하얀 자두꽃이 많은 것을 비유한 것이다.

4) 交加(교가) : 엇섞여 더해지다. 달빛과 자두꽃빛이 서로 더해져 엇갈리며 빛난다는 뜻이다.

5) 張徹(장철) : 한유의 문하생이며 한유의 조카사위이다. 진사가 된 뒤 전중시어사殿中侍御史 등의 관직을 역임했다. 投盧仝(투노동) : 노동의 집에 들르다. 노동은 일찍이 숭산嵩山의 소실산小室山에 머물다가 낙양으로 옮겼으며 평생 관직에 나아가지 않았다.

6) 長姬(장희) : 키 큰 여인. 香御(향어) : 향내 나는 여인. 둘 다 자두나무를 비유한 것이다.

7) 縞裙(호군) : 흰 치마. 練帨(연세) : 삶아서 하얗게 만든 수건.

8) 置齒牙(치치아) : 말을 하다.

9) 瑩骨(영골) : 뼈에 사무치다. 뼈에 기운이 들어오다.

해설

이 연작시는 자두꽃에 대한 감회를 적은 것이다. 제2수는 자두꽃이 한창인 상태를 읊었지만 제1수는 자두꽃이 시든 것을 읊었기에 순차적으로 지은 것은 아닌 걸로 보인다. 대체로 원화 6년(811) 하남령河南令으로 있을 때 지은 것으로 추정한다.

제2수는 장철과 함께 노동의 집에서 자두꽃을 즐긴 상황을 묘사하였다. 전반부 6구에서는 낙양의 정원에 자두꽃이 무더기로 피었으며 특히 낮보다 밤에 더 아름답다고 하였다. 후반부 8구에서는 장철을 데리고 노동의 집으로 가서 밤에 자두꽃을 감상하니 마치 구름을 타고 옥황의 거처에 온 듯하다고 하였다. 자두꽃을 키가 크고 향내가 나며 흰 치마에 누인 수건을 차려입은 여인에 비유하여 그 화려함과 단정함을 칭송하였다. 하지만 이 정갈한 여인이 자신을 보고는 말을 하러 하지 않는다고 하였는데, 아마도 삿된 생각을 가지고 있는 속인을 거들떠보지도 않는 것이 아닌가라는 생각을 했던 듯하다. 이에 맑고 서늘한 기운이 뼈에 사무치며 정신이 번쩍 차려지게 된다고 하였다. 단순히 화려한 꽃구경에만 그치는 것이 아니라 이를 통해 기운과 생각을 다시 바로 잡을 수 있는 계기가 되었으니, 이는 비단 한유의 개인적인 경험에만 그치는 것이 아니라 장철과 노동에게까지 영향을 미쳤을 것이다. 마지막 구에서는 ≪시경・노송魯頌・경駉駉≫의 "사악함이 없다(思無邪)"라는 구절을 활용한 것이니, 항상 삿됨을 지양하고 정결함과 고고함을 견지해야 하는 마음을 가지고 있었음을 보여준다.

40

石鼓歌¹

석고의 노래

張生手持石鼓文,²
勸我試作石鼓歌.
少陵無人謫仙死,³
才薄將奈石鼓何.⁴
周綱陵遲四海沸,⁵
宣王憤起揮天戈.⁶
大開明堂受朝賀,⁷
諸侯劍珮鳴相磨.⁸
蒐于岐陽騁雄俊,⁹
萬里禽獸皆遮羅.¹⁰
鐫功勒成告萬世,¹¹
鑿石作鼓隳嵯峨.¹²
從臣才藝咸第一,
揀選撰刻留山阿.¹³

장적이 손수 석고의 글을 가지고 와서는
나더러 석고 노래를 한번 지어 보라고 권하는데,
소릉에는 사람이 없고 적선은 죽었으며
내겐 재주가 옅으니 석고를 어이하겠는가?
주나라 기강이 쇠락하여 사해가 들끓자
선왕이 떨쳐 일어나 하늘의 창을 휘둘러,
명당을 크게 열고 조회와 축하를 받으니
제후의 검과 패옥이 울리며 서로 스쳤네.
기산 남쪽에서 사냥하며 영웅 준걸이 달려
만 리 영토의 날짐승 들짐승이 모두 잡히자,
공로와 성과를 새겨 만대에 알리려
돌을 캐내 북을 만드느라 높은 산을 무너뜨렸으며,
따르는 신하의 재주와 기예는 모두 제일이지만
선발한 뒤 글을 짓고 새겨 산에 남겨놓았네.

雨淋日炙野火燎,14　　비가 흠뻑 적시고 햇볕이 그슬며 들불이 태웠지만
鬼物守護煩撝呵.15　　귀신이 보호하느라 꾸짖으며 수고했네.
公從何處得紙本,16　　그대는 어디에서 탁본을 얻었는가?
毫髮盡備無差訛.17　　터럭같이 세미한 곳까지 모두 갖추어 틀림이 없는데,
辭嚴義密讀難曉,18　　말은 심오하고 뜻은 은밀하여 읽어도 이해하기 어렵고
字體不類隸與科.19　　글자 모양은 예서나 과두문 같지는 않네.
年深豈免有缺畫,　　해가 오래되어 어찌 빠진 획이 있을 수 없겠냐만
快劍斫斷生蛟鼉.20　　날선 검으로 산 교룡과 악어를 베어 자른 듯하고,
鸞翔鳳翥衆仙下,21　　난새와 봉황이 날며 여러 신선이 타고 내려오는 듯하며
珊瑚碧樹交枝柯.　　산호와 푸른 옥 나무의 가지가 엇갈린 듯하고,
金繩鐵索鎖紐壯,22　　금 밧줄 쇠밧줄로 고리를 세게 묶어서
古鼎躍水龍騰梭.23　　옛 솥이 물에서 튀어나올 때 용이 베틀 북이 되어 솟아 오른 듯하네.

陋儒編詩不收入,24　　비루한 선비가 ≪시경≫을 편찬하면서 이를 싣지 않아
二雅褊迫無委蛇.25　　대아와 소아의 작품이 편협해져 여유가 없어졌으며,
孔子西行不到秦,　　공자가 서쪽으로 가면서 진나라는 가지 않아
掎摭星宿遺羲娥.26　　별은 따면서 해와 달은 남겨놓은 셈이었구나.
嗟余好古生苦晚,　　아아 나는 옛 것을 좋아하지만 실로 뒤늦게 태어났기에
對此涕淚雙滂沱.27　　이를 대하니 눈물이 두 줄기로 줄줄 흐르네.
憶昔初蒙博士徵,28　　기억컨대 예전에 처음 은혜를 입어 불려가 박사가 되었을 때
其年始改稱元和.　　그해에 비로소 원화로 연호를 바꿔 불렀는데,
故人從軍在右輔,29　　친구는 우보에서 종군하면서
爲我度量掘臼科.30　　나를 위해 그 크기를 헤아리고는 구덩이를 팠지.
濯冠沐浴告祭酒,31　　나는 관을 씻고 목욕한 뒤 좨주께 아뢰길
如此至寶存豈多.　　"이처럼 최고의 보물이 남겨진 게 어찌 많겠습니까?
氈包席裹可立致,32　　담요로 감고 자리로 싸서 곧장 가져올 수 있으니

十鼓祇載數駱駝.
薦諸太廟比郜鼎,33
光價豈止百倍過.
聖恩若許留太學,
諸生講解得切磋.
觀經鴻都尙塡咽,34
坐見擧國來奔波.
剜苔剔蘚露節角,35
安置妥帖平不頗.36
大廈深簷與蓋覆,37
經歷久遠期無佗.38
中朝大官老於事,39
詎肯感激徒媕婀.40
牧童敲火牛礪角,41
誰復著手爲摩挲.42
日銷月鑠就埋沒,43
六年西顧空吟哦.44
羲之俗書趁姿媚,45
數紙尙可博白鵝.46
繼周八代爭戰罷,47
無人收拾理則那.48
方今太平日無事,
柄任儒術崇丘軻.49
安能以此上論列,
願借辨口如懸河.
石鼓之歌止於此,

열 개의 북은 다만 낙타 몇 마리에 싣기만 하면 됩니다.
태묘에 바친다면 고나라의 솥에 비교해도
번쩍이는 가치가 어찌 백배 이상에 그치겠습니까?
천자의 은혜로 만일 태학에 두도록 허락하시면
여러 학생들이 공부하여 갈고 닦을 수 있을 것이고,
경문을 보기 위해 홍도문은 오히려 사람으로 메워져
온 나라가 거센 파도처럼 오는 것을 보게 될 것입니다.
이끼를 깎고 도려내어 글자의 마디와 모서리를 드러내고서
안전하게 잘 두고 기울지 않게 평평하게 하여,
큰 건물에 깊은 처마로 덮어주면
오랜 시간이 지나도 별고 없을 수 있습니다."라고 하였지.
조정의 높은 관원은 일에 타성이 젖어
그저 머뭇거릴 뿐 어찌 감격하려 했겠는가?
목동이 부싯돌을 치고 소가 뿔을 갈고 있지만
누가 다시 착수하여 어루만지겠는가?
세월이 흘러 묻혀버리게 되었으니
육년 동안 서쪽을 돌아보며 공연히 읊조리네.
왕희지의 세속적인 글은 아름다움에 힘입어
몇 장으로 오히려 흰 거위를 얻을 수 있었지만,
주나라에 뒤이은 여덟 조대에서는 전쟁이 끝나도
수습하는 이가 없으니 관리는 어떡하겠는가?
바야흐로 지금은 태평하여 날마다 일이 없으며
권력을 유가에 맡기고 공자와 맹자를 숭상하는데,
어떻게 하면 이 문제를 의론의 대열에 올릴 수 있겠는가?
바라노니 황하를 걸어 놓은 듯한 달변가를 빌릴 수 있기를.
석고의 노래는 여기서 끝나는데

嗚呼吾意其蹉跎.50   오호! 내 뜻은 무산될 것 같구나.

·주석·

1) 石鼓(석고) : 북 모양의 돌이다. 당나라 초에 천흥天興(지금의 섬서성 보계시寶鷄市)에
   서 10개가 발견되었으며, 각각 사언시 한 수가 주문籒文으로 새겨져 있었다. 옛 왕이
   사냥한 내용이 적혀있는데, 이에 대해 주나라 문왕文王, 선왕宣王, 진秦나라 문공文公,
   목공穆公, 헌공獻公 등 여러 가지 설이 있으며, 당시 한유는 선왕으로 추정하였다.
   중국의 석각문자 중 현존하는 가장 오래된 것이다.

2) 張生(장생) : 장적張籍. 한유의 추천을 받아서 경사로 가 과거에 급제하였으며, 이후
   태상태축太常太祝, 국자조교國子助敎, 비서랑秘書郎, 국자박사國子博士, 수부원외랑
   水部員外郎, 국자사업國子司業을 역임했다. 이와 달리 한유의 문인門人인 장철張撤이
   라는 설도 있다.

3) 少陵(소릉) : 지금의 섬서성 서안시 남동쪽의 지명으로 두보杜甫가 자신을 '소릉야인少
   陵野人'이라고 불렀다. 謫仙(적선) : 폄적된 신선. 하지장賀知章이 이백李白에게 지어
   준 별명이다.

4) 奈何(내하) : 어찌하겠는가?

5) 陵遲(능지) : 쇠미하다.

6) 宣王(선왕) : 주나라 여왕厲王의 아들. 변방 이민족과 많은 전쟁을 하였다.

7) 明堂(명당) : 고대 천자가 조회나 제사 등의 의식을 열던 곳.

8) 劍珮(검패) : 검과 패옥.

9) 蒐(수) : 천자의 봄 사냥. 岐陽(기양) : 기산의 남쪽. 기산은 지금의 섬서성 기산현에
   있다. 선왕이 기산에서 수렵했다는 사실은 현재의 기록에는 남아 있지 않다.

10) 遮羅(차라) : 갇히고 그물에 걸리다. 각종 짐승이 잡힌 것이다.

11) 鐫功(전공) : 공적을 새기다. 勒成(늑성) : 성과를 새기다.

12) 鑿石(착석) : 돌을 캐다. 隳嵯峨(휴차아) : 높은 산을 무너뜨리다.

13) 揀選(간선) : 선정하다. 글을 쓸 사람을 선발하는 것이다. 또는 글을 새기기에 좋은
    돌을 고르는 것으로 볼 수도 있다.

14) 雨淋(우림) : 비가 흠뻑 적시다. 日炙(일자) : 햇볕이 굽다. 燎(료) : 불에 타다.

15) 撝呵(휘가) : 질책하다. 석고를 훼손하는 존재에 대해 귀신이 질타하는 것으로 석고를 보호하는 행위이다.

16) 紙本(지본) : 탁본.

17) 差訛(차와) : 잘못되다. 틀리다.

18) 辭嚴(사엄) : 글이 비밀스럽다. 또는 표현이 심오하다. 義密(의밀) : 뜻이 은밀하다. 또는 뜻이 촘촘하다. 뜻이 세밀하다.

19) 科(과) : 서체의 일종인 과두체蝌蚪體. 전해지는 바에 따르면 공자의 옛 집에서 나왔다는 벽중서壁中書가 이 서체로 쓰였다고 한다.

20) 斫斷(작단) : 베고 자르다. 蛟鼉(교타) : 교룡과 악어.

21) 翥(저) : 날아오르다.

22) 鎖紐(쇄뉴) : 기물 윗부분에 잡거나 밧줄로 묶을 수 있는 부분.

23) 古鼎(고정) : 옛 솥. 우임금이 구주九州를 상징하여 만든 아홉 개의 솥. 주나라 때까지 국가의 보물로 전했는데, 진秦나라가 주나라를 공격해 솥을 빼앗아 갔다. 운반하던 도중 사수泗水에서 솥 한 개를 빠트렸는데 이후 진시황이 그것을 발견하고는 수천 명을 동원하여 그것에 밧줄을 묶어 건지려고 하자 용이 그 줄을 끊어버렸다고 한다. 龍騰梭(용등사) : 용이 솟구쳐 올라 변한 베틀 북. 진晉나라 도간陶侃이 어렸을 때 뇌택雷澤에서 물고기를 잡다가 베틀 북이 그물에 걸렸기에 그것을 벽에 걸어놓았는데, 갑자기 우레와 비가 들이쳐 그것이 용으로 변해 날아갔다고 한다.

24) 陋儒(누유) : 비루한 선비. 여기서는 ≪시경≫의 시를 채록采綠한 이를 가리킨다.

25) 褊迫(편박) : 편협하다. 委蛇(위타) : 여유롭다. 장중莊重하다.

26) 掎摭(기척) : 따서 취하다. 星宿(성수) : 별. 범상한 작품을 비유하며 여기서는 ≪시경≫에 수록된 시를 가리킨다. 羲娥(희아) : 태양의 신인 희화羲和와 달의 여신인 항아姮娥. 해와 달을 상징한다. 여기서는 뛰어난 작품을 비유하며 석고의 시를 가리킨다.

27) 滂沱(방타) : 눈물이 줄줄 흐르는 모양.

28) 博士徵(박사징) : 박사로 불려가다. 한유는 원화 원년(806) 국자감 박사가 되었다.

29) 故人(고인) : 친구. 누구인지는 알려져 있지 않다. 右輔(우보) : 부풍扶風으로 봉상부鳳

翔府를 가리키며, 지금의 섬서성 봉싱현 일대이다.

30) 臼科(구과) : 절구 모양의 구덩이.

31) 祭酒(좨주) : 국자감의 최고 책임자. 당시의 좨주는 정여경鄭餘慶이었다.

32) 氈包席裹(전포석과) : 담요로 싸고 자리로 싸다. 석고를 잘 포장하는 것이다.

33) 郜鼎(고정) : 고나라의 솥. 고나라는 주 문왕의 아들이 봉해진 나라이다. 고나라에서 솥을 만들어 종묘의 제기로 사용하고 이를 나라의 보물로 여겼다. 후에 송宋나라가 이 솥을 빼앗아 갔다가 노魯나라 환공桓公에게 뇌물로 바쳤는데 환공은 이를 자기 나라의 종묘에 바쳤다.

34) 鴻都(홍도) : 낙양의 홍도문鴻都門. 후한의 영제靈帝가 광화光和 원년(178)에 홍도문 학생을 두었다. 영제가 희평熹平 4년(175)에 육경의 문자를 교정하도록 조서를 내리자 채옹蔡邕이 교정한 문자를 돌비석에 새겼다. 이것을 태학에 세웠는데 그것을 구경하고 베끼려는 자가 거리를 가득 메웠다고 한다. 이 시에서 육경의 문자가 홍도문에 있다고 했는데 아마도 한유의 착오인 듯하다. 填咽(전열) : 가득 메우다.

35) 剜苔剔蘚(완태척선) : 이끼를 발라내고 도려내다. 석고를 청소하는 것이다.

36) 妥帖(타첩) : 안전하게 자리를 잡다. 頗(파) : 기울다.

37) 大廈(대하) : 큰 건물.

38) 無佗(무타) : 별다른 일이 없다. 손상이 없음을 뜻한다.

39) 老(노) : 노련하다. 여기서는 타성에 젖었음을 말한다.

40) 詎(거) : 어찌. 嫜婀(암아) : 머뭇거리다.

41) 敲火(고화) : 부싯돌을 치다. 석고를 부싯돌로 사용하는 것이다. 礪角(여각) : 뿔을 갈다.

42) 摩挲(마사) : 어루만지다.

43) 日銷月鑠(일소월삭) : 날과 달이 사라지다. 세월이 흘러가다.

44) 六年(육년) : 친구가 구덩이를 판 원화 원년부터 이 시를 쓴 원화 6년까지를 말한다. 吟哦(음아) : 읊조리다. 시를 짓다.

45) 羲之(희지) : 동진東晉의 서예가인 왕희지王羲之. 俗書(속서) : 세속적인 서예. 당시 시류에 맞는 서체. 趁姿媚(진자미) : 멋있음을 이용하다.

46) 博白鵝(박백아) : 흰 거위를 얻다. 왕희지는 거위를 좋아하였는데, 산음의 도사가 거위
　　를 잘 기른다는 소문을 듣고는 그를 찾아가 ≪도덕경道德經≫을 써주고 거위를 얻어
　　돌아왔다.

47) 八代(팔대) : 대체로 주나라 이후 당나라 때까지의 한漢, 위魏, 진晉, 송宋, 제齊, 양梁,
　　진陳, 수隋의 여덟 조대를 가리키는 것으로 보인다. 또는 석고가 있던 장소의 조대
　　변화로 따지면 진秦, 한, 위, 진晉, 원위元魏, 제, 주周, 수의 여덟 조대가 된다.

48) 那(나) : 어찌하겠는가?

49) 丘軻(구가) : 공자와 맹자. '구'는 공자의 이름이고 '가'는 맹자의 이름이다.

50) 蹉跎(차타) : 뜻을 잃다. 시기를 놓치다.

해설

　　이 시는 장적張籍이 가져온 석고의 탁본을 보고 쓴 것이다. 시의 내용에 따르면 원화
원년(806) 국자박사로 있을 때 친구가 한유를 대신해 석고를 발굴했으며, 이를 장안으로 가지
고 오자고 국자좨주인 정여경에게 건의했으나 일이 성사되지 못하였고, 그로부터 6년이 지난
뒤 장적이 석고의 탁본을 가지고 왔기에 이를 보고 느낀 감회를 적었다.

　　송나라 구양수歐陽修의 ≪집고록集古錄≫에 따르면, 들에 방치되어 있던 석고를 정여경이
봉상의 공자묘에 처음 옮겼다고 한다. 정여경이 처음 한유의 건의를 받았을 때는 실행할
수 없었는데, 이후 산남서도절도관찰사山南西道節度觀察使가 되었을 때나 봉상윤鳳翔尹이
되었을 때 그 지역을 다스리면서 석고를 수습한 것으로 보인다.

　　이 시는 크게 세 부분으로 나뉜다. 첫 부분은 장적이 가져온 석고의 탁본을 보며 느낀
생각과 감회를 적었고 두 번째 부분은 원화 원년에 국자 좨주에게 석고를 장안으로 운반하자
고 건의했다가 시행되지 못한 상황을 적었으며, 마지막 부분에서는 현재에도 석고가 방치되
어 있음을 안타까워하는 마음을 표현하였다.

　　시의 첫 4구에서는 장적이 석고의 탁본을 가져와서 이를 시로 읊으라고 했지만 석고는
두보나 이백과 같은 인재라야 읊을 수 있는 대단한 물건이기에 그것에 대해 읊는 것은 자신의
능력에 부치는 일이라고 말하였다. 그 다음 12구에서는 석고가 만들어지게 된 과정에 대해
적었는데, 선왕이 천하를 평정한 뒤 수립한 것을 기리기 위해 훌륭한 돌에 우수한 인재의

시를 새겨 만들었으며 이후 귀신의 보호 아래에 보존되었다고 하였다. '公從' 구에서 '古鼎' 구까지의 10구에서는 탁본의 서체에 대해 갖가지 비유를 통해 묘사하였다. 그 다음 6구에서는 이렇게 훌륭한 시가 당연히 ≪시경≫에 수록되어야 하지만 그러지 못해 안타까워하는 마음을 표현하였다. ≪시경≫을 편찬한 이와 공자의 실수를 원망하는 듯하여 자칫 불경스럽게 느껴지기도 하지만 이는 석고의 우수함을 표현하기 위한 수사적 표현으로 봐야 할 것이다. '憶昔' 구에서 '經歷' 구까지의 18구에서는 원화 원년 석고를 발굴한 뒤 장안으로 옮겨 태묘나 태학에 두어 그 가치를 널리 활용하자고 제안한 내용을 적었다. 특히 당시 한유는 국자박사로서 태학의 학생들과 전국의 백성들을 교화시키기 위해 자신의 책무를 다하려는 모습이 돋보인다. 마지막 14구에서는 그 제안이 조정의 안일함으로 무산되고 석고가 야외에서 방치되고 있으며, 태평성세에 유가의 학설이 존중받고 있지만 그 대표적 유물인 석고를 정비하여 장안으로 갖다놓는 일을 다시 조정의 논의에 부칠 수 없음을 안타까워하였다.

한유는 유가의 정통 계승자를 자처했던 것만큼 유가 경전의 학습에도 힘을 기울였는데 ≪시경≫에 실릴 정도로 가치가 있는 석고를 잘 보관하여 후세에 남기고 아울러 후학 양성과 백성의 계몽에 활용하고자 하는 뜻을 표현한 이 시에서 그 애정과 열정을 확인할 수 있다. 비록 지금이 태평성세이고 공맹의 도가 숭상 받고 있다고 했지만 결국 석고에 대한 한유의 주장이 전혀 조정에서 논의될 가망성이 없다고 하였으니, 당시 상황에 대해 한유가 얼마나 절망적으로 생각했는지를 가늠할 수 있다.

이 시는 원화 6년(811) 하남령으로 있을 때 지은 것이다.

41

盧郎中雲夫寄示送盤谷子詩兩章歌以和之[1]

낭중 노운부가 반곡자를 보내며 지은 시 두 편을
내게 부쳐 보여주기에 노래하여 화답하다

昔尋李愿向盤谷,[2]	예전에 이원을 찾으러 반곡으로 갔다가
正見高崖巨壁爭開張.	높은 벼랑과 거대한 절벽이 다투어 펼쳐진 광경을 마침 보았지.
是時新晴天井溢,[3]	그때 갓 비가 개이자 천정관에 물이 넘치니
誰把長劍倚太行.[4]	누군가 긴 검을 태항산에 기대어 놓은 듯한데,
衝風吹破落天外,[5]	맹렬한 바람이 불어 깨뜨려 하늘 바깥에 떨어뜨리니
飛雨白日灑洛陽.	날리는 비가 햇빛을 받으며 낙양에 뿌려졌지.
東蹈燕川食曠野,[6]	동쪽으로 연천에 가서 넓은 들에서 식사를 하는데
有饋木蕨芽滿筐.[7]	어떤 이가 목궐을 주어 그 싹이 광주리에 가득 찼지.
馬頭溪深不可厲,[8]	마두의 개울은 깊어서 걸어서 건널 수 없기에
借車載過水入箱.[9]	수레를 빌려 타고 건너니 물이 객실 안으로 들어왔지.
平沙綠浪榜方口,[10]	평평한 모래와 푸른 물결의 방구에서 배를 저으니
雁鴨飛起穿垂楊.	기러기와 오리가 날아오르며 수양버들을 지나갔었지.
窮探極覽頗恣橫,[11]	끝까지 다 둘러보며 퍽이나 방자했는데
物外日月本不忙.	세속 바깥의 세월은 본시 바쁘지 않기 때문이었지.

歸來辛苦欲誰爲,	돌아와서의 고생은 누굴 위하려는 것이기에
坐令再往之計墮眇芒.12	다시 갈 계획을 아득함으로 떨어지게 했는가?
閉門長安三日雪,	장안에 삼일 동안 눈이 와서 문을 닫고서는
推書撲筆歌慨慷.13	책을 밀쳐놓고 붓을 내던진 채 강개함을 노래했지만,
旁無壯士遣屬和,14	옆에 화답하게 할 씩씩한 선비가 없기에
遠憶盧老詩顚狂.15	노씨 형의 시가 미친 듯함을 멀리서 생각했지.
開緘忽覩送歸作,	편지를 여니 돌아가는 이를 전송하며 지은 시가 홀연 보이고
字向紙上皆軒昂.16	글자가 종이 위에서 모두 우뚝한데,
又知李侯竟不顧,	게다가 알게 된 것은 이원이 결국 돌아보지 않고
方冬獨入崔嵬藏.17	한창 겨울인데 홀로 높은 산에 들어가 숨었다는 것이지.
我今進退幾時決,	나는 지금의 진퇴를 언제 결정할까?
十年蠢蠢隨朝行.18	십년동안 꿈틀거리며 조회 행렬을 따라다녔는데.
家請官供不報答,19	집안과 관청의 물품에 보답을 못했으니
何異雀鼠偸太倉.20	참새와 쥐가 큰 창고에서 훔치는 것과 뭐가 다른가?
行抽手版付丞相,21	장차 손에 쥔 홀을 빼어 승상에게 맡기고는
不待彈劾還耕桑.	탄핵을 기다리지 않고 밭 갈며 뽕나무 기르러 돌아가리라.

주석

1) 盧郎中雲夫(노랑중운부) : 낭중 노정盧汀. '운부'는 그의 자이다. 정원 원년(785) 진사에
급제하였으며, 우부사문원외랑虞部司門員外郞, 고부낭조庫部郎曹, 중서사인中書舍
人, 급사중給事中 등을 역임하였다. 盤谷子(반곡자) : 당시의 은자인 이원李愿. 반곡은
태항산의 지명으로 이원이 은거한 곳이다. 정원 17년(801)에 한유가 〈반곡으로 돌아가
는 이원을 보내며 쓴 서문送李愿歸盤谷序〉을 지었다.

2) 昔(석) : 예전. 한유는 원화 2년(807)부터 4년 정도 낙양에 있었는데, 당시에 반곡을
노닐었을 것이다.

3) 天井(천정) : 태항산의 천정관天井關.

4) 長劍(장검) : 천정관의 물이 넘쳐 천정계天井溪가 길게 흐르는 모습을 비유한 것이다.

5) 衝風(충풍) : 거센 바람.

6) 燕川(연천) : 반곡 인근의 지명.

7) 饋(궤) : 먹을 것을 주다. 木蕨(목궐) : 산나물의 일종이다.

8) 馬頭(마두) : 반곡 인근의 개울 이름. 厲(려) : 냇물의 깊이가 허리까지 와서 걸어서 건널 수 있는 곳. 여기서는 걸어서 물을 건넌다는 뜻이다.

9) 箱(상) : 수레에서 사람이 타는 곳을 말한다.

10) 榜(방) : 배를 젓다. 方口(방구) : 반곡 인근의 지명.

11) 窮探極覽(궁탐극람) : 끝까지 찾아보고 끝까지 둘러보다. 恣橫(자횡) : 제 멋대로 하다. 마음껏 즐기는 모습이다.

12) 坐(좌) : 그래서. 墮眇芒(타묘망) : 아득함 경지로 떨어지다. 허사가 되다.

13) 撲筆(박필) : 붓을 내던지다.

14) 遣屬和(유촉화) : 화창하게 하다.

15) 顚狂(전광) : 미치다. 행동거지가 어지럽고 규율에 얽매이지 않는 것을 말한다. 여기서는 노정의 시풍에 관해 언급한 것이다.

16) 軒昂(헌앙) : 우뚝 솟은 모양.

17) 崔嵬(최외) : 높은 산. 반곡이 있는 태항산을 가리킨다.

18) 十年(십년) : 한유가 박사가 된 정원 18년(802)부터 직방원외랑職方員外郎으로 있는 원화 6년까지를 가리킨다. 蠢蠢(준준) : 꿈틀거리는 모양. 또는 멍청한 모양.

19) 家請(가청) : 가정에서 요청하는 비용과 물품. 官供(관공) : 관청에서 공급하는 비용과 물품.

20) 太倉(태창) : 경사에 있는 큰 창고.

21) 手版(수판) : 관원이 손에 들고 있는 홀.

─ 해설 ─

이 시는 노정이 반곡으로 돌아가는 이원을 송별하며 쓴 시 두 수를 한유에게 부쳐오자 이에 화답한 것이다. 시는 크게 두 단락으로 나뉜다.

앞 단락은 '物外' 구까지의 14구로 예전에 반곡을 노닐었던 경험을 적었다. 높은 벼랑과 거대한 절벽이 있으며, 마침 비가 와서 천정천이 높은 곳에서 떨어지며 흐르는데 바람이 불어 그 물방울이 낙양까지 날려 떨어졌고, 연천, 마두, 방구 등을 노닐었던 상황을 묘사하였다. 그곳은 세속의 바깥에 있는 탈속의 장소라서 바쁠 이유가 없기에 느긋하게 마음껏 노닐었다고 하였다. 이는 비록 한유가 노닌 반곡을 말한 것이지만 결국 이원이 이번에 은거한 반곡이기도 한데, 그곳이 세속의 바깥이라고 말하면서 이원의 은자적 품성을 은연 중에 칭송하였으며 한유 자신 역시 은자의 삶을 지향하고 있다는 생각을 내포하고 있다.

뒤 단락은 그 후의 이야기를 적었다. 우선 첫 두 구에서는 반곡에서 돌아온 뒤 업무에 시달려 다시 반곡으로 갈 계획이 무산되었음을 말하였다. 이를 통해 반곡으로 가고자 하는 자신의 지향과 현실 관직 생활 간의 대립을 드러내었다. 다음 4구에서는 눈이 와서 출근하지 않은 날 자신의 신세에 대한 강개함을 토로하였는데 이를 함께 나눌 사람 특히 노정이 없는 것을 안타까워하는 마음을 표현하였다. 이를 통해 노정이 시를 지어 보낸 사실을 자연스럽게 이끌어내고 있다. 다음 4구에서는 노정이 시를 지어 보내온 사실을 적었는데, 그의 시가 여전히 강건한 풍격을 가지고 있음을 칭송하였고 이원이 반곡에 은거했음을 알게 되었다고 말하였다. 이는 자연스레 앞 단락에서 반곡 같은 곳에서 은일하고자 하는 자신의 지향과 연결된다. 마지막에서는 십년동안 관직에서 별 다른 업적도 없이 봉급만 받을 뿐이니 질책을 받아 그만두기 전에 은거하겠다는 뜻을 밝혔다.

제목에 노운부와 반곡자 두 사람이 언급되었지만 정작 시에서 노정의 이야기는 4구이고 반곡자의 이야기는 2구에 불과하고 나머지는 모두 반곡과 은일에 관련된 자신의 이야기이다. 마치 이백이 시를 지으면서 자신의 이야기를 많이 하여 자기중심적이라는 평가를 받는 것과 비슷한 느낌을 받는다. 하지만 시의 주지가 반곡에 은거하는 것을 기원하는 것이니 대체로 반곡자 이원의 기품을 칭송한 것으로 볼 수도 있다.

이 시는 원화 6년(811) 겨울 장안에서 직방원외랑職方員外郞으로 있을 때 지은 것이다.

42

送無本師歸范陽[1]

범양으로 돌아가는 무본 스님을 보내다

無本於爲文,　　　　무본은 글을 지음에 있어
身大不及膽.[2]　　　몸의 크기가 그 담에 미치질 못하니,
吾嘗示之難,　　　　내가 일찍이 그에게 어려운 것을 보여주어도
勇往無不敢.　　　　용감하게 가서 감히 하지 않음이 없었지.
蛟龍弄角牙,　　　　교룡이 뿔과 이를 놀려도
造次欲手攬.[3]　　　순식간에 손으로 잡으려 하였고,
衆鬼囚大幽,[4]　　　여러 귀신이 땅속 어둠 속에 갇혀있어도
下覷襲玄窞.[5]　　　아래로 훔쳐보며 어둑한 구덩이를 습격하였으며,
天陽熙四海,　　　　하늘의 태양이 사해에 빛나도
注視首不頷.[6]　　　주시하며 머리를 까딱이지도 않았고,
鯨鵬相摩窣,[7]　　　고래와 붕새가 서로 스치고 치더라도
兩擧快一啖.[8]　　　둘 다 들어서 재빨리 단번에 먹어버렸지.
夫豈能必然,　　　　반드시 그러리라고 어찌 생각할 수 있었으리요?
固已謝黯黭.[9]　　　실로 이미 나의 무지함을 사과하였네.

狂詞肆滂葩.¹⁰　　미쳐 날뛰는 듯한 글이 성대한 기세를 드러내고

低昂見舒慘.¹¹　　높은 소리 낮은 소리로 편안함과 근심스러움을 보여주며,

姦窮怪變得,　　교묘함, 극단적임, 괴이함, 변화무쌍함을 얻었지만

往往造平淡.　　매번 평담함으로 나아갔지.

風蟬碎錦繀.¹²　　바람 속 매미에 비단 무늬가 자잘하게 부서져 있고

綠池披菡萏.¹³　　푸른 연못에 연꽃봉오리가 폈으며,

芝英擢荒蓁,　　영지를 황량한 덤불에서 뽑아내고

孤翩起連菼.¹⁴　　외로운 새가 펼쳐진 물억새에 날아오르는 듯하지.

家住幽都遠,¹⁵　　집은 먼 유주의 도읍이니

未識氣先感.¹⁶　　그대를 알기도 전에 그 기운이 먼저 느껴졌지.

來尋吾何能,　　나를 찾아왔지만 내가 무엇을 할 수 있었으랴?

無殊嗜昌歜.¹⁷　　공자가 창포 절임을 좋아하게 된 것과 다르지 않았지.

始見洛陽春,　　처음 낙양의 봄에 만났을 때

桃枝綴紅糁.¹⁸　　복숭아 가지에 붉은 낟알이 엮여 있었고,

遂來長安里,　　이윽고 장안의 마을로 왔는데

時卦轉習坎.¹⁹　　시간을 점치니 11월로 변해 있었지.

老懶無鬪心,²⁰　　늙고 게을러 경쟁하려는 마음이 없어

久不事鉛槧.²¹　　오래도록 글쓰기를 일삼지 않았고,

欲以金帛酬,²²　　금과 비단으로 보답하고자 하여도

擧室常顑頷.²³　　온 집안에는 늘 누렇게 뜬 얼굴뿐이구나.

念當委我去,　　생각건대 나를 버리고 갈 때에

雪霜刻以憯.²⁴　　눈과 서리가 가혹하여 비통해하고,

獰飆攪空衢,²⁵　　거센 바람이 빈 거리를 어지럽혀

天地與頓撼.²⁶　　하늘과 땅이 함께 요동치고 뒤집어질 것이어서,

勉率吐歌詩,²⁷　　억지로 시를 토해내어

尉女別後覽.　　그대를 위로하니 헤어진 뒤에 한번 보게나.

1) 無本(무본) : 가도賈島의 법명. 자는 낭선浪仙이며 범양范陽(지금의 하북성 탁현涿縣) 사람이다. 처음에 장안으로 들어와 한유에게 자신의 시문을 보여주려고 했지만 마침 한유가 낙양에 있어 만나지 못하고 장적을 먼저 만났다. 원화 6년(811) 낙양에서 한유를 만나 교유하였으며, 한유가 장안으로 올 때 같이 온 것으로 보인다. 한유의 권유에 따라 환속하였으며 수차례 과거에 응시했지만 급제하지는 못하였다. 師(사) : 스님.

2) 身大(신대) 구 : 담이 몸보다 크다는 뜻으로 매우 대담하다는 말이다.

3) 造次(조차) : 순식간에. 급히. 攬(람) : 쥐다.

4) 大幽(대유) : 깊은 땅 속. 지옥.

5) 下覰(하처) : 아래를 엿보다. 玄窞(현담) : 검은 구덩이. 귀신들이 있는 땅 속을 가리킨다.

6) 頷(암) : 머리를 끄덕이다.

7) 摩窣(마솔) : 치다. 공격하다. '마'는 원래 붕새가 하늘을 스치는 것을 말하고 '솔'은 고래가 동혈에서 솟구쳐 나오는 것을 뜻한다.

8) 噉(담) : 씹다. 먹다.

9) 黯黕(암담) : 어둡다. 무지몽매함을 의미한다.

10) 肆(사) : 보여주다. 진설하다. 滂葩(방파) : 성대한 모양.

11) 低昂(저앙) : 음절의 고저를 뜻한다. 舒慘(서참) : 편안함과 근심스러움.

12) 碎錦纈(쇄금힐) : 비단을 부수다. 비단 무늬가 매미 날개에 자잘하게 퍼져 있는 것이다.

13) 披(피) : 피다. 펼치다. 菡萏(함담) : 연꽃봉오리.

14) 菼(담) : 물억새.

15) 幽都(유도) : 유주幽州의 도읍. 가도의 고향인 범양을 가리킨다.

16) 氣先感(기선감) : 기운을 먼저 느끼다. 유주는 협객으로 유명한데 가도에게서 그러한 기운이 먼저 느껴진다는 뜻이다.

17) 嗜昌歜(기창잠) : 창포 뿌리 절임을 좋아하다. 주 문왕이 창포 뿌리 절임을 좋아한다는 말을 공자가 듣고는 먹어보는데, 처음에는 얼굴을 찡그리며 먹었지만 삼년이 지나자 맛있어 했다고 한다. 이로부터 어진 이를 앙모하여 그 사람이 좋아하는 것을 따라

좋아한다는 뜻으로 사용된다.

18) 紅糝(홍삼) : 붉은 쌀알. 복숭아 꽃망울을 가리킨다.

19) 時卦(시괘) : 날짜를 점치다. 習坎(습감) : 8괘의 감괘가 중복되다. ≪주역≫ 64괘의
    감坎괘를 의미한다. 감괘는 겨울 중 대설, 동지, 소한이 있는 45일의 기간에 해당한다.

20) 鬪心(투심) : 문장으로 경쟁하는 마음을 가리킨다.

21) 鉛槧(연참) : 연분필鉛粉筆과 나무 판. 둘 다 글을 짓는 데 사용하는 도구로 여기서는
    글짓기를 뜻한다.

22) 金帛(금백) : 금과 비단. 가도와 헤어지며 선물로 주려는 것이다.

23) 顑頷(함함) : 굶주려 얼굴이 누렇게 되다.

24) 刻(각) : 가혹하다. 憯(참) : 슬퍼하다. 참혹하다.

25) 獰飆(영표) : 거센 바람. 攪(교) : 어지럽히다.

26) 頓撼(돈감) : 요동치고 뒤집히다.

27) 勉率(면솔) : 억지로.

(해설)

　이 시는 고향으로 돌아가는 가도를 전송하며 지은 것이다. 대체로 두 단락으로 나뉘어지는
데 전반부에서는 가도의 인품과 문학적 풍격에 대해 말하였고 후반부는 두 사람이 만난
뒤 한유가 그다지 해준 것도 없고 헤어짐에 보답할 것도 없기에 이 시를 지어준다고 하여
헤어짐의 아쉬움을 표현하였다.

　첫 12구에서는 물불을 가리지 않고 어려움을 헤쳐 나가는 가도의 인품을 칭송하였다. 한유
가 아무리 어려운 문제나 힘든 일을 제시해도 가도는 힘찬 기세로 조금의 머뭇거림도 없이
해결하였음을 여러 가지 비유를 통해 표현하였다. 그 다음 10구에서는 가도 문학의 풍격을
표현하였다. 교묘함, 극단적임, 괴이함, 변화무쌍함 등 다른 사람이 보기에는 괴벽스런 면이
있지만 결국에는 평담함으로 나아가는 풍격이 있으며, 그 속에는 또한 화려함과 청담함이
갖추어져 있어 독보적인 인상을 주고 있다고 하였다.

　후반부의 첫 12구는 두 사람이 낙양에서 만나서 장안으로 왔다가 이제 헤어지게 되었음을
말하였다. 한유가 그를 위해서 뭔가를 해줄 수 있는 능력이 없고 막상 헤어지게 되었지만

그동안의 감사함에 보답할 것도 없다고 하였다. 이는 한유가 자신을 겸손하게 표현한 것인데 그 이면에는 가도가 자신의 문하생이기는 하지만 능력이 뛰어남을 칭송하는 뜻이 담겨져 있다. 마지막 6구에서는 헤어진 뒤 모진 풍파 속에 가도가 힘들게 고생할 것을 염려하여 이 시를 주어 위로한다는 뜻을 표현하였다.

이 시를 읽다보면 가도에 대한 한유의 애착이 다른 누구보다도 더했던 것을 알 수 있다. 그의 시풍에 대한 평가와 성실하고 대담한 그의 품성에 대한 평가는 상당히 냉정하면서도 감성적이다. 그리고 이 시는 험운에 속하는 상성 감感운의 글자를 거의 다 사용하여 자신의 창작능력을 극한까지 드러내었으며 가도 시풍의 풍격을 표현하면서 다양한 비유를 구사하였는데, 이것이 상대방에게 한유 자신의 애정을 표현하는 방식이었을 것이다.

이 시는 원화 6년(811) 11월 장안에서 직방원외랑職方員外郎으로 있을 때 지은 것이다.

雙鳥詩

한 쌍의 새

雙鳥海外來,	한 쌍의 새가 바다 바깥에서 와서
飛飛到中州.	날고 날아 중원에 도착하였지만,
一鳥落城市,	한 마리는 도성에 머물고
一鳥集巖幽.¹	한 마리는 깊은 바위에 내려앉았네.
不得相伴鳴,	서로 짝하여 울지 못하고서
爾來三千秋.	이후로 삼천년이 흘렀는데,
兩鳥各閉口,	두 새는 각기 입을 닫았지만
萬象銜口頭.²	만물을 입에 머금었네.
春風卷地起,	봄바람이 땅을 말며 거세게 일어나
百鳥皆飄浮.³	온갖 새가 모두 날아다니자,
兩鳥忽相逢,	두 새가 홀연 서로 만나
百日鳴不休.	백일이 지나도 울음을 그치지 않았네.
有耳眈皆聾,⁴	귀가 있는 것은 시끄러워 모두 귀가 멀고
有舌反自羞.	혀가 있는 것은 돌아보며 자신을 부끄러워하였으니,

百舌舊饒聲,5　　백설이 예부터 소리를 많이 냈지만
從此恒低頭.　　이때부터는 항상 머리를 숙였고,
得病不呻喚,6　　병이 들어도 신음하지 못한 채
泯默至死休.7　　침묵하던 것을 죽어서야 그만둘 정도였네.
雷公告天公,　　뇌공이 천공에게 고하길
百物須膏油.8　　"만물은 윤택하게 할 비를 필요로 하는데,
自從兩鳥鳴,　　두 새가 운 뒤로는
聒亂雷聲收.　　소란스러워서 우레는 소리를 거두었고,
鬼神怕嘲詠,　　귀신은 조롱하며 노래하는 것을 무서워하여
造化皆停留.　　조화의 운행이 모두 멈추었습니다.
草木有微情,　　초목은 하찮은 정만 있지만
挑抉示九州.9　　뽑혀서 구주에 다 드러내 보였고,
蟲鼠誠微物,　　벌레와 쥐는 진정 미물이지만
不堪苦誅求.10　　잡아먹힐까 괴로워함을 감당하지 못합니다.
不停兩鳥鳴,　　두 새의 울음을 멈추게 하지 않으면
百物皆生愁.　　만물이 모두 근심스러워할 것이고,
不停兩鳥鳴,　　두 새의 울음을 멈추게 하지 않으면
自此無春秋.　　이때부터 봄과 가을이 없어질 것이며,
不停兩鳥鳴,　　두 새의 울음을 멈추게 하지 않으면
日月難旋輈.11　　해와 달이 궤도를 돌기 어려울 것이고,
不停兩鳥鳴,　　두 새의 울음을 멈추게 하지 않으면
大法失九疇.12　　아홉 가지 큰 법을 잃어버릴 것이니,
周公不爲公,　　주공이 공정하지 못하게 되고
孔丘不爲丘.13　　공구가 높지 못하게 될 것입니다."라고 하였네.
天公怪兩鳥,14　　천공이 두 새를 질책하여
各捉一處囚.　　각각 잡아서 다른 곳에 가두니,

百蟲與百鳥,　　　　　온갖 벌레와 모든 새가

然後鳴啾啾.15　　　　 그 후로 재잘재잘 울게 되었네.

兩鳥旣別處,　　　　　두 새는 따로 지내게 되면서는

閉聲省愆尤.16　　　　 소리를 내지 않고 허물을 반성하면서,

朝食千頭龍,　　　　　아침에는 용 천 마리를 먹고

暮食千頭牛.　　　　　저녁에는 소 천 마리를 먹었네.

朝飮河生塵,　　　　　아침에는 황하를 마셔 먼지가 날리고

暮飮海絶流.　　　　　저녁에는 바다를 마셔 물길이 끊어지도록,

還當三千秋,　　　　　또 삼천년이 흘러가면

更起鳴相酬.　　　　　다시 일어나 울며 서로 답하리라.

· 주석 ·

1) 集(집) : 머물다. 巖幽(암유) : 깊은 곳에 있는 바위.

2) 銜口頭(함구두) : 입에 머금다. 문인이 시문으로 만물을 표현하기 위해 생각을 가다듬
   는 것을 비유한다.

3) 飄浮(표부) : 날다.

4) 聒(괄) : 시끄럽다.

5) 百舌(백설) : 떼까치. 여러 가지 소리를 잘 낸다고 한다. 饒(요) : 풍부하다.

6) 呻喚(신환) : 고통스러워하며 신음하다.

7) 泯默(민묵) : 소리를 내지 않고 침묵하다.

8) 膏油(고유) : 기름. 윤택하게 하는 물질로 여기서는 비를 가리킨다.

9) 挑抉(도결) : 뽑히다.

10) 誅求(주구) : 강제로 빼앗다. 여기서는 새가 잡아먹는 것을 말한다.

11) 旋輈(선주) : 돌다. 운행하다.

12) 九疇(구주) : 천제가 요임금에게 내렸다고 하는 아홉 가지 법칙.

13) 周公(주공) 두 구 : 주공과 공자 같은 성인의 도가 더 이상 시행되지 못한다는 뜻이다.

"주공이 공이 되지 않고 공구가 구가 되지 않는다."로 풀이하여 주공과 공자가 더 이상 그들의 정체성을 유지 못하는 것으로 볼 수도 있다.

14) 怪(괴) : 질책하다.
15) 啾啾(추추) : 새나 곤충이 우는 소리.
16) 愆尤(건우) : 허물.

해설

이 시는 두 마리 새에 관한 이야기를 적었는데, 의론은 없고 오로지 그 상황만을 적었으며 일종의 우언시이다. 두 마리의 새가 의미하는 바에 대해 예로부터 여러 가지 설이 있었다. 불교과 도교를 비유하여 그 폐해를 비판했다고 보는 설과 이백과 두보를 비유하여 이들이 불세출의 시를 지었음을 칭송했다고 보는 설 등이 있지만, 시의 내용과 정확히 일치하지 않는 면이 있다. 대체로 한유와 맹교를 비유하여 이들이 지금 시문으로 세상에 떨치고자 하지만 시기와 질투로 그 뜻을 이루지 못하고 훗날을 기약한다는 내용을 적은 것으로 보인다.

두 마리의 새가 중원에 와서 도성과 깊은 바위 양쪽으로 떨어져 살게 되었다. 이는 관직에 있는 한유와 재야에 있는 맹교를 비유한 것이다. 이 둘이 서로 만나게 되자 힘을 다해 소리를 내며 우는데 만물이 이 소리에 힘들어하고 부끄러워한다. 이는 두 사람의 힘차고 괴이한 풍격에 대해 사람들이 힘들어하면서도 경탄해한다는 뜻이다. 이에 뇌공이 천공에게 아뢰어, 두 마리 새의 울음으로 우레와 귀신이 자신의 직분을 수행하지 못할 뿐만 아니라 미물인 초목과 벌레까지 죽음을 괴로워하여 세상이 조화롭게 운행되지 못할 것이니 이들의 울음소리를 멈추게 해달라고 하였다. 이는 한유와 맹교의 문학적 풍모를 사람들이 도저히 받아들이지 못하고 배척했다는 뜻이다. 이에 천공이 두 마리 새를 떨어뜨려놓자 만물이 정상화되었고 두 마리 새는 각기 자신의 기운을 더욱 키워서 언젠가는 다시 만나 울 것을 다짐하였다. 이는 한유와 맹교가 지금은 세상의 무시와 질시로 자신의 풍격이 인정을 받지 못하지만 이에 굴하지 않고 자신들의 필력과 기세를 더욱 키워서 언젠가는 자신들의 시문을 만방에 떨치겠다는 뜻을 표현한 것이다.

이 시에 보이는 이러한 식의 발상과 비유가 당시로서는 파격적이었을 것이고, 한유의 다른 시에 많이 보이는 기험한 표현과 괴팍한 비유가 당시로서는 받아들여지기 힘들었을 것이다.

이백과 두보 이래로 한유가 새로운 문학 풍격을 창조하고자 했지만 그 길은 순탄하지 않았다. 하지만 이들은 결코 포기하지 않고 자신들의 길을 꿋꿋이 걸어갔으며 결국 중국 시가 역사에 큰 획을 긋게 되었다.

이 시는 맹교와 교유했던 원화 6년(811) 장안에서 직방원외랑職方員外郎으로 있을 때 지은 것으로 추정된다.

44

詠雪贈張籍[1]

눈을 읊어서 장적에게 주다

只見縱橫落,	그저 종횡으로 떨어지는 것만 보일 뿐
寧知遠近來.	어찌 멀리서 오는지 가까이서 오는지 알겠는가?
飄颻還自弄,[2]	흩날리다 또 스스로 희롱하는데
歷亂竟誰催.	어지러운 것은 결국 누가 재촉해서인가?
座暖銷那怪,[3]	자리가 따뜻하니 녹아버리는 것이 어찌 이상하랴만
池淸失可猜.[4]	연못이 맑은데 사라지는 것은 매우 의아하구나.
坳中初蓋底,[5]	오목한 곳에는 비로소 바닥을 덮었고
垤處逡成堆.[6]	불룩한 곳에는 마침내 무더기를 이루었네.
慢有先居後,	느릿하여 어떤 것은 앞서가다가 뒤처지고
輕多去卻迴.	가벼워서 우르르 떠났다가 되돌아오네.
度前鋪瓦隴,[7]	앞으로 건너가서는 기왓골을 덮었고
奔發積牆隈.	달려 나가서는 담 모퉁이에 쌓였네.
穿細時雙透,[8]	좁은 곳을 지나가다가는 때때로 쌍으로 통과하고
乘危忽半摧.[9]	높은 곳을 오르다가는 갑자기 반으로 꺾이네.

舞深逢坎井,[10]	깊은 곳에서 춤추려고 얕은 우물을 만나고
集早值層臺.	일찍 내려앉으려고 높은 누대를 만나네.
砧練終宜擣,[11]	다듬잇돌의 백견은 끝내 다듬이질해야 할 것이고
階紈未暇裁.[12]	계단의 흰 비단은 아직 마름질할 여유가 없구나.
城寒裝睥睨,[13]	성이 춥다고 성가퀴를 둘러쌌고
樹凍裹莓苔.[14]	나무가 얼었다고 이끼를 감쌌네.
片片勻如剪,	하나하나는 가위질한 듯 고르고
紛紛碎若挼.[15]	분분한 것은 쳐부순 듯 부스러져 있네.
定非燖鵠鷺,[16]	분명 고니와 해오라기를 삶아 털을 뽑은 것은 아니고
眞是屑瓊瑰.[17]	진정 옥과 구슬을 가루 낸 것이리라.
緯繣觀朝蕣,[18]	넋이 나간 채 아침 꽃잎을 살펴보고
冥茫矚晚埃.[19]	아득히 저녁 먼지를 멀리 바라보네.
當窓恒凜凜,[20]	창가에 있을 때는 항상 싸늘하더니
出戶卽皚皚.[21]	문을 나서니 금방 하얗구나.
潤野榮芝菌,[22]	윤택한 들에는 흰 영지가 번성하고
傾都委貨財.[23]	온 도성에는 하얀 돈을 버리는구나.
娥嬉華蕩漾,[24]	항아가 장난쳐 흰 달빛이 일렁이고
胥怒浪崔嵬.[25]	오자서가 화가 나 흰 파도가 높이 솟네.
磧迥疑浮地,[26]	모래사장이 멀리 펼쳐지니 땅을 띄울 것 같고
雲平想輾雷.[27]	구름이 평평하니 우레가 칠 것 같네.
隨車翻縞帶,[28]	수레를 따라서 흰 띠를 뒤집어 놓았고
逐馬散銀杯.[29]	말을 좇아서 은빛 잔을 흩어놓았네.
萬屋漫汗合,[30]	만 채의 지붕이 널따랗게 합쳐지고
千株照耀開.[31]	천 그루의 나무는 반짝반짝 펼쳐졌네.
松篁遭挫抑,[32]	소나무와 대나무는 꺾임을 당했지만
糞壤獲饒培.[33]	더러운 흙은 풍부한 영양을 얻었구나.

隔絕門庭邃,³⁴	격절되어 문 앞의 뜰이 총망하고
挤排陛級纏.³⁵	밀쳐내며 섬돌 계단이 아슬아슬하구나.
豈堪裨嶽鎭,³⁶	어찌 감히 높은 산에 보탬이 되겠는가?
强欲效鹽梅.³⁷	억지로 소금과 매화를 본받으려 할 뿐이지.
隱匿瑕疵盡,³⁸	더러운 흠을 다 숨겨버렸고
包羅委瑣該.³⁹	자잘한 것을 모두 감싸버렸네.
誤雞宵呃喔,⁴⁰	오해한 닭은 한밤중에 꼬끼오하며 울고
驚雀暗徘徊.⁴¹	놀란 참새는 어둠 속에 배회하네.
浩浩過三暮,	아득히 사흘 밤을 지나며 계속 내리고
悠悠帀九垓.⁴²	끝없이 사방 끝까지 둘렀네.
鯨鯢陸死骨,⁴³	고래가 육지에서 죽은 뼈이고
玉石火炎灰.	옥과 돌이 불에 탄 재구나.
厚慮填溟壑,	두텁기로는 큰 바다와 계곡을 매울까 걱정하고
高愁擡斗魁.⁴⁴	높이로는 북두칠성에 닿을까 근심하네.
日輪埋欲側,	태양 수레가 묻혀 기울어질 것 같고
坤軸壓將頹.	땅의 축이 눌려 무너지려 하네.
岸類長蛇攪,⁴⁵	강둑은 긴 뱀이 뒤흔들어 놓은 것 같고
陵猶巨象豗.⁴⁶	구릉은 거대한 코끼리가 헤집어 놓은 것과 같네.
水官夸傑黠,⁴⁷	물의 관리가 교활함을 자랑할 터이니
木氣怯胚胎.⁴⁸	나무의 기운은 새로 생겨남을 두려워하리라.
著地無由卷,	땅에 붙어 있어서 말아 버릴 수도 없고
連天不易推.	하늘에 이어져 있어서 밀어 버리기도 쉽지 않네.
龍魚冷蟄苦,	용과 물고기가 추워 괴로워하며 숨어있고
虎豹餓號哀.	호랑이와 표범이 배고파 애달프게 울부짖네.
巧借奢華便,⁴⁹	교묘하게도 사치스럽고 호사스런 이에게는 편의를 빌려주고
專繩困約災.⁵⁰	오로지 곤궁하고 가난한 이에게는 재난으로 얽어매네.

威貪陵布被,[51]	위세가 베 이불을 능멸하려고 욕심내는데
光肯離金罍.[52]	빛이 금빛 술잔을 떠나려하겠는가?
賞玩捐他事,	감상하면서 다른 일은 버려두고
歌謠放我才.	노래하며 내 재주를 펼치네.
狂敎詩硏矴,[53]	미쳤기에 시를 호방하게 하였고
興與酒陪鰓.[54]	흥겹기에 술과 더불어 발분하였네.
惟子能諳耳,[55]	오직 그대만이 이해할 수 있을 뿐
諸人得語哉.	여러 사람들이 내 말을 알겠는가?
助留風作黨,[56]	머물게 도우며 바람이 한패가 되어주고
勸坐火爲媒.[57]	앉으라고 권하며 불이 중개해주네.
雕刻文刀利,	깎고 새기려면 글의 칼이 날카로워야 하고
搜求智網恢.[58]	찾고 구하려면 지혜의 그물이 넓어야 하지.
莫煩相屬和,	번거롭게 화답하거나
傳示及提孩.[59]	어린아이에게 전해 보이지는 말게나.

주석

1) 張籍(장적) : 정원 14년(798) 변주에서 한유와 처음 만났고 한유의 추천으로 경사로 갔으며 과거에 급제하였다. 이후 태상시太常寺 태축太祝, 국자조교國子助敎, 비서랑 秘書郎, 국자박사國子博士, 수부원외랑水部員外郎, 국자사업國子司業을 역임했다.

2) 飄飆(표요) : 바람에 흩날리는 모양.

3) 銷(소) : 녹다. 那(나) : 어찌.

4) 猜(시) : 의심하다. 이상하게 여기다.

5) 坳(요) : 땅이 오목하게 들어간 곳.

6) 垤(질) : 땅이 불룩하게 솟은 곳.

7) 瓦隴(와롱) : 기왓골.

8) 雙透(쌍투) : 쌍으로 통과하다. 눈송이가 여러 개 겹쳐서 틈을 지나가는 것을 말한다.

9) 牟摧(반최) : 반으로 꺾이다. 눈송이가 위로 날아가다가 중간에 다시 아래로 흩날리는 것을 말한다.

10) 坎井(감정) : 얕은 우물. 또는 메워진 우물.

11) 砧練(침련) : 다듬잇돌의 백견. '련'은 누이지 않은 생 비단을 가리킨다. 흰 눈을 비유한다. 擣(도) : 다듬이질하다.

12) 階紈(계환) : 계단의 흰 비단. 흰 눈을 비유한다.

13) 睥睨(비예) : 성가퀴.

14) 苺苔(매태) : 이끼. 여기서는 나무둥치에 생긴 이끼를 말한다.

15) 挼(쇠) : 몽둥이 같은 것으로 치다.

16) 燖(심) : 삶다. 닭이나 오리를 잡아 털을 뽑기 위해 뜨거운 물속에 넣는 것이다. 여기서 고니와 해오라기의 털은 흰 눈을 비유한다.

17) 屑(설) : 가루. 가루를 내다. 瓊瑰(경괴) : '경'과 '괴'는 옥의 종류이다. 눈의 흰 빛을 비유한다.

18) 緯繣(위획) : 어긋난 모양. 여기서는 멍한 모양인 것으로 보인다. 萼(조악) : 꽃받침. 여기서는 눈송이를 비유한다.

19) 冥茫(명망) : 아득한 모양. 矚(촉) : 멀리 바라보다. 埃(애) : 먼지. 여기서는 눈을 비유한다.

20) 凜凜(늠름) : 싸늘한 모양.

21) 皚皚(애애) : 새하얀 모양.

22) 芝菌(지균) : 영지. 여기서는 눈송이를 비유한다.

23) 委貨財(위화재) : 재화를 버리다. '화재'는 돈으로 여기서는 은전을 가리키며 흰 눈을 비유한다.

24) 娥(아) : 달에 사는 여신인 항아姮娥. 嬉(희) : 장난치다. 희롱하다. 華(화) : 여기서는 흰 달빛을 가리키며 하얀 눈빛을 비유한다. 蕩漾(탕양) : 일렁이는 모양.

25) 胥(서) : 춘추시대 초나라 사람인 오자서伍子胥. 그는 아버지와 형의 원수를 갚기 위해 오나라로 갔으며, 오나라 왕인 합려를 도와 초나라를 침공하였다. 하지만 이후 모함을 받아 합려의 아들인 부차로부터 자결을 명령받았으며 그의 시신은 강에 던져져 물결

따라 떠다녔다. 浪(랑) : 물결. 여기서는 흰 눈을 비유한다. 崔嵬(최외) : 높이 솟은 모양.

26) 磧逈(적형) : 사막이 멀다. 흰 눈이 사막의 모래처럼 멀리까지 펼쳐져 있다는 말이다.

27) 雲平(운평) : 구름이 평평하다. 흰 눈이 구름처럼 많다는 말이다. 轘雷(전뢰) : 우레가 치다.

28) 縞帶(호대) : 흰 띠. 눈 위에 난 수레바퀴자국을 비유한다.

29) 銀杯(은배) : 은빛 잔. 눈 위에 찍힌 말발굽자국을 비유한다.

30) 漫汗(만한) : 넓은 모양. 合(합) : 합쳐지다. 수많은 지붕이 눈으로 덮여 한 덩어리로 보인다는 말이다.

31) 照耀(조요) : 빛나는 모양. 開(개) : 펼쳐지다. 또는 꽃이 피다. 눈꽃이 핀 모습이다.

32) 松篁(송황) : 소나무와 대나무. 절조를 가진 이를 비유한다. 挫抑(좌억) : 꺾이다.

33) 糞壤(분양) : 거름. 더럽고 사악한 무리를 비유한다. 饒培(요배) : 풍부한 영양.

34) 遽(거) : 갑작스럽다.

35) 擠排(제배) : 밀쳐내다. 陛級(폐급) : 섬돌의 계단. 纔(재) : 겨우. 아슬아슬하다.
이상 두 구는 마당에 눈이 가득하여 섬돌이 겨우 보인다는 말이다. '문정'과 '폐급'을 조정을 가리키는 것으로 보면 이 두 구는 조정에서 어진 이가 왕으로부터 격절되어 있는 상황을 비유적으로 표현한 것으로 여겨진다.

36) 裨(비) : 돕다. 보탬이 되다. 嶽鎭(악진) : 높은 산.

37) 强(강) : 억지로. 鹽梅(염매) : 소금과 매화꽃.
이상 두 구는 눈이 쌓여도 산을 높게 할 정도는 아니고 그저 흰 소금과 매화꽃을 흉내 낼 따름이라는 뜻이다. 하지만 '염매'는 원래 소금과 매실로 요리의 맛을 내는 존재이며 이로서 어진 재상을 비유한다. 이에 근거하면 이상 두 구는 간신이 어진 재상인 척하는 상황을 비유적으로 표현한 것으로 여겨진다.

38) 隱匿(은닉) : 숨기다. 瑕疵(하자) : 흠. 더럽고 사악한 이들의 허물을 비유한다.

39) 包羅(포라) : 감싸다. 委瑣(위쇄) : 자잘한 모양. 該(해) : 모두.

40) 呃喔(액악) : 닭이 우는 소리.

41) 徘徊(배회) : 서성이는 모양.

이상 두 구는 밤에 눈이 내려 환하기에 날이 새는 줄 알고 닭이 잘못 울고 참새가
깨어 날아다닌다는 말이다. 자연이 순리대로 돌아가지 않는 모습으로, 정치가 순조롭
지 않은 비정상적인 상황을 비유적으로 표현한 것으로 보인다.

42) 帀(잡) : 두르다.

43) 鯨鯢(경예) : 고래. 陸死骨(육사골) : 육지에서 죽은 뼈. 목화木華의 〈해부海賦〉에 따르
면, 고래가 육지에 올라와 염전에서 죽었는데 머리뼈가 산만큼 컸고 흘러내린 기름이
연못을 이루었다고 한다.
이하 두 구는 고래의 흰 뼈와 불에 탄 재로 눈이 내린 모습을 표현하였다. 옥과 돌이
모두 다 불에 탔다는 것에서 시시비비를 가리기 어려운 상황을 표현한 것으로 여겨진
다.

44) 撤(치) : 닿다. 斗魁(두괴) : 북두칠성의 자루 부분에 해당하는 네 별을 말한다. 제왕을
상징하는데 눈이 이곳까지 닿는다는 말은 황권이 침해받음을 뜻한다.

45) 類(류) : 비슷하다. 攪(교) : 뒤흔들다.

46) 豗(회) : 땅을 헤집다.

47) 傑黠(걸힐) : 교활한 모양.

48) 胚胎(배태) : 잉태하다. 새로운 생명을 가지다. 봄에 생명의 기운이 움트는 것을 말한다.
이상 두 구는 많은 눈으로 인해 물의 세력은 커지겠지만 새 봄의 생명이 다시 싹트는
것은 어려울 것이라는 말이다.

49) 便(편) : 편의.

50) 困約(곤약) : 곤궁하고 가난하다.

51) 陵布被(능포피) : 베 이불을 능멸하다. '포피'는 허름한 이불로 가난한 이를 가리킨다.

52) 金罍(금뢰) : 금빛 술잔. 사치스러운 이를 가리킨다.

53) 硉矹(율올) : 호방한 모양.

54) 陪鰓(배새) : 발분한 모양.

55) 子(자) : 그대. 장적을 가리킨다. 諳(암) : 알다. 이해하다.

56) 助留(조류) : 머무는 것을 돕다. 더 오래 머물게 한다는 말이다.

57) 爲媒(위매) : 매개체가 되다.

이상 두 구는 바람이 많이 불고 있어서 떠나지 말라고 만류하고 추운 날에 불을 따뜻하게 피웠으니 더 앉아 있으라고 권한다는 말이다.

58) 恢(회) : 넓다.

59) 提孩(제해) : 어린아이. 이 시를 보고 참언을 일삼을만한 이들을 가리킨다.

이 시는 눈이 많이 온 것을 보고 그 광경과 감회를 적어 장적에게 준 것으로, 크게 세 단락으로 나눠진다. 첫 번째 단락은 처음부터 '千株' 구까지의 38구이다. 첫 6구는 이 시의 총괄로서 눈이 어지럽게 많이 오는 모습을 표현하였다. 특히 제6구에서 연못이 맑지만 눈이 사라져버린다는 말은 단순한 사실을 표현한 것으로 보이지만, 눈이 맑음을 싫어하는 속성을 언급한 것으로 후반부에서 눈의 부정적인 면을 말하기 위한 복선이다. 다음 20구는 집안에서 눈이 내리는 모습을 보고 묘사한 것이고 다음 12구는 집밖에 나와서 눈이 내린 모습을 보고 묘사한 것이다. 대체로 아름답게 내린 모습을 표현하였는데 두 구씩 짝을 이루어 대조적인 모습이나 유사한 모습을 그려내었다.

두 번째 단락은 '松篁' 구부터 '光肯' 구까지의 30구이다. 앞 20구에서는 눈이 내린 모습을 묘사한 것이긴 하지만 앞 단락과는 달리 부정적인 소재가 많이 사용되었으며 근심스러운 상황 묘사를 주로 하였다. 뒤 10구에서는 눈으로 인해 자연의 순리가 제대로 운행되지 않아 만물이 괴로워하고 있으며, 호사로운 생활을 하는 이는 아름다운 눈의 경관을 즐기지만 춥고 가난한 이는 눈으로 인해 고통 받고 있다는 사실을 적었다. 이러한 상황은 아마도 당시 권세를 누리면서 백성의 안위에는 관심을 가지지 않은 고위 관리의 행태를 풍자한 것으로 보인다.

세 번째 단락은 '賞玩' 구부터 마지막까지 12구이다. 자신이 이러한 시를 쓴 것은 미쳤기 때문이고 술에 취했기 때문이라고 하여 혹 있을 수 있는 비방에 관해 미리 핑계거리를 만들어 놓았다. 그리고 이러한 시를 이해할 수 있는 자는 장적 밖에 없음을 말한 뒤, 장적 또한 사고와 학식을 날카롭게 하기를 당부하였다. 마지막 두 구에서는 이 시에 화답하거나 다른 이들에게 보여주지 말라고 하여 이 시로 인해 비방과 참언이 발생하고 확산되는 것을 방지하였다.

이 시는 장편 오언율시로 마지막 두 구를 빼고 모두 대구를 사용하였으며 시 전체에 걸쳐 하나의 운을 사용하였다. 눈이 오는 장면에 대해 작가 특유의 상상력을 발휘하여 다양한 비유를 통해 상세하게 설명하였기 때문에 전형적인 영물시로 보이지만, 후반부의 묘사는 부정적인 언급이 많아서 풍자가 담겨 있는 것으로 보인다. 하지만 그 의미를 정확히 파악하지 못할 정도로 모호한 표현이 많다. 오히려 마지막 두 구를 통해 이 시에 풍자가 있으리라는 것을 암시하였는데, 이는 이 시가 단순한 수사만을 추구한 영물시로 읽힐 수 있는 한계를 스스로 느낀 것이 아닐까라는 생각을 하게 한다.

이 시가 풍자하는 사실에 대해 정원 19년(803) 덕종의 실정을 풍자한 것이라는 설, 원화 7년(812) 한유가 유간柳澗의 일을 논하다가 국자박사로 좌천되었을 때 당시 재상의 행태를 풍자한 것이라는 설, 장경 원년(831) 왕파王播가 재상으로 있을 때 행태를 풍자한 것이라는 설 등이 있으나 모두 확실치는 않다.

45

桃源圖¹

도원도

神仙有無何眇芒,²	신선이 있고 없고는 얼마나 허망한 것인가?
桃源之說誠荒唐.³	도원의 이야기는 진실로 황당한 것이지.
流水盤迴山百轉,	흐르는 물이 굽이굽이 산을 백 번 도는 모습이
生綃數幅垂中堂.⁴	비단 여러 폭에 그려져 당 가운데 드리워져 있네.
武陵太守好事者,	무릉 태수는 호사가인데
題封遠寄南宮下.⁵	글을 쓰고 봉함하여 남궁으로 멀리 부쳐오자,
南宮先生忻得之,⁶	남궁의 한 선생이 그것 얻은 것을 기뻐하여
波濤入筆驅文辭.⁷	파도 같은 글을 지어 문사를 치달렸네.
文工畫妙各臻極,⁸	문장은 훌륭하고 그림은 기묘하여 각기 최고에 이르러
異境怳惚移於斯.⁹	기이한 경지를 황홀하게 여기에 옮겨놓은 듯하였네.
架巖鑿谷開宮室,	바위에 얼개 짜고 골짜기를 파서 집을 짓고
接屋連牆千萬日.	지붕을 연결하고 담장을 연결하길 천일 만일을 하였으니,
嬴顛劉蹶了不聞,¹⁰	영씨의 진나라와 유씨의 한나라가 망해도 전혀 듣지 못했고
地坼天分非所恤.¹¹	땅이 쪼개지고 하늘이 나뉘어져도 걱정할 바가 아니었지.

種桃處處惟開花.
川原近遠烝紅霞.12
初來猶自念鄕邑,
歲久此地還成家.
漁舟之子來何所,
物色相猜更問語.13
大蛇中斷喪前王,14
群馬南渡開新主.15
聽終辭絶共悽然,
自說經今六百年.16
當時萬事皆眼見,
不知幾許猶流傳.
爭持酒食來相饋,17
禮數不同罇俎異.18
月明伴宿玉堂空,19
骨冷魂淸無夢寐.20
夜半金雞啁哳鳴,21
火輪飛出客心驚.22
人間有累不可住,
依然離別難爲情.23
船開棹進一迴顧,
萬里蒼蒼烟水暮.
世俗寧知偽與眞,
至今傳者武陵人.

곳곳에 복숭아를 심어 그저 꽃을 피우니
내와 들의 멀고 가까운 곳에 붉은 노을이 타올랐는데,
처음 왔을 때는 그래도 절로 고향을 생각했지만
세월이 오래 되자 이곳이 다시금 집이 되었지.
"어부는 어디서 왔는가?"
행색이 의심스러워 또 물어보니,
"큰 뱀이 가운데가 잘리자 이전 왕조는 망했고
여러 말이 남쪽으로 건너가자 새로운 왕조가 열렸다"라 했지.
듣기를 마치고 말이 끝나자 모두 서글퍼하며
스스로 말하길, "지금 육백년이 지났지만,
당시의 모든 일이 모두 눈에 보이는데
얼마나 아직도 전해지는지는 모르겠구나."라고 하였네.
술과 음식을 다투어 가지고 와서 주는데
예절도 같지 않고 그릇도 달랐지.
달이 밝아 함께 묵는데 옥당이 빈 듯하고
뼈는 차갑고 정신은 맑아 잠들지 못했는데,
한밤중에 금계가 어지러이 울어
불타는 수레바퀴가 날아 솟으니 나그네 마음이 놀랐네.
인간 세상에 얽매여 있기에 이곳에 머물 수 없어
아쉬워하며 헤어지자니 정을 어찌할 수 없었으며,
배를 띄워 노를 저어 가다가 한번 돌아보니
만 리 아득히 안개 낀 물에 저녁이 되었지.
세속에서 어찌 거짓과 진실을 알랴만
지금까지 전한 사람은 무릉사람 뿐이지.

·주석·

1) 桃源圖(도원도) : 도연명의 〈도화원기桃花源記〉에 나오는 무릉도원武陵桃源을 상상하여 그린 그림이다. 시의 내용으로 보아 당시 무릉 태수인 두상竇常이 상서성尚書省의 지인에게 보내온 것이다.

2) 眇芒(묘망) : 근거가 없고 허망하다.

3) 桃源之說(도원지설) : 도원에 관한 이야기. 원래는 도연명의 글만 있었는데 당시 많은 문인들이 이를 각색하여 신선의 이야기를 추가하였다. 특히 당시 유우석劉禹錫이 두상과 같이 무릉을 노닐면서 〈도원을 노닐며 쓴 일백운游桃源一百韻〉을 지었는데, 그 시에 신선의 이야기가 많이 나온다. 그래서 이 시에서도 도원도를 말하면서 신선의 이야기를 언급한 것이다.

4) 生綃(생초) : 삶아서 누이지 않은 비단. 그림을 그리는 바탕으로 〈도원도〉를 가리킨다.

5) 題封(제봉) : 글을 써서 편지를 봉하다. 南宮(남궁) : 상서성을 가리킨다.

6) 南宮先生(남궁선생) : 상서성의 우부낭중虞部郎中인 노정盧汀을 가리킨다는 설이 있지만 확실치 않다. 忻(흔) : 기뻐하다.

7) 驅文辭(구문사) : 글을 짓다.

8) 臻極(진극) : 극에 다다르다. 최고의 경지에 오르다.

9) 斯(사) : 이곳. 도화원의 그림과 글을 가리킨다.

10) 嬴顚(영전) : 영씨가 거꾸러지다. 진秦나라가 망한 것을 의미한다. '영'은 진나라의 성이다. 劉蹶(유궐) : 유씨가 넘어지다. 한나라가 망한 것을 의미한다. '유'는 한나라의 성이다.

11) 地坼天分(지탁천분) : 땅이 쪼개지고 하늘이 나뉘다. 한나라 이래로 삼국시대와 동진東晉 등 천하에 변란이 일어난 것을 의미한다. 恤(휼) : 걱정하다. 관심을 가지다.

12) 紅霞(홍하) : 붉은 노을. 붉은 복숭아꽃을 비유한다.

13) 猜(시) : 의심하다.

14) 大蛇中斷(대사중단) : 큰 뱀의 가운데가 잘리다. 유방이 황제가 된 것을 가리킨다. 유방이 황제가 되기 전에 어느 날 술을 마시고 밤에 길을 가는데, 뱀이 길을 가로막기에 베어버렸다. 뒤에 어떤 이가 그곳에 가보니 어떤 여인이 울면서 말하기를 자기 아들은 백제의 아들인데 적제赤帝에게 참살되었다고 하였다. 喪前王(상전왕) : 이전의

왕조가 망하다. 진秦나라가 망한 것을 말한다.

15) 群馬南渡(군마남도) : 여러 말이 남쪽으로 넘어가다. 원제元帝가 장강을 건너가 동진東晉을 세우고 황제가 된 것을 가리킨다. 서진西晉 말엽의 동요에 "다섯 마리 말이 장강을 떠 건너가는데 그 중 한 마리가 변해 용이 된다.(五馬浮渡江, 一馬化爲龍)"고 하였으며, 이후 세성歲星, 진성鎭星, 형혹성熒惑星, 태백성太白星이 남두南斗와 견우牽牛 사이에 모이자 사람들은 오월 땅에 왕이 일어날 것이라고 생각했다. 그해에 왕실이 전복되어 원제가 서양왕西陽王, 여남왕汝南王, 남둔왕南頓王, 팽성왕彭城王과 함께 장강을 건넜으며 원제가 결국 황위에 올랐다. 開新主(개신주) : 새로운 왕조가 열리다. 동진東晉이 수립된 것을 가리킨다.

16) 六百年(육백년) : 진나라로부터 남조 송나라까지를 가리킨다.

17) 饋(궤) : 음식을 대접하다.

18) 禮數(예수) : 예절. 예법. 罇俎(준조) : '준'은 술을 담는 그릇이고 '조'는 고기를 놓는 기물이다.

19) 玉堂(옥당) : 원래 신선이 머무는 거처인데, 여기서는 도화원에서 어부가 묵는 곳을 가리킨다.

20) 夢寐(몽매) : 잠자다.

21) 金雞(금계) : 전설에 나오는 새인데, 태양이 뜨기 전에 옥계玉雞가 울면 금계가 울고, 금계가 울면 석계石雞가 울며, 석계가 울면 세상의 모든 새가 운다고 한다. 嘲哳(조찰) : 소리가 어지러운 모양.

22) 火輪(화륜) : 불빛 수레바퀴. 태양을 비유한다.

23) 依然(의연) : 미련이 남는 모양.

해설

이 시는 당시 무릉 태수가 가지고 있던 도원도를 조정의 지인에게 보내오자 그 그림을 보고 든 생각을 적은 것이다.

첫 2구에서는 신선의 존재 여부와 도원의 이야기는 모두 황당무계한 이야기라고 하였다. 이는 당시 원래의 무릉도원 이야기를 각색하면서 신선의 내용을 추구하여 그 본질이 변화한 것을 경계하기 위해 한 말이다. 그러므로 힌유기 무릉도원의 이야기 자체를 부정한다기보다는 당시 유행하던 신선화의 경향을 비판하였던 것으로 보인다. 그 다음 8구에서는 도원도 그림의 대략적인 모습과 그것이 보내오게 된 과정을 적었으며 그림에 다른 이가 글을 써놓아 훨씬 훌륭해졌음을 말하였다.

'架巖' 구부터는 대체로 〈도화원기〉에 나오는 내용을 다시 각색하여 적은 것으로 대체로 신선의 이야기는 없으며 도연명이 원래 쓴 내용에 충실하였다. 하지만 '月明' 2구는 〈도화원기〉에는 보이지 않는 내용인데, '옥당'이나 '골랭혼청' 등은 마치 신선의 모습을 연상시키기도 한다.

마지막 2구에서는 도화원 이야기의 진실은 세속 사람들은 알 수 없고 무릉도원을 갔다온 어부만이 알고 있다고 하였다. 이를 통해 도화원 이야기는 결국 이 시에서 한유가 언급한 정도만이 사실이며 그 이외의 신선 이야기는 모두 허망한 것임을 밝혔다. 하지만 한유 자신도 그러한 영향에서 완전히 자유로웠던 것은 아닌 것으로 보인다.

이 시는 대체로 원화 8년(813) 즈음 지은 것으로 추정된다.

46

寒食直歸遇雨¹

한식날 근무하고 돌아가다가 비를 만나다

寒食時看度,	한식날 때가 지나가는 것을 보노라니
春游事已違.	봄놀이 일은 이미 글렀구나.
風光連日直,	좋은 풍경 속에 연일 근무하다가
陰雨半朝歸.²	흐리고 비오는 오전에 돌아가네.
不見紅毬上,³	붉은 공 튀어 오르는 것도 보지 못하니
那論綵索飛.⁴	채색 그넷줄이 나는 것은 어찌 논하겠는가?
惟將新賜火,	장차 새로 불을 내려주시면
向曙著朝衣.⁵	동틀 때 조복을 입어야겠지.

· 주석 ·

1) 寒食(한식) : 동지 후 105일째 되는 날로 불 사용을 금하며 3일 동안 식은 음식을 먹는다. 조정에서 새로 불을 내려주면 비로소 익힌 음식을 먹게 된다. 直歸(직귀) : 조정에서 근무를 하고 집으로 돌아가다.
2) 半朝(반조) : 오전의 중간쯤.

3) 紅毬(홍구) : 붉은 공. 공놀이의 일종인 축국蹴鞠의 공이다.

4) 那(나) : 어찌. 綵索(채삭) : 채색 그넷줄.

5) 向曙(향서) : 동이 틀 무렵.

(해설)

  이 시는 연일 조정에서 근무를 하다가 한식날 오전에 퇴근하면서 느낀 감회를 적은 것이다.
한식은 청명절과 겹치기도 하여서 봄놀이하기에 좋은 절기이다. 더구나 축국이나 그네타기
등 온갖 즐거운 일을 많이 하는 날이기도 하다. 하지만 이런 날 근무를 하였고 퇴근하는데
비가 오니 전혀 즐겁지 않다. 그러니 며칠 뒤 명절이 끝나고 새벽에 출근해야 할 일이 벌써부
터 걱정이다.

  봄날과 좋은 절기를 맞았지만 연속되는 조정 근무로 제대로 즐기지 못하는 심사를 드러내
었는데, 어찌보면 현대의 직장인들이 매일 같이 하는 푸념처럼 들리기도 한다. 하지만 당시
혼란했던 조정의 상황을 감안하면 한유에게 있어 관직을 떠나 은거하면서 자연을 벗 삼아
사는 것은 그저 수사적인 표현이 아니라 절실한 바람이었을 것이다.

  이 시는 대체로 원화 10년(815) 장안에서 고공낭중考功郎中으로 있을 때 지은 것으로 추정
한다.

47

春雪

봄눈

新年都未有芳華,[1]
二月初驚見草芽.
白雪卻嫌春色晚,
故穿庭樹作飛花.[2]

새해가 되었지만 전혀 향기로운 꽃이 피지 않았는데
이월이 되어서야 비로소 풀싹이 난 걸 보고 놀랐네.
흰 눈이 도리어 봄빛이 늦었음을 싫어하여
일부러 정원 나무를 지나가며 날리는 꽃잎을 만들었네.

주석

1) 都(도) : 전혀.
2) 故(고) : 일부러.

해설

이 시는 봄눈을 보고 읊은 것이다. 새해가 되어도 꽃이 피지 않고 2월이 되어서야 싹이 났으니 봄이 와도 봄이 아니었을 터이다. 아마도 날씨가 추워서 그랬을 것인데 거기다가 눈까지 내렸다. 음력 2월이면 양력으로는 3월 말이나 4월 초이니 기상이변인 셈이다. 그러니 시를 써서 기록할 법도 했을 것이다. 그 눈을 보고 한유는 봄이 되어도 꽃이 피지 않았음을 눈이 싫어히여서 일부러 꽃잎같은 눈을 날리게 했다고 하였다. 그럴듯한 상상이다.

이 시는 대체로 원화 10년(815) 장안에 있을 때 지었다고 추정하지만 확실치는 않다.

48

盆池 五首[1]

동이 못 5수

제5수

池光天影共靑靑,	못 빛과 하늘 그림자가 함께 푸릇푸릇한데
拍岸纔添水數缾.	두둑에 물결이 치게 하려면 고작 물 몇 병만 더하면 되지.
且待夜深明月去,	잠시 밤이 깊어 밝은 달이 떠날 때를 기다렸다가
試看涵泳幾多星.[2]	얼마나 많은 별이 물에 잠겨 헤엄치는지 한번 봐야지.

· 주석 ·

1) 盆池(분지) : 동이를 땅에 묻고 물을 부어 만든 작은 연못이다.
2) 涵泳(함영) : 헤엄치다.

해설

  이 시는 한유가 조그만 동이 못을 만들고서 본 경물과 느낀 감회를 적은 것이다. 대체로 담박한 정취를 적어서 한유 시의 또 다른 풍격을 느끼게 해준다. 한유가 장편시를 많이 지으며 기괴한 표현을 즐겨 하였지만 이렇게 짧은 절구에서 평담한 흥취와 번뜩이는 아이디어를 표현하기도 하였다.

제5수는 동이 못에 푸른 하늘이 비치는데 밤에 달이 진 뒤 별이 비치는 모습을 보고자 하는 마음을 표현하였다. 조그마한 연못을 만들어놓고는 마치 거대한 자연을 그대로 넣어놓은 것인 양 완상하는 것에서 당시 한유 취미생활의 한 단면을 엿볼 수 있다.

49

晚春

늦봄

誰收春色將歸去,	누가 봄빛을 거두어 장차 돌아가려 하는가?
慢綠妖紅半不存.	오만한 푸른빛과 아리따운 붉은빛이 반도 안 남았구나.
楡莢祇能隨柳絮,[1]	느릅나무 꼬투리는 다만 버들개지를 따라서
等閒撩亂走空園.[2]	무심히 빈 정원을 어지럽게 돌아다니는구나.

주석

1) 楡莢(유협) : 느릅나무 꼬투리. 봄에 잎이 난 뒤 날개 달린 씨가 떨어지는데 바람을
받으면 날아다닌다.
2) 等閒(등한) : 각별히 신경 쓰지 않다. 撩亂(요란) : 어지럽다.

해설

이 시는 늦봄의 경치를 적은 것이다. 봄날의 신록과 붉은 꽃이 사라지는 것을 아쉬워하는
마음을 적으면서 늦봄에 느릅나무 꼬투리와 버들개지만 빈 정원에 어지러운 광경을 적어

허망하고 쓸쓸한 느낌을 표현하였다. 화려한 봄이 순식간에 시라지고 을씨년스럽기까지 한 경물을 바라보노라니 세월의 무상함과 부귀영화의 허망함을 느꼈을 것이다. 그래서 늦봄의 광경을 묘사하였지만 늦가을의 감개를 자아내는 듯하다.

원화 8년(813)이나 원화 10년(815) 장안에 있을 때 지은 것으로 추정하는 설이 있지만 모두 확실치는 않다.

游城南十六首
贈張十八助教[1]

성 남쪽을 노닐다 16수 장 조교에게 주다

喜君眸子重淸朗,[2]	그대의 눈동자가 다시 맑아진 것을 기뻐하며
携手城南歷舊游.	손을 잡고 성 남쪽에서 옛날 노닐던 곳을 지나가네.
忽見孟生題竹處,	맹교가 대나무에 글을 적었던 곳이 홀연 보이기에
相看淚落不能收.	서로 바라보며 흘리는 눈물을 거둘 수가 없네.

· 주석 ·

1) 城南(성남) : 장안성 남쪽. 그곳에 한유의 별장이 있었다. 張助教(장조교) : 한유 문하의 장적張籍. 한유의 추천으로 경사로 간 뒤 과거에 급제하였다. 이후 태상시太常寺 태축 太祝, 국자조교國子助教, 비서랑秘書郞, 국자박사國子博士, 수부원외랑水部員外郞, 국자사업國子司業을 역임했다. 국자조교는 종육품상에 해당한다. 十八(십팔) : 친척 형제 중의 순서이다.

2) 眸子(모자) : 눈동자.

이 시는 한유가 장안성 남쪽을 노닐면서 지은 시인데 같은 시기에 지은 연작시는 아니며 비슷한 내용으로 인해 후인이 임의로 모아 놓은 것으로 보인다.

그 중 아홉 번째인 이 시는 장적에게 준 것이다. 장적이 백내장으로 고생하고 있었는데 차도가 있어 눈이 밝아졌음을 기뻐하면서 옛날 함께 노닐던 곳을 다시 노닐게 되었다. 한데 예전에 맹교가 대나무에 글을 적어 놓은 것을 발견하고는 함께 슬퍼하였다. 맹교는 원화 9년(814) 8월에 죽었는데 아마 이 시는 맹교가 죽은 뒤에 지었을 것이다. 예전 즐겁게 노닐던 장소를 노니는데 산수는 그대로 있지만 사람은 변하였다. 누구는 병이 들고 누구는 죽어서 곁에 없다. 쉬지 않고 흘러가는 세월을 이기지 못하는 인간의 존재가 하찮을 따름이다.

이 시는 대체로 원화 11년(816) 중서사인中書舍人으로 있다가 태자우서자太子右庶子로 밀려났을 때 지은 것으로 추정한다.

51

調張籍¹

장적을 조롱하다

李杜文章在,	이백과 두보의 문장이 있어서
光焰萬丈長.²	그 불빛이 만 장만큼 길구나.
不知群兒愚,³	여러 아이들이 우매하여
那用故謗傷.⁴	무슨 소용으로 일부러 비방하는지를 모르겠네.
蚍蜉撼大樹,⁵	왕개미가 큰 나무를 뒤흔드는 짓이니
可笑不自量.	스스로를 헤아리지 못하는 것이 가소롭네.
伊我生其後,⁶	나는 그들이 죽은 뒤에 태어나서
擧頸遙相望.⁷	고개를 들고 멀리서 바라보는데,
夜夢多見之,	밤에는 꿈에 자주 보이지만
晝思反微茫.⁸	낮에는 그리움이 도리어 아득하네.
徒觀斧鑿痕,⁹	그저 도끼가 판 흔적만 볼 뿐
不瞩治水航.¹⁰	물을 다스리던 배는 보지 못하니,
想當施手時,¹¹	그들이 손을 놀리던 때를 상상해보면
巨刃磨天揚.¹²	큰 칼날이 하늘을 스치며 휘날리자,

51 調張籍 243

垠崖劃崩豁,13	벼랑은 갈라져 무너지고 뚫렸고
乾坤擺雷硠.14	하늘과 땅은 무너지는 소리에 뒤흔들렸겠지.
惟此兩夫子,15	생각건대 이 두 분은
家居率荒涼.16	관직을 못한 채 대체로 처량했으니,
帝欲長吟哦,17	상제가 오래도록 읊조리게 하고자 하여
故遣起且僵.18	일부러 일어났다가 엎어지게 한 뒤,
剪翎送籠中,19	깃을 잘라 새장 안으로 보내고서
使看百鳥翔.	온갖 새들이 나는 것을 보게 하였지.
平生千萬篇,	평생 천편 만편을 지어
金薤垂琳琅.20	아름다운 도해서가 임랑에 드리운 것 같았는데,
仙官勑六丁,21	선관이 육정에게 칙서를 내리자
雷電下取將.22	우레와 번개 치며 내려와 가지고 가버렸으니,
流落人間者,23	인간 세상에 떠도는 것은
太山一豪芒.24	그저 태산 중의 한 털끝과 같네.
我願生兩翅,	나는 두 날개가 생겨나서
捕逐出八荒.25	뒤좇아 가 팔황을 나가기를 바라니,
精神忽交通,	정신이 갑자기 소통하고
百怪入我腸.26	온갖 기괴함이 내 뱃속으로 들어올 것이며,
刺手拔鯨牙,27	손을 뒤집어 고래 이빨을 뽑고
擧瓢酌天漿.28	표주박을 들어 하늘의 옥장을 따르며,
騰身跨汗漫,29	몸을 솟구쳐 한만을 넘을 것이니
不著織女襄.30	직녀가 짠 옷은 입지 않으리라.
顧語地上友,31	지상의 친구에게 돌아보며 말하길
經營無太忙.32	"문장을 짓느라 너무 바쁘지 말라.
乞君飛霞佩,33	그대에게 노을을 날 수 있는 패물을 줄 터이니
與我高頡頏.34	나와 함께 높이 날아다니세."라고 하리라.

1) 張籍(장적) : 한유의 문하에 있던 선비로 정원 14년(798) 변주汴州에서 한유와 처음 만났다. 한유의 추천을 받아 경사로 가서 과거에 급제하였다. 이후 태상시太常寺 태축 太祝, 국자조교國子助教, 비서랑秘書郞, 국자박사國子博士, 수부원외랑水部員外郞, 국자사업國子司業을 역임했다.

2) 光焰(광염) : 불빛.

3) 群兒(군아) : 여러 아이들. 이백과 두보의 시문을 폄하하는 이들을 가리킨다.

4) 那用(나용) : 무슨 소용이겠는가. 謗傷(방상) : 비방하고 헐뜯다.

5) 蚍蜉(비부) : 왕개미. 撼(감) : 흔들다.

6) 伊(이) : 발어사. 뜻이 없다.

7) 擧頸(거경) : 고개를 들다.

8) 微茫(미망) : 아득하다.

9) 斧鑿痕(부착흔) : 도끼가 판 흔적. 이백과 두보가 남긴 시문을 비유한다.

10) 矚(촉) : 보다. 治水航(치수항) : 물을 다스리던 배. 우 임금이 황하의 홍수를 다스리며 타고 다닌 배를 가리킨다. 여기서는 이백과 두보가 시문을 짓던 과정을 비유한다.

11) 施手(시수) : 손을 놀리다. 이백과 두보가 시문을 짓는 것을 말한다.

12) 磨天(마천) : 하늘을 스치다.

13) 垠崖(은애) : 벼랑. 劃(획) : 갈라지다. 崩豁(붕활) : 무너져 뚫리다.

14) 擺(파) : 뒤흔들리다. 雷磓(뇌랑) : 무너질 때 나는 큰 소리.

15) 兩夫子(양부자) : 두 분. 이백과 두보를 가리킨다.

16) 率(솔) : 대체로.

17) 帝(제) : 상제上帝. 吟哦(음아) : 읊조리다. 시를 짓다.

18) 故(고) : 일부러. 遣(견) : 하게 하다. 起且僵(기차강) : 일어났다가 쓰러지다. 성공했다 가 좌절한다는 뜻인데, 여기서는 좌절에 더 의미를 두고 있다.

19) 剪翎(전령) : 깃을 자르다.

20) 金薤(금해) : 금과 같은 도해서倒薤書. 도해서는 서체 중의 하나로 마치 염교의 잎을 거꾸로 늘어뜨린 듯하다고 해서 이렇게 이름 붙여졌다. 琳琅(임랑) : 옥석.

21) 仙官(선관) : 신선 중 높은 자. 勅(칙) : 칙시를 내리다. 명령하다.

  六丁(육정) : 도교에서 정묘丁卯, 정사丁巳, 정미丁未, 정유丁酉, 정해丁亥, 정축丁丑을 음신陰神이라 하는데 천제의 심부름을 하는 자이다. 이들은 바람과 우레를 부릴 수 있고 귀신을 제어한다고 한다.

22) 取將(취장) : 가지고 가다.

23) 流落(유락) : 떠돌다.

24) 豪芒(호망) : 털끝. 아주 미미한 것을 비유한다.

25) 捕逐(포축) : 뒤좇다. 八荒(팔황) : 팔방의 황량한 곳. 아주 먼 곳을 가리킨다. 구주九州 바깥에 사해四海가 있고 사해 바깥에 팔황이 있다고 한다.

26) 腸(장) : 창자. 마음을 가리킨다.

27) 剌手(날수) : 손을 뒤집다. 拔鯨牙(발경아) : 고래의 이빨을 뽑다.

28) 擧瓢(거표) : 표주박을 들다. 酌天漿(작천장) : 하늘의 옥장을 따르다. '천장'은 신선이 마시는 음료이다.

29) 騰身(등신) : 몸을 솟구치다. 汗漫(한만) : 넓고 끝이 없는 경지.

30) 織女襄(직녀양) : 직녀가 짠 옷을 의미한다. 여기서는 화려하게 수식을 많이 한 통속적인 시문을 비유한다.

31) 地上友(지상우) : 지상의 친구. 장적을 가리킨다.

32) 經營(경영) : 문장을 짓는 것을 말한다.

33) 乞(기) : 주다. 飛霞佩(비하패) : 하늘을 날 수 있는 패옥.

34) 頡頏(힐항) : 새가 오르락내리락하며 나는 모양.

해설

  당시 백거이는 이백과 두보의 시를 폄하하였고 원진은 두보의 시를 높이 받들면서 이백의 시를 낮게 평가하였다. 또 한유의 문하에 있던 장적이 악부시를 지으며 백거이와 원진을 따랐으며, 이러한 장적을 백거이가 칭송하기도 하였다. 이에 한유는 이 시를 지어 장적에게 주면서 이백과 두보의 시를 학습해야 함을 깨우쳐주고자 하였다. 제목에서 '조롱하다'라고 하였지만 실제 조롱하는 내용보다는 이백과 두보의 시풍을 배우고자 하는 한유의 바람을 적은 내용이 더 많다.

첫 6구에서 이백과 두보의 시문이 뛰어나지만 우매한 이들이 자신의 능력을 헤아리지 못하고 이들을 중상비방하고 있는 당시 상황을 지적하였다. 개미가 큰 나무를 뒤흔드는 격이라는 표현이 유명하다. 다음 10구에서는 한유가 이백과 두보와 한 시대에 살지 않아서 그들과 직접 교유하지 못해 항상 그리워하고 있음을 말한 뒤, 당시 그들이 시문을 창작하던 기상을 우임금이 치수하며 산을 깎아내던 것에 견주어 비유적으로 표현하였다. '惟此' 구에서 '使看' 구까지의 6구에서는 이백과 두보가 훌륭한 시문을 창작할 수 있도록 상제가 일부러 이들을 고통 속에 지내도록 했음을 말하였다. 이러한 생각은 사마천이 발분저서發憤著書하여 ≪사기≫를 지었던 것에서 유래하며, 한유의 "평탄하지 않아야 울게 된다.(不平則鳴)"는 생각과 연결된다. 이는 후에 송나라 구양수歐陽修의 "시는 곤궁한 이후에 훌륭해진다.(詩窮而後工)"는 것으로 발전되기도 한다. '平生' 구부터 '太山' 구까지 6구에서는 이백과 두보가 훌륭한 시문을 많이 지었지만 하늘이 다 가지고 가버려서 현재 남아 있는 것은 극히 조금이라고 하였다. 이러한 생각은 이들의 작품이 애초에 하늘이 내린 훌륭한 것이라는 사실과 이들의 작품을 제대로 이해하려면 하늘에 올라가야 하는 어려운 과정을 필요로 한다는 사실을 염두에 둔 것이다. 이에 그 다음 8구에서는 한유가 직접 하늘로 올라가 이백, 두보와 정신적으로 교유하여 이들의 시풍을 답습한 뒤 고래 이빨을 뽑는 기세와 신선의 세계를 넘나드는 기풍을 갖추고자 하는 바람을 적었다. 직녀가 짠 옷은 당시 이백과 두보를 배우지 않은 채 화려한 수사만을 추구하는 이들의 작품을 비유하는데, 이러한 것은 추구하지 않겠다고 선언하였다. 마지막 4구에서는 장적에게 당부하는 말로 자신과 같이 하늘로 올라가 이백과 두보의 시문을 궁구하자고 하였다.

한유가 이백과 두보의 시풍을 흠모하고 본받으려고 했음은 다른 시에서도 자주 보인다. 한유의 시가 기험하다고는 하지만 그의 시에는 이백의 호방하고 힘찬 기세와 두보의 박학다식하고 정교한 풍격이 보이며, 이를 극한으로 밀어붙여 한유 자신만의 독특한 시 세계를 구축했다고 할 수 있다.

이 시는 대체로 원화 11년(816)에 지은 것으로 추정하고 있지만 확실치는 않다.

奉酬盧給事雲夫四兄曲江荷花行見寄,
幷呈上錢七兄閣老張十八助敎[1]

급사 노운부 형님이 곡강의 연꽃을 읊어서 내게 부쳐주신 시에 받들어
답하고, 아울러 각로 전휘 형님과 조교 장적에게 올리다

曲江千頃秋波淨,	곡강에 천 경의 가을 물결이 깨끗하고
平鋪紅雲蓋明鏡.[2]	넓게 깔린 붉은 구름이 맑은 거울을 덮었다기에,
大明宮中給事歸,	대명궁의 급사가 집으로 돌아가다가
走馬來看立不正.[3]	말을 달려 와서 보는데 똑바로 서지 못했다지.
遺我明珠九十六,[4]	내게 밝은 구슬 아흔여섯 개를 주었는데
寒光映骨睡驪目.[5]	차가운 빛이 뼈에 비치니 잠자는 용의 눈알 같구나.
我今官閑得婆娑,[6]	내 지금 관직이 한가로이 낭창낭창하여
問言何處芙蓉多.	어느 곳에 부용이 많은지 물어 보고는,
撐舟昆明度雲錦,[7]	곤명지에서 배를 저어 구름 비단을 지나면서
脚敲兩舷叫吳歌.	다리로 양 뱃전을 치며 오 땅의 노래를 소리 질러 불렀네.
太白山高三百里,[8]	태백산은 인근 삼백 리에서 가장 높이 솟아 있어

負雪崔嵬揷花裏,[9]
玉山前卻不復來,[10]
曲江汀瀅水平杯.[11]
我時相思不覺一迴首,
天門九扇相當開.[12]
上界眞人足官府,[13]
豈如散仙鞭笞鸞鳳終日相追陪.[14]

눈을 이고 있는 우뚝한 모습이 꽃 속에 꽂혀 있으니,
옥산은 앞으로 나오려다 물러나서는 다시 오지 않고
곡강은 물이 적어서 잔을 채울 정도이지.
내가 때때로 그리워하다가 문득 고개를 한번 돌리니
구중 궁궐문은 서로 마주보며 열려 있는데,
상계의 진인은 관부에 만족하지만
어찌 벼슬 못한 신선이 봉황과 난새를 채찍질하며
종일 서로 좇으며 어울리는 것만 하겠는가?

·주석·

1) 盧給事雲夫四兄(노급사운부사형) : 노정盧汀. '운부'는 그의 자이며 '사'는 친척 형제 간의 순서이다. 그는 정원 원년(785) 진사가 되었으며, 우부虞部, 사문司門, 고부庫部의 낭조郎曹를 역임한 뒤 중서사인中書舍人을 거쳐 급사중給事中이 되었다. '급사'는 급사중으로 문하성의 요직이며 정령政令의 실수를 바로 잡는 일을 담당하였고 정오품상이다. 한유의 친척 형으로 그와 수답한 시가 몇 수 남아 있다. 曲江(곡강) : 장안성 남동쪽에 있는 원림으로 연꽃이 많아 부용원芙蓉苑이라고도 한다. 錢七兄閣老(전칠형 각로) : 전휘錢徽. 자가 위장蔚章이며 정원 초년에 진사가 되었고 막부에서 일하다가 원화 초년에 조정으로 들어와 사부원외랑祠部員外郎을 거쳐 한림학사가 되었다. 후에 이부상서吏部尙書가 되었다. 대력십재자大曆十才子의 한 사람인 전기錢起의 아들이 다. '칠'은 친척 형제 간의 순서이다. '각로'는 중서사인中書舍人 중 가장 나이가 많은 사람을 부르는 호칭인데 전휘는 원화 9년(814)부터 중서사인으로 있었으며, 원화 11년 (816) 한유와 비슷한 시기에 태자우서자太子右庶子로 밀려났다. 이 시를 쓸 때 전휘는 이미 태자우서자가 되었지만 시제에서는 관례상 '각로'라고 칭한 것으로 보인다. 중서 사인은 정오품상이고 태자우서자는 정사품상이다. 하지만 태자우서자는 한직이어서 실질적인 권한은 그다지 없었다. 張十八助敎(장십팔조교) : 장적張籍. 한유의 문하에 있었으며 당시 국자조교로 있었다. '십팔'은 친척 형제 사이의 순서이다. '조교'는 국자

의 직책으로 종칠품상이다.

2) 紅雲(홍운) : 붉은 구름. 연꽃을 비유한다. 明鏡(명경) : 맑은 거울. 곡강을 비유한다.

3) 立不正(입부정) : 똑바로 서지 못하다. 정무에 지쳐 구경할 때 힘이 없는 모습이다.

4) 明珠九十六(명주구십육) : 밝은 구슬 96개. 노정이 한유에게 준 시 96자를 가리킨다.

5) 睡驪目(수려목) : 잠자는 검은 용의 눈. ≪장자·열어구列禦寇≫에 따르면 천금의 구슬
   은 구중 연못에 있는 검은 용의 턱 아래에 있는데, 그것을 가져오려면 반드시 검은
   용이 자고 있을 때여야 한다고 한다. 여기서는 이러한 내용을 빌어 진귀한 구슬을
   가리키며, 노정이 쓴 시의 풍격을 비유한다. 한편 '여목'은 보배로운 구슬의 이름이다.

6) 婆娑(파사) : 한가로운 모양.

7) 撐舟(탱주) : 배를 젓다. 雲錦(운금) : 비단 구름. 곤명지 가에 있는 오색 모래와 돌을
   비유한다. 또는 곤명지의 연꽃을 비유한다.

8) 太白山(태백산) : 장안 남쪽에 있는 산.

9) 負雪(부설) : 눈을 이다. 태백산은 높아서 가을에도 눈이 있다고 한다. 崔嵬(최외) :
   높은 모양. 揷花裏(삽화리) : 꽃 속에 꽂혀 있다. 아름다운 곤명지에 태백산이 비친
   모습을 표현한 것이다.

10) 玉山(옥산) : 장안 서쪽의 남전산藍田山. 산 아래에서 옥이 생산된다.

11) 汀澄(정형) : 적은 물. 水平杯(수평배) : 물이 잔을 채우다.

12) 天門(천문) : 궁궐문을 가리킨다. 扇(선) : 문을 헤아리는 단위.

13) 上界(상계) : 신선의 나라. 眞人(진인) : 신선. 여기서는 조정에서 높은 관직을 하는
    이들을 가리키며 구체적으로 노정과 같이 정무에 열심이라 제대로 노닐지 못하는 이들
    을 염두에 둔 말이다.

14) 散仙(산선) : 신선 중에 관직을 임명받지 못한 신선이다. 여기서는 조정에서 낮은 관직
    을 하는 이들을 가리키며 한유와 전휘, 장적을 염두에 둔 말이다. 鞭笞(편태) : 채찍질하
    다. 追陪(추배) : 좇으며 모시다. 같이 다니며 어울린다는 뜻이다.

　이 시는 노정이 곡강의 연꽃을 보고 지은 시를 한유에게 보내자 이에 답을 한 것이다.

　첫 6구에서는 노정이 곡강의 연꽃을 보고 시를 지어 보낸 것에 대하여 서술하였다. 그의 시가 검은 용의 눈과 같아 차가운 빛이 뼈에 비칠 정도라고 하여 칭송하였다. 하지만 그가 구경하면서 똑바로 서지 못한다고 하여 곡강 유람에 힘들어하는 모습을 그렸는데 이는 바쁜 정무로 인해 여유 있는 생활을 제대로 하지 못하는 상황을 표현한 것으로, 그 다음 8구에서 서술한 한유의 노님과는 상반된 모습이다. 한유는 한직에 있었기에 시간이 많아서 부용이 가장 많다고 하는 곤명지에 가서 노닐었으며, 그곳에는 멀리 우뚝 솟아 있는 태백산이 호수에 비쳐 절경을 이루었다. 남전산이나 곡강은 이러한 경관에 비할 바가 못된다고 하여 바쁜 업무 시간을 쪼개서 겨우 즐기는 노정의 상황을 비꼬았다. 마지막 4구에서는 노정, 전휘, 장적 등에게 전하는 말로서, 궁궐의 여러 관원들이 자신의 직무에 만족하며 근무하고 있지만 자신처럼 한직에서 훌륭한 경관을 즐기며 함께 노니는 것만 못하다고 하였다. 전휘나 한유가 한직으로 밀려났기에 불만을 품었을 수도 있지만 낙천적인 사고의 전환으로 즐기는 모습을 드러내었다.

　이 시는 원화 11년(816) 장안에서 태자우서자太子右庶子로 있을 때 지은 것이다.

53

病鴟[1]

병든 올빼미

屋東惡水溝,	집 동쪽의 더러운 도랑물에
有鴟墮鳴悲.	올빼미가 떨어져 슬피 우네.
有泥掩兩翅,[2]	진흙이 두 날개를 뒤덮어
拍拍不得離.[3]	퍼덕여도 날아갈 수가 없자,
群童叫相召,	여러 아이들이 소리치며 서로 부르니
瓦礫爭先之.[4]	기와조각과 자갈을 들고 앞을 다투네.
計校生平事,	평소의 행실을 헤아려보면
殺卻理亦宜.[5]	죽이는 것이 도리어 합당하고 적절하지.
奪攘不愧恥,[6]	남의 것을 빼앗고도 부끄러워하지 않고
飽滿盤天嬉.[7]	배를 가득 채우고는 하늘을 빙빙 돌며 즐거워했으며,
晴日占光景,[8]	날이 맑으면 좋은 풍경을 차지하고
高風送追隨.[9]	바람이 높으면 따라가며 새를 잡았지.
遂凌紫鳳群,[10]	이에 자봉 무리를 능멸하였으니
肯顧鴻鵠卑.[11]	어찌 홍혹을 비천하다고 여기며 돌아보려 했겠는가?

今者命運窮,　　　　지금 운명이 다하여
遭逢巧丸兒.¹²　　　　탄환을 잘 던지는 아이들을 만났으니,
中汝要害處,¹³　　　　너의 급소를 맞히면
汝能不得施.　　　　너의 능력은 펼 수 없을 것이다.
於吾乃何有,　　　　나하고 무슨 관계가 있으랴만
不忍乘其危.¹⁴　　　　차마 그 위험에 편승하지 못하여,
丏汝將死命,¹⁵　　　　곧 죽을 네 목숨을 구해주고
浴以淸水池.　　　　맑은 연못물로 씻기고는,
朝餐輟魚肉,¹⁶　　　　아침에 먹을 때는 물고기와 고기를 계속해서 주고
暝宿防狐狸.¹⁷　　　　저녁에 잘 때는 여우와 삵을 막아주었네.
自知無以致,¹⁸　　　　이런 대접을 받을 이유가 없음을 스스로 알기에
蒙德久猶疑.　　　　은덕을 입고도 오래되었지만 여전히 의심하여,
飽入深竹叢,　　　　배부르면 깊은 대숲으로 들어가고
飢來傍階基.¹⁹　　　　배고프면 계단 옆으로 나왔는데,
亮無責報心,²⁰　　　　나는 분명코 은혜에 보답 받을 마음이 없었기에
固以聽所爲.²¹　　　　본시 그것이 하는 대로 내버려두었네.
昨日有氣力,　　　　어제 기운이 생겨서
飛跳弄藩籬.²²　　　　뛰어 날며 울타리에서 놀았고,
今晨忽徑去,²³　　　　오늘 아침에 갑자기 곧장 떠났는데
曾不報我知.²⁴　　　　일찍이 내가 알도록 알려주지 않았지.
僥倖非汝福,²⁵　　　　요행은 너의 복이 아니니
天衢汝休窺.²⁶　　　　장안 거리를 너는 넘보지 마라.
京城事彈射,²⁷　　　　경성 사람들은 탄환을 잘 쏘니
豎子豈易欺.²⁸　　　　아이들이 어찌 쉽사리 속아 넘어가겠는가?
勿諱泥坑辱,²⁹　　　　진흙구덩이에서의 치욕을 꺼리지 말지니
泥坑乃良規.³⁰　　　　진흙구덩이가 좋은 본보기이지.

1) 鴟(치) : 올빼미 종류의 새. 일반적으로 나쁜 행실을 일삼는 이를 비유한다.

2) 翅(시) : 날개.

3) 拍拍(박박) : 날개를 퍼덕이는 소리.

4) 瓦礫(와력) : 기와조각과 자갈. 올빼미를 잡으려고 던지는 물건이다.

5) 卻(각) : 도리어. 또는 앞의 '殺殺'과 붙여서 '죽여 버리다'로 풀이할 수도 있다.

6) 奪攘(탈양) : 남의 물건을 빼앗다.

7) 盤天(반천) : 하늘을 빙빙 돌다.

8) 占光景(점광경) : 좋은 경치를 차지하다.

9) 送(송) : 새나 짐승을 쫓아간다는 뜻으로 여기서는 사냥하는 것을 가리킨다.

10) 紫鳳(자봉) : 전설 속에 나오는 신령한 새.

11) 鴻鵠(홍혹) : 큰 고니.

12) 巧丸兒(교환아) : 탄환을 잘 던지는 아이.

13) 中(중) : 명중시키다.

14) 乘其危(승기위) : 그 위험에 편승하다. 올빼미의 위험한 처지를 이용한다는 말로 다른 사람과 함께 올빼미를 죽이는 것을 가리킨다.

15) 丐(기) : 주다. 여기서는 구해준다는 뜻이다.

16) 輟(철) : 계속해서 주다.

17) 暝(명) : 저녁. 狐狸(호리) : 여우와 삵.

18) 無以致(무이치) : 이러한 상황이 될 만한 이유가 없다.

19) 階基(계기) : 계단.

20) 亮(량) : 분명하다. 또는 '량諒'과 통하여 '진실로'라고 풀이할 수도 있다. 責報心(책보심) : 보답을 받으려는 마음.

21) 固(고) : 그래서. 본래. 聽所爲(청소위) : 하는 대로 내버려두다.

22) 藩籬(번리) : 울타리.

23) 徑(경) : 곧장.

24) 報我知(보아지) : 내게 알려 알게 하다.

25) 僥倖(요행) : 뜻하지 않은 행운. 올빼미가 더러운 물에 빠졌다가 생각지도 않게 도움을
받아 살아난 것을 말한다.

26) 天衢(천구) : 하늘의 거리. 여기서는 천자가 있는 장안의 거리를 말한다.

27) 彈射(탄사) : 탄환을 쏘아 맞히다.

28) 豎子(수자) : 어린아이.

29) 諱(휘) : 꺼리다. 泥坑辱(니갱욕) : 진흙구덩이의 치욕. 시의 앞부분에서 말한 올빼미가
더러운 물에 빠져 죽을 뻔한 일을 가리킨다.

30) 良規(양규) : 좋은 본보기.

해설

이 시는 위험에 처한 올빼미를 구해 보살펴 준 이야기를 적었다.

첫 6구에서는 올빼미가 도랑물에 빠져 퍼덕이자 아이들이 잡으려고 돌을 들고 달려가는
모습을 서술하였다. 그 다음 12구에서는 이를 본 한유의 생각을 적었는데, 평소 올빼미가
남의 것을 빼앗으며 자봉이나 홍곡을 능멸하는 잘못된 행실을 보였기에 죽게 내버려두는
것이 합당하다고 하였다. '於吾' 구부터 '曾不' 구까지 16구에서는 한유가 갑자기 올빼미를
측은하게 여겨서 구해주어 보살핀 내용을 적었다. 자신과는 아무런 관계가 없지만 그래도
위험에 처한 것을 외면할 수 없었다는 사실, 올빼미가 자신이 이런 은혜를 받는 것을 의심하며
숨어 지냈다는 사실, 애초에 은혜에 보답 받을 생각이 없었기에 올빼미가 하는 대로 내버려두
었다는 사실, 어제 기력을 회복하여 오늘 아무런 말도 없이 갑자기 떠나가 버린 사실 등을
차례로 적었다. 한유가 보답을 받을 생각이 애초에 없었다는 것과 올빼미가 의심스러워하다
가 답례도 없이 훌쩍 떠나버렸다는 것에서 올빼미 본성의 개선에 대한 기대가 전혀 없었으며
그것이 또한 사실임을 보여주고 있다. 마지막 6구는 떠나가 버린 올빼미에게 하는 말인데,
도랑물에 빠져 위험에 처했던 일을 경계로 삼아서 다시는 장안에 오지 말 것을 권고하였다.
여기에는 다시는 그러한 위험에서 구해줄 이가 없을 것이라는 경고도 포함되어 있다.

당시 정말로 이러한 일이 있었는지 아니면 한유가 기탁하여 말할 것이 있어서 이런 이야기
를 지어내었는지는 알 수가 없다. 하지만 이러한 우언 같은 이야기를 통해 당시 상황을 풍자하
는 것은 한유의 시에 자주 보인다. 아마도 당시 조정의 관료 중에 거만하고 난폭한 이가

있었는데 궁지에 빠진 그를 한유가 구제해주었지만 아무런 인사도 없었던 상황이 있었을 지도 모르겠다. 혹은 주위에 이러한 상황을 목격하고 이를 풍자하기 위해 지었을 수도 있다.

풍자하는 내용에 착안하여 이 시가 원화 11년(816) 비방을 받아 태자우서자太子右庶子로 밀려났을 때 지은 것이라는 설이 있다.

54

聽穎師彈琴[1]

영 스님이 연주하는 금 소리를 듣다

昵昵兒女語,[2]	친근하게 아녀자의 말을 하면서
恩怨相爾汝.[3]	미운 정 고운 정으로 서로 너나들이하다가도,
劃然變軒昂,[4]	갑자기 격앙된 소리로 변하니
勇士赴敵場.	용맹한 병사가 적진으로 달려가고,
浮雲柳絮無根蒂,[5]	뜬 구름과 버들개지는 뿌리와 꼭지가 없어
天地闊遠隨飛揚.	천지 광활한 곳을 마음대로 날아다니며,
喧啾百鳥群,[6]	온갖 새가 모여서 시끄럽게 지저귀다가도
忽見孤鳳凰.	갑자기 외로운 봉황이 보이고,
躋攀分寸不可上,[7]	더위잡아 오르다 조금도 더 올라갈 수 없다가도
失勢一落千丈强.[8]	기세를 잃어 한 번 떨어지면 천 장이 넘는구나.
嗟余有兩耳,	아아 내게 두 귀가 있어도
未省聽絲篁.[9]	음악 소리를 살펴 들을 줄 몰랐는데,
自聞穎師彈,	영 스님의 연주를 듣고부터는
起坐在一旁.	한쪽 옆에서 일어났다 앉았다하네.

推手遽止之,　　　　 내가 손을 밀치며 갑자기 제지하니

濕衣淚滂滂.10　　　 옷이 젖도록 눈물이 줄줄 흘러서라네.

穎乎爾誠能,　　　　 영 스님이여, 그대는 진실로 능력자이니

無以冰炭置我腸.11　 얼음과 석탄을 내 속에 두지는 마시오.

· 주석 ·

1) 穎師(영사) : 영 스님. '사'는 스님의 존칭이다. 인도에서 온 스님으로 원화 연간에 장안으로 와서 여러 사람들을 찾아다니며 금을 타고 시를 구했다고 한다.

2) 昵昵(일닐) : 친근한 모양.

3) 爾汝(이여) : 너와 나. 연인 사이에서 너나들이하는 것이다.

4) 劃然(획연) : 갑자기. 軒昂(헌앙) : 기세가 높다.

5) 根蒂(근체) : 식물의 뿌리와 과일의 꼭지. 본체에 매달릴 수 있는 것을 가리킨다.

6) 喧啾(훤추) : 시끄럽게 지저귀다.

7) 躋攀(제반) : 더위잡고 오르다. 分寸(분촌) : 일 푼 일 촌. 아주 적은 양을 의미한다.

8) 强(강) : 남짓.

9) 省(성) : 이해하다. 絲篁(사황) : 실과 대나무. 현악기와 관악기를 뜻한다. 여기서는 두루 음악을 가리킨다.

10) 滂滂(방방) : 줄줄 흐르는 모양.

11) 冰炭(빙탄) : 얼음과 석탄. 두 가지 상반된 특징을 가진 것으로 여기서는 사람의 마음이 극단적으로 바뀌는 것을 비유한다.

· 해설 ·

이 시는 영 스님이 타는 금 연주를 듣고 지은 것이다. 전반부의 10구에서는 다양한 비유를 사용하여 영 스님의 연주를 묘사하였는데, 다정하다가도 격정적으로 변하고, 천지 광활한 곳을 자유롭게 날아다니는데 온갖 새소리가 어울려 들리다가도 봉황의 고아한 소리가 나기도 하며, 한껏 고조시켰다가다 갑자기 훅 떨어지는 상황 등 천태만상으로 변화다단한 모습을

표현하였다. 후반부의 8구에서는 이러한 연주를 들은 한유의 감회를 적었는데, 평소 음악의 문외한이었지만 영 스님의 연주를 듣고는 안절부절 할 수가 없었고 감동에 북받쳐 눈물을 줄줄 흘려서 손을 밀치며 제지할 수 밖에 없었다고 하였다. 사람의 마음을 순식간에 극단적으로 변화시킬 수 있는 그의 능력을 칭송하면서 마무리 하였다.

이 시는 대체로 원화 11년(816) 장안에서 지은 것으로 추정된다.

55

過鴻溝¹

홍구를 지나다

龍疲虎困割川原,² 용과 호랑이가 피곤해져 강과 평원을 나누자
億萬蒼生性命存. 억만 백성의 목숨이 보존되었지.
誰勸君王回馬首,³ 누가 군왕에게 말머리를 돌리라 권고하고는
眞成一擲賭乾坤.⁴ 진정 천지를 걸고 한번 패를 던졌는가?

·주석·

1) 鴻溝(홍구) : 지금의 하남성에 있는 운하. 한나라의 유방과 초나라의 항우가 서로 접전하다가 이곳을 경계로 천하를 나누었다.

2) 龍疲虎困(용피호곤) : 용이 피로하고 호랑이가 지치다. 유방과 항우가 싸우다 지친 것을 비유한다.

3) 回馬首(회마수) : 말머리를 돌리다. 유방과 항우가 협상한 뒤 헤어졌는데, 장양張良과 진평陳平이 유방에게 권고하여 항우를 쫓아가 멸망시키자고 하였다. 이에 유방은 군사를 되돌려 항우를 죽이고 천하를 통일하였다.

4) 一擲賭乾坤(일척도건곤) : 하늘과 땅을 두고 도박을 하면서 한번 패를 던지다. 천하

쟁패를 두고 한번 결행한다는 뜻으로, 유방이 항우와 마지막 결전을 한 것을 말한다.

원화 12년(817) 한유는 배도裴度를 따라 회서淮西의 번진인 오원제吳元濟를 토벌하러 채주蔡州로 갔는데 이 시는 가던 도중 홍구를 지나며 지은 것이다. 예전 유방과 항우가 이곳을 경계로 천하를 나누었지만 유방의 부하인 장양과 진평의 권고에 따라 유방이 항우를 결국 멸망시킨 일을 말하였다. 두 사람이 원래 화해하여 전쟁을 그만 두어 백성들이 평안하게 되었지만, 장양과 진평의 계책에 따라 천하를 두고 한번 도박을 하게 되어 세상을 불안한 전쟁의 도가니로 몰아넣은 것에 대해 비판한 것이다.

이 시의 마지막 구에서 사자성어인 '건곤일척乾坤一擲'이 나왔으며 사생결단한다는 의미로 사용되고 있다. 당시 한유가 회서 정벌을 오고가던 여정에서 다수의 칠언절구를 지었는데, 대체로 토벌을 반드시 승리로 이끌겠다는 다짐과 승리하고 개선하는 즐거움을 표현하였다. 이 시의 건곤일척도 반드시 승리하겠다는 의지가 반영된 것으로도 보이는데, 그러기에는 시의 뜻과 당시의 상황이 잘 맞지 않는다.

獨釣四首

홀로 낚시하다 4수

제2수

一徑向池斜,	한 줄기 길이 못을 향해 비껴 있고
池塘野草花.	못에는 들풀이 꽃을 피웠는데,
雨多添柳耳,¹	비가 많아 버들 위에 목이버섯이 생기고
水長減蒲芽.	물이 높아 부들 싹이 줄어들었구나.
坐厭親刑柄,²	앉아서 질리도록 형부의 권력을 가까이했기에
偸來傍釣車.³	몰래 와서 낚싯대를 옆에 두었네.
太平公事少,	태평성세라 공무가 적으니
吏隱詎相賒.⁴	관직에서의 은일함을 어찌 어기겠는가?

· 주석 ·

1) 柳耳(유이) : 버드나무 가지 위에 자란 목이버섯.
2) 刑柄(형병) : 형부刑部의 권력. 당시 한유는 형부시랑이었다.

3) 釣車(조거) : 낚싯대의 릴. 낚싯줄을 쉽게 감고 풀 수 있는 장치이다.
4) 詎(거) : 어찌. 賖(사) : 어기다. 멀리하다.

　이 시는 홀로 낚시하면서 느낀 흥취를 그린 것이다. 형부시랑刑部侍郎에 재직하고 있어서 업무가 많았을 터인데 낚시를 즐겨 했다. 한유의 후반기 삶은 높은 관직을 하고 있어 물질적으로는 풍요로웠을지 모르겠지만, 마음은 그다지 편치 않았을 것이다. 관직을 버리고 은일하겠다는 말은 예전부터 늘 하고 있었지만, 당시에는 정말로 관직 생활에 염증을 느꼈기에 공무가 한가했던 것이 아니라 일부러 업무를 등한시하고 여가시간을 적극적으로 만들어낸 것으로 보인다. 그랬기에 이러한 한적시에서 한가로움을 느낄 수도 있지만 이와 동시에 같이 즐길 수 있는 이가 없는 외로움과 현실 생활의 힘겨움도 한껏 묻어난다.

　제2수에서는 들꽃이 핀 연못에 와보니 마침 비가 많이 와서 버드나무에는 버섯이 생겨났고 연못 수위가 높아져 물풀이 많이 잠겨 있다는 정황을 묘사한 뒤, 태평성세라서 관직을 하고 있지만 은일할 수 있는 여건을 즐기고 있다고 말하였다. 이 시에 나오는 '이은吏隱'이란 말은 관직 생활을 하면서도 은일 생활을 하는 것인데, 당 송지문宋之問의 시에 처음 보인다. 당시 백거이, 한유 등을 비롯하여 많은 문인들이 이러한 생활을 추구하고자 하였는데, 혼란한 정치 상황 속에서 나름의 해결책을 찾고 싶었던 것으로 보인다.

　이 시는 원화 13년(818) 장안에서 형부시랑을 하고 있을 때 지은 것이다.

左遷至藍關示姪孫湘¹

좌천되어 가다가 남관에 이르러 종손 한상에게 보여주다

一封朝奏九重天,	표문 하나 아침에 구중 하늘에 상주했다가
夕貶潮州路八千.	저녁에 조주로 폄적되니 길이 팔천 리구나.
欲爲聖朝除弊事,	성스런 조정에서 잘못된 일을 없애려 했던 것이니
肯將衰朽惜殘年.	쇠잔한 몸으로 남은 날을 애석해 하려 하겠는가?
雲橫秦嶺家何在,²	구름이 진령을 가로지르니 집이 어디 있는가?
雪擁藍關馬不前.	눈이 남관을 둘러싸서 말이 나아가질 못하네.
知汝遠來應有意,	그대가 멀리서 온 것은 응당 뜻이 있어서임을 알겠으니
好收吾骨瘴江邊.³	장기 있는 강가에서 내 뼈를 잘 거두어주게나.

· 주석 ·

1) 藍關(남관) : 남전관藍田關. 지금의 섬서성 남전현 남쪽에 있다. 姪孫湘(질손상) : 한유
   의 조카 한노성韓老成의 아들인 한상韓湘. '질손'은 형제의 손자이다. 한상은 자가
   북저北渚이며 장경長慶 3년(823) 진사에 합격하여 대리승大理丞을 역임했다.
2) 秦嶺(진령) : 장안 남쪽에 있는 진령산맥으로 남전관 북쪽에 있다.

3) 瘴江(장강) : 장기가 있는 강. 조주를 가리킨다.

(해설)

　한유는 원화 14년(819) 정월 봉상鳳翔 법문사法門寺의 불골을 조정으로 들여오는 일에 반대하여 상주했다가 헌종憲宗의 노여움을 사서 정월 14일 조주로 폄적되었다. 대개 폄적이 결정되어도 준비하는 기일을 주고 가족과 함께 떠나도록 해주는데, 한유의 죄가 워낙 엄중했기에 곧장 혼자 떠나게 되었다. 가던 도중 급히 한유를 뒤따라 온 한상과 한방韓滂과 만났으며, 이들은 조주까지 한유와 동행하였다.

　이 시는 조주자사潮州刺史로 좌천되어 가다가 남전관에 이르러 한상에게 지어준 것이다. 당시 상주한 일로 인해 갑작스럽게 폄적되어 머나먼 조주로 가게 되었지만, 이는 조정의 폐습을 없애려고 한 충정에서 나온 행동이니 늙은 몸으로써 이를 후회하지 않겠다고 하였다. 하지만 떠나가는 상황은 참담하니 뒤를 돌아봐도 집은 보이질 않고 눈이 와서 가는 길이 힘들기만 하다. 이에 자신을 돕기 위해 뒤따라 온 한상이 고맙기만 한데, 그저 이들에게 당부하는 건 조주에서 자신의 시신을 잘 수습해달라는 것이다. 조주는 지금의 광동성 광주시 부근에 있어서 당시 조주로 가는 동안에 죽거나 그곳 생활에 적응을 못해 얼마 살지 못하는 사람이 많았다. 이에 한유 역시 이제 자신의 죽음을 예상하고 이에 담담하게 맞이하는 시를 쓴 것이다.

　한유가 남방으로 쫓겨난 것은 양산에 이어 두 번째이다. 양산의 폄적 생활에 관한 기록은 그의 시문에 많이 남아있는데, 그곳의 기후와 풍토에 많이 힘들어하였음을 알 수 있다. 조주는 양산보다 더 남쪽에 있었기에 이번에는 더 힘들 것이라고 생각했으며, 죽을지도 모른다고 생각했을 것이다. 추운 겨울날 가족과 헤어져 혼자 먼 길을 떠나가며 한유는 절대적인 절망을 느꼈을 것이다. 그렇기에 한유를 도우러 온 한상에 대한 고마움 또한 끝이 없었을 것이다. 하지만 이들에게 당부하는 말은 자신의 시신을 잘 수습해달라는 것이니, 그 참담함 또한 끝이 없었으리라.

　이 시는 원화 14년 정월 조주로 폄적가면서 지은 것이다.

58

瀧吏¹

급류의 관리

南行逾六旬,	남행한 지 60일이 넘어
始下昌樂瀧.	비로소 창락랑에 도착했는데,
險惡不可狀,	험악함을 표현할 수가 없으니
船石相舂撞.²	배와 바위가 서로 부닥치는구나.
往問瀧頭吏,	급류의 관리에게 가서 물어보길
潮州尙幾里.	"조주는 얼마나 더 가야 하는가?
行當何時到,	가면 언제나 도착하는가?
土風復何似.	그곳 풍습은 또 어떠한가?"라고 하였네.
瀧吏垂手笑,³	급류의 관리가 손을 늘어뜨리고 웃으면서
官何問之愚.	"나리는 묻는 것이 어찌 그리 어리석은지요?
譬官居京邑,	비유컨대 나리가 수도에 살면
何由知東吳.⁴	어떻게 동오 지역을 알겠습니까?
東吳游宦鄕,⁵	동오는 떠돌이 관원의 고을이니
官知自有由.	나리가 아신다면 절로 이유가 있을 겁니다.

潮州底處所,⁶	조주는 어떤 곳입니까?
有罪乃竄流.⁷	죄를 지은 자가 쫓겨나는 곳인데,
儂幸無負犯,⁸	저는 다행히 지은 죄가 없으니
何由到而知.	무슨 갈 일이 있어 알 수 있겠습니까?
官今行自到,	나리가 지금 가시면 절로 도착할 터인데
那遽妄問爲.⁹	어찌 성급하게도 망령되이 물으십니까?"라고 하네.
不虞卒見困,¹⁰	뜻밖에 갑자기 곤경을 당하니
汗出愧且駭.¹¹	식은땀이 나며 부끄럽고 또 놀라네.
吏曰聊戲官,	관리가 말하길, "그저 나리께 장난 친 겁니다
儂嘗使往罷.¹²	저는 일찍이 공무로 갔다 온 적이 있는데,
嶺南大抵同,	영남 지역은 대체로 똑같고
官去道苦遼.¹³	나리가 가기에 길이 심히 멉니다.
下此三千里,	이쪽으로 삼천리를 내려가시면
有州始名潮.	비로소 조주라는 지방이 있는데,
惡溪瘴毒聚,¹⁴	악계에는 장기와 독기가 모여 있고
雷電常洶洶.¹⁵	우레와 번개가 항상 우르릉 거리며,
鱷魚大於船,¹⁶	악어는 배 보다 크고
牙眼怖殺儂.¹⁷	그 이와 눈은 무서움이 절 죽일 것 같았습니다.
州南數十里,	조주 남쪽 수십 리에는
有海無天地.	바다가 있어 천지가 따로 없으며,
颶風有時作,¹⁸	태풍이 때때로 오면
掀簸眞差事.¹⁹	사물이 뒤집혀 날아가니 정말 괴이한 일입니다.
聖人於天下,	성인이 천하를 다스리시면서
於物無不容.²⁰	사물에 대해 받아들이지 않음이 없으시니,
比聞此州囚,	최근에 듣건대 조주의 죄인이
亦在生還儂.	또한 그곳에 머물다가 살아서 이쪽으로 돌아왔답니다.

官無嫌此州,　　　나리는 조주를 싫어하지 마십시요
固罪人所徙.　　　본래 죄인이 가는 곳인데,
官當明時來,　　　나리는 사리 판단이 분명한 시대에 왔으니
事不待說委.²¹　　　일의 자초지종을 설명할 필요가 없을 것입니다.
官不自謹愼,　　　나리는 스스로 삼가고 신중하지 않아서
宜卽引分往.　　　마땅히 처분에 따라 가시는 건데,
胡爲此水邊,　　　어찌 이 물가에서
神色久懍慌.²²　　　오래도록 실망한 안색을 하십니까?
瓨大甁甖小,²³　　　독은 크고 항아리는 작아서
所任自有宜.　　　맡은 바에 절로 마땅함이 있는데,
官何不自量,　　　나리는 어찌하여 스스로를 헤아리지 않고서
滿溢以取斯.²⁴　　　가득 차 넘쳐서 이렇게 되었습니까?
工農雖小人,　　　공인과 농민은 비록 소인이어도
事業各有守.　　　하는 일에는 각자 맡은 바가 있지만,
不知官在朝,　　　나리가 조정에 있는 것이
有益國家不.　　　국가에 유익한 것인지는 알지 못하겠습니다.
得無虱其間,²⁵　　　어찌 그 틈에서 벌레인 이와 같이 살면서
不武亦不文.　　　무공도 없고 또 선비의 업적도 없이,
仁義飾其躬,　　　인과 의로 자신의 몸을 장식하고는
巧姦敗群倫.²⁶　　　교묘함과 간사함으로 동료들을 망치지 않았습니까?"라 하네.
叩頭謝吏言,²⁷　　　머리를 조아리고 관리의 말에 감사하니
始慙今更羞.　　　처음에도 부끄러웠지만 지금 더욱 부끄럽네.
歷官二十餘,　　　관직을 한 것이 이십여 년이지만
國恩並未酬.　　　나라의 은혜에 아직 보답하지 못했으니,
凡吏之所訶,²⁸　　　평범한 관리의 질책이
嗟實頗有之.²⁹　　　아아 실로 무척이나 타당하구나.

不卽金木誅,30	육형을 받지 않았다고
敢不識恩私.31	어찌 감히 은혜를 알지 못하겠는가?
潮州雖云遠,	조주가 비록 멀다고 하고
雖惡不可過.32	비록 험악하여 견딜 수 없다고 하지만,
於身實已多,	이 몸이 입은 은혜가 실로 이미 많으니
敢不持自賀.	어찌 감히 스스로 축하하지 않겠는가?

· 주석 ·

1) 瀧吏(낭리) : 강물이 험한 곳에서 배 운행의 안전을 관리하는 관원이다. 시의 내용에 따르면 창락랑昌樂瀧의 관원이며, 창락랑은 지금의 광동성 낙창시樂昌市에 있다.

2) 舂撞(용당) : 충돌하다.

3) 垂手(수수) : 손을 내리다. 공손한 태도이다.

4) 東吳(동오) : 삼국시대 오나라의 동쪽 지역으로 수도인 장안과 멀리 떨어져 있다.

5) 游宦鄕(유환향) : 떠도는 관원의 지역. 수도에서 멀리 떨어진 지역이라는 뜻이다.

6) 底處所(저처소) : 무슨 장소.

7) 竄流(찬류) : 쫓겨나다. 유배당하다.

8) 儂(농) : 오 땅 방언으로 자신을 지칭하는 말이다. 負犯(부범) : 죄를 짓다.

9) 那(나) : 어찌. 遽(거) : 성급하다.

10) 不虞(불우) : 뜻밖에. 見困(견곤) : 곤혹스런 일을 당하다. 낭리에게 타박을 당한 것을 말한다.

11) 駭(해) : 놀라다.

12) 罷(파) : 일을 마치다.

13) 遼(료) : 멀다.

14) 惡溪(악계) : 조주에 있는 물의 이름. 瘴毒(장독) : 열대 지방의 더위 기운과 독기.

15) 洶洶(흉흉) : 크게 울리는 소리.

16) 鱷魚(악어) : 악어.

17) 怖殺儂(포살농) : 무서움이 나를 죽이다. 죽을 만큼 무서웠다는 말이다.

18) 颶風(구풍) : 태풍.

19) 掀簸(흔파) : 바람이 물건을 날려 보내다. 差事(차사) : 괴이한 일.

20) 物(물) : 사물과 사람을 아울러 가리킨다.

21) 說委(설위) : 일의 경위를 말하다.

22) 懘慌(창황) : 실망한 모양.

23) 瓨(강) : 독. 큰 항아리. 缾甖(병앵) : 작은 병과 단지.

24) 滿溢(만일) : 차서 넘치다.

25) 得無(득무) : 어찌 아니겠는가? 虱(슬) : 이. 관직에 해악을 미치는 존재를 비유한다.

26) 敗(패) : 망치다. 群倫(군륜) : 동료. 또는 여러 윤리 덕목.

27) 叩頭(고두) : 머리를 조아리다. 감사를 표현하는 것이다.

28) 訶(가) : 꾸짖다.

29) 有之(유지) : 요지를 지적했다는 뜻이다.

30) 卽(즉) : 나아가다. 金木誅(금목주) : 형벌. '금'은 쇠로 된 형구이고 '목'은 나무로 된 형구를 뜻한다. 여기서는 육형을 의미한다.

31) 恩私(은사) : 천자의 총애.

32) 過(과) : 세월을 보내다. 견디다.

해설

한유는 원화 14년(819) 정월 14일에 조주로 폄적 되는 것이 결정되었고 말미를 받지 못한 채 곧장 출발했다. 60일쯤 지나서 창락랑이라는 곳에 도착했다. 물길이 험하여 갈 엄두가 나지도 않는데, 앞으로 또 얼마나 더 가야 되는지도 궁금하고, 조주의 생활여건은 어떤지도 궁금하여 그곳의 관리에게 물어보았다. 이 시는 그 대화를 적은 것이다. 하지만 대화의 내용으로 보아 실제 있었던 일이라기보다는 한유가 상상하여 지은 것일 가능성이 높다.

한유의 물음에 관리의 첫 대답은 어리석은 질문에 대한 타박이다. "조주라는 곳은 죄를 지은 자가 쫓겨나는 곳인데 나는 죄를 지은 적이 없으니 알 도리가 없다. 그곳에 가면 자연 알게 될 것인데 뭐 그리 성급하게 물어보느냐?" 예상치도 않게 상당히 퉁명하고 공격적인 대답을 들은 한유는 식은땀이 나고 부끄럽다. 그런 한유의 모습을 본 관리는 이제야 제대로 대답을 한다. "예전에 공적인 일로 가본 적이 있는데 엄청나게 험악하고 위험한 곳이다. 아직도 삼천리를 더 가야하고 배보다 큰 악어가 도사리고 있으며, 바다에는 태풍이 불어 모든 것을 날려 보낸다." 이러한 위험을 말한 뒤 다시 한유의 상황에 대해 이성적으로 분석하여 말을 한다. "지금 천자는 밝은 정치를 하며 만인을 품어주시니, 최근에 죄인이 그곳으로 갔다가 살아 돌아왔다. 한유의 상황에 대해 자초지종을 말하지 않아도 다 살펴보시어 합당하게 처분을 내리실 것이다. 근데 한유 당신이 잘못한 것도 사실이지 않은가? 자신의 능력을 헤아리지도 않은 채 주제넘은 행동을 하여 나라의 유익함에는 도움이 되지 못했다. 인과 의를 말하고 있지만 오히려 동료들을 교묘함과 간사함으로 망치는 해악을 저지르지 않았는가?" 이러한 준엄한 꾸짖음을 들은 한유는 부끄러우면서도 고마움을 느낀다. 정원 12년(796) 동진의 막부에 처음 부임한 이래로 지금까지 24년간 관직에 있었지만 나라의 은혜에 아직 보답하고 있지 않으니 그 관리의 질책이 너무나도 타당하다. 이제 내 잘못을 알게 되었고 이 벌을 달게 받을 것이다. 육형을 받지 않고 폄적만 되어 목숨은 부지하였으니 이미 내가 받은 은혜는 너무나도 크다. 오히려 스스로 축하를 해야 할 것이다.

지방으로 파견된 관리가 부임지에 도착하면 맨 먼저 하는 일이 천자에게 보고하는 글을 올리는 것이다. 상당히 의례적인 글이지만, 한유는 조주에 도착한 뒤 자신을 살려주고 조주로 보내주신 천자의 은혜에 감사한다는 내용으로 글을 올린다. 어찌 보면 그곳에서 하루라도 빨리 벗어나기 위해 한유가 생각해낸 방법이었을 수도 있다. 이 시도 이러한 생각에서 지은 것일 수도 있다. 실제로 한유의 이러한 전향적인 태도가 인정받아 곧 장안으로 다시 부름을 받았다.

이 시는 원화 14년 조주로 폄적 가던 도중에 지은 것이다.

初南食貽元十八協律[1]

처음 남방 음식을 먹고 원 협률에게 주다

鱟實如惠文,[2]	투구게는 실로 혜문관처럼 생겼는데
骨眼相負行.[3]	껍질에 눈이 있고 서로 짊어지고 다니며,
蠔相黏爲山,[4]	굴은 서로 들러붙어 산을 이루었는데
百十各自生.	수십 수백 개가 각자 스스로 살아가네.
蒲魚尾如蛇,[5]	가오리는 꼬리가 뱀과 같은데
口眼不相營.	입과 눈을 휘감지는 않고,
蛤卽是蝦蟆,[6]	합이라고 하는 것은 바로 두꺼비인데
同實浪異名.	실질은 같지만 함부로 이름을 달리 했구나.
章擧馬甲柱,[7]	문어와 키조개의 관자는
鬪以怪自呈.[8]	어지러이 기괴함으로 스스로를 드러내고,
其餘數十種,	그 나머지 수십 종도
莫不可歎驚.	놀랄 만하지 않은 것이 없구나.
我來禦魑魅,[9]	내가 온 것은 도깨비를 막기 위함이니
自宜味南烹.[10]	스스로 마땅히 남방 요리를 맛봐야하리.

調以鹹與酸,	소금과 식초로 간을 하고
芼以椒與橙,[11]	산초와 등자로 버무리지만,
腥臊始發越,[12]	비린내와 누린내가 처음부터 진동하고
咀呑面汗騂,[13]	씹어 삼키니 얼굴에 땀이 나고 붉어지네.
惟蛇舊所識,	오직 뱀은 예전부터 알던 것이지만
實憚口眼獰,[14]	실로 입과 눈이 흉악한 게 꺼림칙하고,
開籠聽其去,	바구니를 열고서 기어가게 내버려 두는데
鬱屈尚不平,[15]	구불구불하니 여전히 평안치 않아 보이는구나.
賣爾非我罪,	너를 팔도록 한 것은 내 죄가 아니고
不屠豈非情,[16]	죽이지 않으리니 어찌 정이 있어서가 아니겠느냐?
不祈靈珠報,[17]	신령스런 구슬로 보답하길 바라진 않고
幸無嫌怨并,[18]	원망을 가지지 않기를 바란다.
聊歌以記之,	그저 노래하여 이를 기록하고
又以告同行.	또 동행자에게 알린다.

· 주석 ·

1) 南食(남식) : 남방 음식을 먹다. 貽(이) : 주다. 元十八協律(원십팔협률) : 원집허元集虛. 자는 극기克己이다. 원화 12년(817) 백거이白居易와 여산廬山 대림사大林寺에서 노닐었으며, 유종원柳宗元이 영주永州에 있을 때도 같이 교유하였는데, 한유는 유종원으로부터 원집허의 인품에 대해 전해들은 바가 있었다. 계관관찰사桂管觀察使 배행립裴行立의 막료로 있었다. '십팔'은 친척형제 간의 순서를 나타낸다. '협률'은 음악을 담당하는 관원인 협률랑協律郎이다.

2) 鱟(후) : 투구게. 惠文(혜문) : 조趙나라 혜문왕이 만들었다고 전해지는 관冠의 이름으로 주로 무관이 썼다고 한다.

3) 相負行(상부행) : 투구게는 암컷이 수컷을 짊어지고 다닌다고 한다.

4) 蠔(호) : 굴. 黏(점) : 붙다.

5) 蒲魚(포어) : 가오리.

6) 蛤(합) : 남방에서 서식하는 개구리의 일종. 蝦蟆(하마) : 개구리 종류의 통칭.

7) 章擧(장거) : 문어. 馬甲柱(마갑주) : 키조개의 관자.

8) 鬭(투) : 어지럽다. 분답하다.

9) 禦魑魅(어리매) : 도깨비를 막다. 변방 지역을 지킨다는 뜻으로 한유가 조주로 폄적
   온 것을 의미한다.

10) 南烹(남팽) : 남방의 요리.

11) 芼(모) : 버무리다.

12) 腥臊(성조) : 비린내와 누린내.

13) 咀(저) : 씹다. 騂(성) : 붉다. 여기서는 얼굴이 상기되는 것을 말한다.

14) 獰(녕) : 흉악하다.

15) 鬱屈(울굴) : 구불구불하다.

16) 屠(도) : 죽이다.

17) 靈珠報(영주보) : 신령스런 구슬로 보답하다. 수후隨侯가 상처가 난 큰 뱀을 치료해주
   었는데 후에 구슬을 물고 나타나 보답했다고 한다.

18) 嫌怨(혐원) : 원망.

(해설)

　　이 시는 한유가 조주로 폄적 되어 간 뒤 처음 남방 음식을 먹고 그 느낌을 적은 것이다.
전반부의 12구에서는 여러 해산물과 개구리의 기괴한 형상에 대해서 묘사하였다. 모든 음식
재료들이 한유가 태어나서 처음 보는 것이었는데 외관에서 상당히 충격을 받은 것으로 보인
다. 그 다음 6구에서는 자신이 남방으로 와서 이 지역을 다스리게 되었기에 토속 음식을
먹어봐야 하겠다고 다짐을 했지만 막상 요리해서 먹어보니 쉽지 않다고 하였다. 다음 8구에서
는 뱀에 관한 이야기를 하였다. 많은 음식 재료 중에 뱀은 이전부터 알고 있었던 것이기는
하지만 여전히 먹기에 꺼려져서 다시 살려 보낸다고 하였다.

　　낯설고 이상한 맛이 나는 음식을 먹느라고 고생하고 차마 먹지 못해 재료를 다시 놓아주는
모습이 왠지 우스꽝스럽게 여겨진다. 한유가 지은 〈유종원 유주자사가 개구리를 먹고 지은

시에 답하다答柳柳州食蝦蟆〉역시 조주로 폄적되었을 때 지은 것인데 "내가 처음에는 목구멍
으로 삼키지 못하다가 근래에 또한 조금씩 먹을 수 있게 되었네.(余初不下喉, 近亦能稍稍.)라
고 하여 점차 남방 음식에 적응되었다고 하였다. 절친한 관계에 있던 두 사람이 남방의 생소한
먹거리를 가지고 시를 주고받는 모습이 한편으로는 정겹기도 하다.
　이 시는 원화 14년(819) 조주에서 지은 것이다.

去歲自刑部侍郎以罪貶潮州刺史, 乘驛赴任, 其後家亦譴逐, 小女道死殯之層峰驛旁山下, 蒙恩還朝過其墓, 留題驛梁¹

작년 형부시랑으로 있다가 죄를 지어 조주자사로 폄적되었는데, 역을 지나가면서 부임지로 갔다. 그 후 집안 식구들 역시 쫓겨났는데 막내딸이 길에서 죽어 층봉역 옆 산 아래에 매장하였다. 은혜를 입어 조정으로 돌아가다가 그 무덤을 지나면서 역의 다리에 써서 남긴다

數條藤束木皮棺,　　몇 가닥 등나무로 나무 껍데기 관을 묶어서
草殯荒山白骨寒.²　거친 산에 대충 매장했으니 백골이 차가웠겠구나.
驚恐入心身已病,　　놀라움과 두려움이 가슴속으로 들어가 몸은 이미 병들었으며
扶舁沿路衆知難.³　떠받쳐 짊어지고 길 따라 갔으니 힘들었음을 다들 알았지.
繞墳不暇號三帀,⁴　무덤 주위 돌며 세 번 곡을 할 여유도 없었고
設祭惟聞飯一盤.　　제상을 차리면서 밥 한 그릇만 놓았다는 말만 들었네.
致汝無辜由我罪,　　네게는 죄가 없고 내 죄 때문이니
百年慚痛淚闌干.⁵　백 년 동안 부끄럽고 고통스러워하며 눈물을 흘리겠지.

1) 殯(빈) : 매장하다. 蒙恩(몽은) : 은혜를 입다. 사면을 받은 것을 말한다. 원화 15년(820) 9월 한유는 장안으로 불려와 국자좨주國子祭酒가 되었다. 驛梁(역량) : 역 근처의 다리를 가리키는 것으로 보인다. 또는 역의 대들보를 뜻한다.

2) 草殯(초빈) : 대충 매장하다.

3) 扶舁(부여) : 부축하고 짊어지다. 어린아이를 메고 가는 것이다.

4) 號三帀(호삼잡) : 세 번 돌며 곡을 하다. 매장한 뒤의 의식이다.

5) 闌干(난간) : 눈물을 흘리는 모양.

원화 14년(819) 한유는 형부시랑刑部侍郎이었는데 부처 뼈를 봉헌하는 일에 대해 간언했다가 조주자사潮州刺史로 폄적되었다. 그가 떠난 후 그의 가족 역시 조주로 쫓겨났는데 이동하던 도중인 그해 2월 2일 상주商州 상락현上洛縣(지금의 섬서성 상락시商洛市)의 층봉역層峰驛에서 넷째 딸인 한나韓挐가 12살의 나이로 죽었다. 당시 여유가 없어서 산 아래 가매장하였고 이후 하남의 한씨 묘역으로 이장되었다.

이 시는 한유가 조주로 폄적된 이듬해 다시 장안으로 돌아가던 도중 딸의 묘를 지나면서 느낀 감회를 적은 것이다. 당시 가족이 먼 길을 갑작스럽게 떠나게 된데다 약한 몸으로 가다보니 병을 얻어 죽게 되었으며, 여유가 없어 제대로 장례를 치르지 못한 일을 애통해 하였다. 이 모든 것이 못난 아비를 두었기 때문이니 딸을 죽게 한 부끄러움과 원통함은 한유가 살아있는 동안 짊어져야 하는 원죄이다.

이 시는 원화 15년(820) 장안으로 돌아가다가 지은 것이다.

60 去歲自刑部侍郎以罪貶潮州刺史, 乘驛赴任, 其後家亦譴逐, 小女道死殯之層峰驛旁山下,

鎭州初歸¹

진주에서 막 돌아가다

別來楊柳街頭樹,　　　　길가의 나무인 버들과 헤어지려는데
擺弄春風只欲飛.²　　봄바람에 휘날려 그저 날아갈 듯하구나.
還有小園桃李在,　　　　그래도 조그만 정원에는 복숭아와 자두나무가 있어
留花不發待郞歸.³　　꽃을 머금고 피우지 않은 채 낭군 돌아오길 기다리겠지.

·주석·

1) 鎭州(진주) : 지금의 하북성 정정正定이다.
2) 擺弄(파농) : 흔들리다.
3) 待郞歸(대랑귀) : 임이 돌아오기를 기다리다. 한유가 장안으로 돌아오길 기다린다는
   뜻이다.

·해설·

　　장경 원년(821) 진주의 대장군 왕정주王庭湊가 그 절도사 전홍정田弘正을 죽이고 반란을

일으켰다. 장경 2년(822) 2월 조서를 내려 왕정주의 죄를 없애고 다시 절도사로 삼았는데, 병부시랑兵部侍郎이던 한유가 선위군宣慰軍이 되어 그를 회유하기 위해 진주로 갔다. 이 시는 선위군의 임무를 무사히 마치고 돌아올 때에 지은 것이다.

진주에 있는 버들과 이제 헤어지려고 하는데 버들은 그 정을 이기지 못해서인지 바람에 마구 휘날리며 날아갈 듯하다. 이곳에 와서 그다지 오래 머물지도 않았는데 정이 많이 들었던 듯하다. 하지만 장안 집의 정원에는 복숭아나무와 자두나무가 자신이 오면 반겨주기 위해 꽃을 피우지 않은 채 기다리고 있을 것이라고 하며 길을 재촉하고자 하였다. 나무와 꽃이 서로 자신을 원하는 모습을 가설함으로써 이곳에서의 헤어짐이 아쉬운 마음과 집안 식구들과의 만남을 기뻐하는 마음을 교묘하게 표현하였다.

당시 한유에게 강도絳桃와 유지柳枝 두 명의 시첩이 있었다. 애초에 진주로 갈 때 지은 시 〈저녁에 수양역에 머물며 오 낭중의 시 뒤에 쓰다夕次壽陽驛題吳郎中詩後〉에서 "정원의 꽃과 골목길의 버들은 보이질 않고 말머리엔 그저 달이 둥글구나.(不見園花兼巷柳, 馬頭惟有月團團.)"라고 하였는데 여기서 '정원의 꽃'과 '골목길의 버들'은 각각 '붉은 복숭아'라는 뜻을 가진 강도와 '버들가지'라는 뜻을 가진 유지를 염두에 둔 표현이었다. 한유가 진주로 떠나 집에 없을 때 유지가 담을 넘어 도망가자 집안사람들이 좇아가 잡았다는 일이 있었는데 지금 이 시의 내용은 유지는 떠나고 강도만 남아있는 상황을 표현한 것이라고 보는 설이 있다. 물론 이러한 이야기가 후에 호사가들이 지어낸 말이라는 주장도 있다.

이 시는 장경 2년 병부시랑으로 있으면서 진주로 갔다가 장안으로 돌아올 때 지은 것이다.

南溪始泛三首¹

남계에 비로소 배를 띄우다 3수

제1수

榜舟南山下,²	종남산 아래에서 배를 저어
上上不得返.	상류로 올라가니 돌아올 수 없을 듯하지만,
幽事隨去多,	그윽한 일은 갈수록 많아지니
孰能量近遠.	누가 멀고 가까움을 헤아릴 수 있으랴?
陰沈過連樹,	나무가 이어진 음침한 곳을 지나
藏昻抵橫坂.³	비탈을 가로지른 우뚝한 곳에 도달하니,
石麤肆磨礪,⁴	바위는 거칠어 제멋대로 갈아 긁어대고
波惡厭牽挽.⁵	물결은 사나워 질리도록 매어 끌고 가네.
或倚偏岸漁,⁶	간혹 기울어진 강둑에 의지해 물고기를 잡고
竟就平洲飯.⁷	결국은 평평한 물섬으로 나아가 밥을 먹는데,
點點暮雨飄,	방울방울 저녁 비가 날리더니
梢梢新月偃.⁸	가느다란 초승달이 누워 있네.
餘年懍無幾,⁹	남은 세월 얼마 없는 것이 두렵고

休日愴已晚.　　　　쉬는 날이 이미 늦은 것이 슬픈데,

自是病使然.[10]　　　그저 병이 이렇게 만든 것이지

非由取高蹇.[11]　　　고고하게 뻐기려고 해서는 아니라네.

1) 南溪(남계) : 장안 남쪽에 있는 종남산의 개울을 가리킨다.

2) 榜舟(방주) : 배를 젓다.

3) 藏昂(장앙) : 우뚝한 모양. 抵(저) : 도착하다.

4) 麤(추) : 거칠다. 肆磨礪(사마려) : 함부로 마찰시키다. 바위에 배가 긁히는 것을 말한다.

5) 厭牽挽(염견만) : 끌고 가는 것에 질리다. 배가 상류로 올라갈 때 물살이 험하면 배에 줄을 묶어 사람이 뭍에서 끌고 가는데, 한참 동안 그렇게 갔다는 뜻이다.

6) 偏岸(편안) : 기울어진 강둑.

7) 就(취) : 나아가다.

8) 梢梢(초초) : 가느다란 모양.

9) 懍(름) : 두렵다. 위태하게 여기다. 無幾(무기) : 얼마 없다.

10) 自是(자시) : 다만. 또는 스스로 생각하다.

11) 高蹇(고건) : 고고하게 뻐기다.

　장경 4년(824) 여름 이부시랑이던 한유는 병으로 휴가를 청하고는 조정의 일을 그만두었다. 이 때 요양을 하기 위해 장안성 남쪽에 있던 그의 별장에 머물렀는데 이 시는 당시 남계에 배를 띄워 노닐면서 지은 것이다. 대체로 그곳의 아름다운 경관을 묘사하면서 이곳에서 계속 머물고자 하는 뜻을 표현하였다. 이러한 생활은 그가 오래도록 바랐던 것이기도 한데, 늙고 병들어서야 이루게 되었다. 한유는 그 해 8월에 이부시랑을 그만두었으며 10월 2일에 세상을 떠났으니, 아마도 이 유람이 그의 마지막이었을 것이다. 그리고 관직에서 벗어나 편안한 마음으로 유람한 첫 번째일 것이다. 이러한 상황을 친구들도 짐작을 했던지 당시 장적과

가노도 한유와 같이 노닐있으며 같이 시를 짓기도 히였다.

　제1수는 남계의 상류로 배를 타고 올라가며 보고 느낀 것을 적었다. 가면 갈수록 더욱 그윽한 풍경과 일이 많아지니 멀리까지 가서 다시는 돌아오지 못할 것도 걱정하지 않는다. 비록 물길이 험하고 바위가 많아서 배가 긁히고 줄로 묶어 끌어야 하는 상황이지만 그래도 간혹 물고기도 잡고 너른 곳에서 같이 밥도 먹는다. 가랑비가 내리기도 하고 저녁에는 초승달이 뜬다. 어찌 보면 매우 훌륭한 경관이 있는 것도 아닌 것 같다. 그저 평범한 경물에 평범한 물놀이 같지만, 한유로서는 마음이 여느 때보다 여유롭다. 그리고 한편으로는 가슴이 아려온다. 왜 진작 이런 유람을 하지 못했을까? 마음먹기에 달렸는데. 이제는 늙고 병들어 이런 한가로운 유람을 얼마 하지 못할 터인데, 아이러니하게도 병 때문에 비로소 이런 노님을 하게 되었다. 늙고 병든 몸으로 무슨 고고한 놀이를 하겠는가? 이제 마음을 비우고 이렇게 살 수 있는 것에 감사해야 하리라.

　젊은 날 기험한 문자와 타인의 상상을 넘어서는 비유로 자신의 기운과 기세를 떨치던 모습은 더 이상 찾아볼 수 없다. 일상과 다름없는 유람에서 담박한 흥취를 찾아내고 이를 평담하게 그려내고 있다. 험난한 인생을 살아온 자의 여유라고 할 수 있을까?

　이 시는 장경 4년 이부시랑으로 있을 때 지은 것이다.

63

秋雨聯句¹

가을비에 관해 이어서 짓다

萬木聲號呼,²　　　　　만 그루 나무에는 소리가 크게 나고

百川氣交會.郊　　　　　백 개의 강물에는 기운이 모여드는구나.(맹교)

庭翻樹離合,　　　　　　정원이 뒤집혀 나무는 떨어졌다 합쳐지고

牖變景明靄.³愈　　　　　창에 변고가 생겨 경물은 밝아졌다 어두워지네.(한유)

潈瀉殊未終,⁴　　　　　　빠르게 흘러내리는 비는 전혀 끝날 기미가 없고

飛浮亦云泰.⁵郊　　　　　퍼붓는 것이 또한 매우 심하구나.(맹교)

牽懷到空山,　　　　　　마음을 이끌어 빈산에 도달하여

屬聽邇驚瀨.⁶愈　　　　　귀 기울여 들으니 거센 여울 소리가 가깝네.(한유)

簷垂白練直,　　　　　　처마에서 드리우니 흰 깁이 곧고

渠漲清湘大.郊　　　　　도랑이 불어나니 맑은 상수가 크구나.(맹교)

甘津澤祥禾,　　　　　　나루터를 달게 하여 좋은 벼를 적시고

伏潤肥荒艾.⁷愈　　　　　윤택함을 품어서 황량한 풀을 살지게 하네.(한유)

主人吟有歡,⁸　　　　　　주인은 읊조림에 즐거움이 있지만

客子歌無奈.⁹郊　　　　　손님은 노래에 어찌할 바가 없구나.(맹교)

侵陽日沈幺,　　　　　　　앙기를 침범하니 태양이 이둠에 삐지고
剝節風搜兌.10愈　　　　　절기를 핍박하니 바람이 즐거움을 찾네.(한유)
坱圠遊峽喧,11　　　　　　아득히 협곡을 노닐며 시끄럽고
颾颲臥江汰.12郊　　　　　매섭게 강에 누워 까부는구나.(맹교)
微飄來枕前,　　　　　　　베개 앞으로 살짝 불어오고
高灑自天外.愈　　　　　　하늘 밖에서 높이 뿌려지네.(한유)
蛬穴何迫迮,13　　　　　　귀뚜라미 구멍은 얼마나 다급한가?
蟬枝埽鳴噦.14郊　　　　　매미 가지에는 시끄러운 소리가 사라졌구나.(맹교)
援菊茂新芳,15　　　　　　울타리의 국화는 새로운 향기가 무성하지만
徑蘭銷晚藹.16愈　　　　　길의 난초는 늦은 향내가 사라졌네.(한유)
地鏡時昏曉,17　　　　　　땅의 거울은 때때로 어두워졌다 밝아지고
池星競漂沛.18郊　　　　　못의 별빛은 다투어 떠다니는구나.(맹교)
歡呶尋一聲,19　　　　　　즐거워 소리 지르며 한 소리를 찾았지만
灌注咽群籟.20愈　　　　　흘러 쏟아지니 여러 소리가 막혔네.(한유)
儒宮烟火濕,21　　　　　　나라의 학교에는 연기와 불이 젖었지만
市舍煎熬忲.22郊　　　　　저자의 집에는 지지고 볶는 일이 사치스럽구나.(맹교)
臥冷空避門,23　　　　　　누운 곳이 썰렁해 공연히 문에서 피하고
衣寒屢循帶.24愈　　　　　옷이 차가워 누차 띠를 두르네.(한유)
水怒已倒流,　　　　　　　물이 노해서 이미 거꾸로 흐르고
陰繁恐凝害.郊　　　　　　음기가 성해서 엉겨 해가 될까 두렵구나.(맹교)
憂魚思舟檝,25　　　　　　물고기가 될까 걱정하여 배의 노를 생각하고
感禹勤畎澮.26愈　　　　　우 임금에 감응하여 부지런히 논도랑 치네.(한유)
懷襄信可畏,27　　　　　　물이 산까지 올라와 잠그니 진실로 두려워할 만하고
疏決須有賴.28郊　　　　　물길을 트는 일에는 반드시 의지할 자가 있어야 하지.(맹교)
筮命或馮蓍,29　　　　　　운명을 점치니 혹 시초에 의지하고
卜晴將問蔡.30愈　　　　　날 개일 때를 점치니 장차 큰 거북에게 물어보네.(한유)

庭商忽驚舞,[31]	뜰의 상양이 갑자기 어지럽게 춤을 추니
墉禜亦親酹.[32]郊	담장의 지우제에는 또한 친히 술을 부어야지.(맹교)
氛醨稍疎映,[33]	구름 기운은 엷어져 이미 성글게 비치지만
雺亂還擁薈.[34]	안개 기운은 어지러이 여전히 모여 어둑하여,
陰旌時摎流,[35]	음기의 깃발이 때때로 휘감겨 있고
帝鼓鎭訇磕.[36]	천제의 북이 오래도록 크게 울리네.
棗圃落靑璣,[37]	대추 밭에는 푸른 구슬이 떨어지고
瓜畦爛文貝.[38]	외 두둑에는 얼룩덜룩한 조개가 문드러졌으며,
貧薪不燭竈,[39]	땔감이 적어서 아궁이를 밝히지 못하지만
富粟空塡廥.[40]愈	많은 곡식이 공연히 곳간을 채우고 있네.(한유)
秦俗動言利,[41]	진 땅 풍속은 걸핏하면 이익을 말하지만
魯儒欲何丐.[42]	노 땅 유자는 어찌 구걸하고자 하겠는가?
深路倒羸驂,[43]	깊어진 길에는 여윈 참마가 넘어져 있고
弱途擁行軑.[44]	약해진 길에는 지나가던 수레가 막혀있으며,
毛羽皆遭凍,	깃털이 모두 얼게 되었고
離褷不能翽.[45]	축축해져 날 수 없구나.
翻浪洗虛空,	물결을 날려 허공을 씻고
傾濤敗藏蓋.[46]郊	파도를 기울여 저장품을 망치는구나.(맹교)
吾人猶在陳,[47]	이 사람이 여전히 진 땅에 있는 처지인데
僮僕誠自鄙.[48]	하인들은 진정 더 말할 나위가 없네.
因思征蜀士,[49]	그래서 촉 땅을 정벌하러 간 군사를 생각하니
未免濕戎旆.[50]	군대 깃발이 젖음을 면하지 못하겠네.
安得發商飆,[51]	어찌하면 가을바람이 생기게 하여서
廓然吹宿靄.[52]	묵은 구름을 깨끗하게 불어내어,
白日懸大野,	흰 태양이 큰 들에 걸리고
幽泥化輕壒.[53]	어두운 진흙이 가벼운 먼지가 되게 할 수 있을까?

戰場暫　乾,	전쟁터가 잠시 한번 마르면
賊肉行可膾.愈	적의 고기로 장차 회를 뜰 수 있겠네.(한유)
搜心思有效,	마음을 찾으니 효과가 있음을 생각하고
抽策期稱最.54	책략을 끄집어내니 가장 훌륭할 것을 기대하는데,
豈惟慮收穫,	어찌 그저 수확만 생각할 것인가?
亦以救顚沛.55郊	또한 도탄에 빠진 이를 구제해야지.(맹교)
禽情初嘯儔,56	새의 마음은 짝을 비로소 부르고
礎色微收霈.57	주춧돌의 빛은 큰비를 약간 거두었네.
庶幾諧我願,58	우리 소원이 잘 이루어져
遂止無已太.59愈	이에 비가 그쳐 큰 해가 없기를 바라네.(한유)

·주석·

1) 聯句(연구) : 여러 사람이 번갈아가면서 한 편의 시를 짓는 것으로 원칙적으로 환운은 허용하지 않는다. 한 사람이 한 번에 짓는 시의 구절 수는 정해져 있지 않다. 이 시의 경우는 각자 2구씩 번갈아가며 짓다가 후반부에서는 한유가 많이 지었다. 아마도 상대방의 시상이 제때 이루어지지 않았을 가능성이 있다. 그러므로 연구는 일종의 경쟁적 유희라고 할 수 있는데, 한유는 자신의 문인과 교유하면서 연구를 많이 지었다. 때로는 자신의 감개를 토로하기도 하였으며, 〈성남연구城南聯句〉처럼 삼백 구가 넘는 장편을 지어 시가 창작 능력을 과시하기도 하였다.

2) 號呼(호호) : 소리가 크게 나다. 비바람소리를 말한다.

3) 牖變(유변) : 창에 변고가 생기다. 비바람에 창이 망가진 것을 말한다. 明靄(명애) : 밝아졌다 어두워졌다하다.

4) 潨瀉(총사) : 거세게 흘러가는 물.

5) 飛浮(비부) : 비 내리는 기세가 거센 모양. 云泰(운태) : 심하다. '운'은 뜻이 없는 어조사이다.

6) 屬聽(촉청) : 귀 기울여 듣다. 邇(이) : 가깝다. 驚瀨(경뢰) : 거센 여울.

이상 두 구는 먼 산의 물소리가 커서 마치 가까이서 들리는 듯하다는 말이다.

7) 伏潤(복윤) : 윤택함을 품다. 荒艾(황애) : 황량한 풀.

8) 主人(주인) : 한유를 가리킨다.

9) 客子(객자) : 손님. 맹교를 가리킨다. 無奈(무내) : 어찌할 도리가 없다.

10) 剝節(박절) : 절기를 핍박하다. 기후가 절기에 맞지 않는다는 말이다. 兌(태) : 즐거움.
또는 구멍으로 풀이할 수 있는데, 그러면 바람이 모든 구멍에 다 불 정도로 세다는
뜻이다.

11) 坱圠(앙알) : 끝이 없는 모양. 遊峽喧(유협훤) : 협곡을 노닐며 시끄럽다. 또는 시끄러운
협곡을 노닐다.

12) 颼飀(수류) : 바람이 거세게 부는 모양. 臥江汰(와강태) : 강에 누워서 까불다. 또는
강의 물결에 눕다.
이상 두 구는 바람이 협곡과 강에 거세게 부는 모양을 표현한 것이다.

13) 蛬穴(공혈) : 귀뚜라미 집. 迫迮(박책) : 급박하다.

14) 埽(소) : 사라지다. 鳴嘆(명화) : 울음소리.

15) 援菊(원국) : 울타리에 심은 국화.

16) 藹(애) : 향기.

17) 地鏡(지경) : 땅의 거울. 땅 군데군데 물이 고인 곳을 말한다.

18) 池星(지성) : 못에 비친 별빛. 못에 뜬 물풀을 비유한다는 설도 있다. 漂沛(표패) :
떠다니는 모양.

19) 歡呶(환노) : 기뻐 큰 소리를 지르다.

20) 灌注(관주) : 물이 흐르다. 咽群籟(열군뢰) : 여러 소리를 막다.
이상 네 구는 비가 잠깐 그쳐 별빛이 나왔기에 소리치며 좋아하다가 다시 거세게 내리
자 사람들이 잠잠해진 모양을 표현한 것으로 보인다.

21) 儒宮(유궁) : 관청에서 세운 학교. 한유가 근무하는 국자감을 가리킨다.

22) 煎熬(전오) : 지지고 볶다. 요리를 만드는 것이다. 忕(태) : 사치스럽다.

23) 避門(피문) : 문쪽을 피하다. 방안에서 좀 더 따뜻한 곳을 찾아가는 것이다.

24) 循帶(순대) : 허리띠를 둘둘 감다.

25) 憂魚(우어) : 물에 잠겨 사람이 물고기로 변할까봐 걱정한다는 말이다. 舟楫(주즙) : 배의 노. 임금을 잘 보좌하는 재상을 비유한다. ≪상서·열명說命≫에 따르면, 고종高宗이 부열傳說에게 "만약 큰 강을 건너게 되면 너를 배의 노로 삼을 것이다.(若濟巨川, 用汝作舟楫.)"라고 하면서 자신을 잘 보좌해줄 것을 말하였다.

26) 畎澮(견회) : 논도랑.

27) 懷襄(회양) : 회산양릉懷山襄陵. 산을 껴안고 구릉까지 올라온다는 말로 물이 매우 많은 것을 표현한 말이다.

28) 疏決(소결) : 물길을 트다. 우 임금의 치수를 두고 한 말이다.

29) 筮命(서명) : 운명을 점치다. 蓍(시) : 시초蓍草. 점치는 도구이다.

30) 卜晴(복청) : 비가 그칠 날을 점치다. 蔡(채) : 점을 치는 데 사용하는 큰 거북이.

31) 商(상) : 상양商羊. 전설에 나오는 새. 큰 비가 오기 전에 한쪽 다리를 굽히고 춤을 춘다고 한다.

32) 墉禜(용영) : 담장에서 지내는 제사. '영'은 재앙을 막는 제사로 여기서는 비를 그치게 하는 제사이다. 비가 많이 오면 사당의 북쪽 담장으로 가서 제사를 지내 음의 기운을 막는다. 酹(뢰) : 땅에 술을 붓는 것으로 제사 의식의 일종이다.

33) 氛醨(분리) : 구름 기운이 약해지다. '리'는 원래 묽은 술인데 여기서는 옅다는 뜻이다. 稍(초) : 이미. 또는 점점.

34) 霧(몽) : 안개. 擁薈(옹회) : 모여서 어둑하다.

35) 陰旌(음정) : 음기의 깃발. 摎流(규류) : 휘감기는 모양. 휘날리는 모양.

36) 帝鼓(제고) : 천제의 북. 우레를 가리킨다. 鎭(진) : 오래도록. 訇磕(굉개) : 큰 소리.

37) 靑璣(청기) : 푸른 구슬. 익지 않은 대추를 비유한 것이다.

38) 爛(란) : 문드러지다. 文貝(문패) : 얼룩덜룩한 조개. 기후가 불순해 푸르고 누렇게 반점이 생긴 외를 비유한 것이다.

39) 爝竈(촉조) : 아궁이에 불을 때다.

40) 廥(괴) : 곳간.

41) 秦俗(진속) : 진 땅의 풍속. 한유와 맹교가 있는 장안이 옛날의 진 땅이다. 動(동) : 걸핏하면.

42) 魯儒(노유) : 노 땅의 선비. 맹교 자신을 가리킨다. 丐(개) : 구걸하다.

43) 深路(심로) : 깊어진 길. 비로 인해 움푹 패인 것을 말한다. 羸驂(이참) : 병든 참마. '참'은 수레를 끄는 말이다.

44) 弱途(약도) : 약해진 길. 비로 인해 진탕이 된 것을 말한다. 攤(옹) : 막히다. 行軑(행대) : 지나가는 수레. '대'는 수레바퀴 통의 끝부분을 휘감은 쇠를 말한다.

45) 離褷(이사) : 축축해진 모양. 또는 털이 보송보송한 모양으로 어린 새를 가리킨다. 翗(화) : 날개를 퍼덕이다. 날다.

46) 藏蓋(장개) : 저장해 놓은 물품.

47) 在陳(재진) : 진나라에 있다. 공자가 진나라와 채蔡나라에서 곡식이 끊어져 고생을 한 적이 있다.

48) 僮僕(동복) : 하인. 自鄶(자회) : ≪좌전 · 양공襄公 29년≫에 따르면, 오吳나라 공자公子 계찰季札이 주周나라의 음악을 듣기를 청하자 악공으로 하여금 〈주남周南〉, 〈소남召南〉을 노래하게 하였으며 〈회풍檜風〉 이하는 말할 필요도 없었다라는 기록이 있는데, 여기서 '자회'는 '회풍이하는 말할 필요도 없었다自鄶以下無譏焉'라는 문장의 첫 두 글자로 '나머지는 거론할 필요도 없다'는 뜻을 함축하고 있다. '鄶'와 '檜'는 같다.

49) 征蜀士(정촉사) : 촉 땅으로 간 군사. 원화 원년(806) 정월 성도成都에 있던 유벽劉闢을 토벌하러 간 고숭문高崇文을 가리킨다. 그해 9월에 성도를 수복했다.

50) 戎斾(융패) : 군대 깃발.

51) 商飇(상표) : 가을바람. '상'은 오음五音의 하나이며 오행에 따르면 가을을 상징한다.

52) 廓然(곽연) : 탁 트인 모양. 宿靄(숙애) : 오래도록 있는 구름.

53) 幽泥(유니) : 짙은 색의 진흙. 젖은 흙이다. 輕壒(경애) : 가벼운 티끌. 마른 먼지이다.

54) 抽策(추책) : 책략을 생각해내다. 稱最(칭최) : 가장 훌륭한 것에 해당하다. '최'는 고과에서 성적이 가장 좋은 것이다.

55) 顚沛(진패) : 곤란을 겪다.

56) 嘯儔(소주) : 짝을 부르다.

57) 礎(초) : 주춧돌. 收霈(수패) : 큰 비를 거두다.

58) 庶幾(서기) : 바라다. 諧(해) : 이루어지다.

59) 已太(이태) : 큰 새앙을 말한다.

이 시는 가을비가 많이 내리기에 한유와 맹교가 그 경관과 감회를 번갈아 이어가며 지은 것이다. 두 사람이 번갈아가면서 지었기에 시상이 제대로 이어지지 않는 면이 있기도 하지만, 대체로 비가 많이 내려 백성들이 힘들어하는 모습을 서술한 뒤 얼른 비가 그쳐 어려움에 빠진 백성을 구제하고 아울러 촉 땅에 원정 가서 힘들어하는 군대를 구원하고자 하는 마음을 표현하였다. 단순한 경물 묘사를 넘어서서 백성들의 고난을 함께 하고 이를 구제하려는 노력을 함께 드러내었다. 이는 이들의 생각이 백성을 위주로 한 때문이기도 하겠지만, 연구와 같이 긴 시를 짓다보면 관련된 내용을 있는 대로 다 써서 일종의 백과사전식 나열이 되는 양상과 관련이 있기도 하다.

한유가 연구를 많이 지은 때는 한창 자신의 시풍을 공고화하던 시기였기에 한유는 연구를 통해 어려운 글자의 운용과 다양한 비유적 수사를 한껏 과시하고 있다. 이 연구에서도 그 일단을 확인할 수 있는데, 연구는 이러한 기풍을 경쟁적으로 드러내기에 적합한 시 형식이라고 할 수 있다.

전반부의 경물 묘사에서는 두 사람 간의 팽팽한 신경전과 상대방에 대한 은근한 풍자가 담겨 있기도 한데, 이러한 맥락을 짚어 가면 연구의 묘미를 한층 더 즐길 수 있다.

이 시는 원화 원년(806) 가을 장안에서 국자박사를 하고 있을 때 지은 것이다.

한유의 생애

대력 3년(768) 하남 남양南陽(지금의 하남성 맹현孟縣)에서 태어났다.
대력 6년(771) 부친 한중경韓仲卿이 죽자 형 한회韓會와 함께 살았으며 형수 정씨鄭氏가 그를
　　　　　길렀다.
정원 2년(786) 하중河中을 노닐다가 장안으로 들어갔다.
정원 8년(792) 양숙梁肅의 인정을 받아 재상 육지陸贄에게 추천되었으며 진사에 급제하였다.
정원 9년(793) 박학굉사과에 응시하였으나 낙방하였고 봉상鳳翔을 유람한 적이 있다.
정원 13년(797) 변주자사汴州刺史 동진董晉의 막부에서 감찰추관監察推官이 되었다.
정원 14년(798) 변주에서 맹교孟郊와 교유하였다.
정원 15년(799) 2월에 동진董晉이 죽자 그 유해를 모시고 변주를 떠나 낙양으로 갔는데, 그
　　　　　사이 변주의 군사들이 반란을 일으켰으며 한유의 가족들은 서주徐州의 팽성彭城
　　　　　으로 피하였다. 낙양에서 가족이 있던 서주무녕군절도사徐州武寧軍節度使 장건봉
　　　　　張建封의 막부로 갔으며 가을에 그의 절도추관節度推官이 되었다.
정원 16년(800) 정월 조정의 신년하례에 참석하고 서주로 돌아왔다.
정원 18년(802) 장안으로 가서 사문박사四門博士가 되었다.
정원 19년(803) 관중關中 지역에 가뭄이 들어 백성의 고통이 심하자 이에 조세를 감면하고
　　　　　담당 관리인 경조윤京兆尹 이실李實의 폐단을 지적하는 상소를 올렸는데, 이로 인
　　　　　해 연주連州(지금의 광동성 연주시) 양산현령陽山縣令으로 폄적되었다.
정원 20년(804) 봄에 양산에 도착하였다.
정원 21년(805) 정월에 순종順宗이 즉위하였고 사면령이 내려져 한유는 침주郴州(지금의 호남
　　　　　성 침주시)로 이동하여 대기하였다.
영정 원년(805. 8) 8월에 헌종憲宗이 즉위하였고 강릉부江陵府(지금의 호북성 강릉시) 법조참
　　　　　군法曹參軍이 되어 9월에 이동하였다.
원화 원년(806) 6월 장안으로 들어와 국자박사國子博士가 되었다.
원화 2년(807) 여름에 조정 관원들의 비방을 피하려고 국자박사분사동도國子博士分司東都가

뇌어 낙양으로 옮겼다.

원화 5년(810) 하남현령(河南縣令)을 제수 받았다.

원화 6년(811) 가을에 장안으로 들어가서 직방원외랑職方員外郎이 되었다.

원화 7년(812) 2월 유간柳澗을 논한 일로 인해 국자박사로 폄적되었다.

원화 8년(813) 4월 비부낭중比部郎中 겸 사관수찬史官修撰에 임명되었다.

원화 10년(815) 고공낭중考功郎中 지제고知制誥가 되었다.

원화 11년(816) 정월 중서사인中書舍人이 되었다가 5월 태자우서자太子右庶子로 밀려났다.

원화 12년(817) 7월 회서淮西에 진주한 오원제吳元濟를 토벌하러 재상인 배도裴度를 따라 갔
다 온 뒤 형부시랑刑部侍郎이 되었다.

원화 14년(819) 정월 헌종이 부처의 뼈를 봉안하려하자 이에 반대하는 상소를 올렸다가 사형에
처할 뻔했으나 주위에서 만류하여 조주潮州(지금의 광동성 조주시)의 자사刺史로
폄적되었고, 겨울에 원주袁州(지금의 강서성 의춘시宜春市)의 자사로 감형되었다.

원화 15년(820) 봄에 원주에 도착했으며 9월에 장안으로 들어와 국자좨주國子祭酒가 되었다.

장경 원년(821) 목종穆宗이 즉위하였으며 7월에 병부시랑兵部侍郎으로 옮겼다.

장경 2년(822) 2월에 반란을 일으킨 왕정주王庭湊를 회유하기 위해 선위군宣慰軍이 되어 진주
鎭州(지금의 하북성 정정正定)를 다녀왔으며, 9월에 이부시랑吏部侍郎으로 옮겼다.

장경 3년(823) 6월 경조윤京兆尹 겸 어사대부御史大夫가 되었으며, 10월 병부시랑이 되었다가
곧 다시 이부시랑이 되었다.

장경 4년(824) 6월에 병으로 휴가를 청하였고 8월에 이부시랑을 그만두었으며 10월 2일에 세
상을 떠났다.

제목 색인

구절 색인

역자소개

임도현 林道鉉

공학을 전공하고 기업체 부설 연구소에서 연구 활동에 매진하였다. 퇴사를 하고 중국어를 배우고자 수능시험에 응시한 뒤 중문과에 입학하여 수학했다. 그 중 1년은 중국 천진에 머물렀으며 중국의 남부와 서부를 두루 여행하였다. 그중 운남의 매리설산을 소중히 기억하고 있다. 대학원에 진학하여 당시를 재미있게 공부하였으며 이백의 인생살이에 관해 학위논문을 썼다. 지금은 두보와 한유의 시 번역 연구에 참여하고 있다. 저서로는 ≪쫓겨난 신선 이백의 눈물≫(서울대출판문화원, 2015)이 있으며 역서로는 ≪이태백시집≫(총 7권, 학고방, 3인 공역, 2015), ≪사령운 사혜련 시≫(학고방, 7인 공역, 2016), ≪두보전집 기주시기시역해 1≫(서울대출판문화원, 8인 공역, 2017), ≪하늘이 내린 내 재주 반드시 쓰일 것이니 - 이백의 시와 해설≫(학고방, 2018) 등이 있다.

한유시선

고래와 붕새를 타고 돌아오리라

초판 인쇄 2018년 10월 11일
초판 발행 2018년 10월 25일

저   자 | 한   유
역   해 | 임 도 현
펴 낸 이 | 하 운 근
펴 낸 곳 | 學古房

주   소 | 경기도 고양시 덕양구 통일로 140 삼송테크노밸리 A동 B224
전   화 | (02)353-9908   편집부(02)356-9903
팩   스 | (02)6959-8234
홈페이지 | http://hakgobang.co.kr/
전자우편 | hakgobang@naver.com, hakgobang@chol.com
등록번호 | 제311-1994-000001호

ISBN   978-89-6071-779-4   93820

값 : 25,000원

이 도서의 국립중앙도서관 출판시도서목록(CIP)은 서지정보유통지원시스템 홈페이지(http://seoji.nl.go.kr)와 국가자료공동목록시스템(http://www.nl.go.kr/kolisnet)에서 이용하실 수 있습니다.
(CIP제어번호 : CIP2018031612)

■ 파본은 교환해 드립니다.